Todos buscan a Nora Roy

Lorena Franco

Todos buscan a Nora Roy

Planeta

Certificado PEFC

Este libro procede de bosques gestionados de forma sostenible y fuentes controladas

PEFC

PEFC/14-38-00305 www.pefc.es

Avinguda Diagonal, 662, 6.ª planta. 08034 Barcelona (España)
www.planetadelibros.com

Adaptación de la cubierta: Booket / Área Editorial Grupo Planeta
Fotografía de la cubierta: © Gusta Cabrera / Arcangel Images
Primera edición en Colección Booket: mayo de 2022

Depósito legal: B. 6.443-2022
ISBN: 978-84-08-25764-6
Impresión y encuadernación: Rodesa, S. L.
Printed in Spain - Impreso en España

Biografía

Lorena Franco (Barcelona, 1983) ha conseguido seducir a más de 250.000 lectores de todo el mundo con sus más de dieciocho títulos, que la han convertido en una de las escritoras más vendidas y mejor valoradas en la plataforma de Amazon desde que en 2016 salió a la luz su novela *La viajera del tiempo*, un fenómeno de ventas sin precedentes en España, EE. UU. y México. Desde entonces, sus otros títulos consiguen alcanzar el número 1 de ventas en digital a nivel internacional y han visto la luz en otros idiomas, entre ellos, italiano, polaco y checo. Tras la buena acogida que tuvo su novela *El último verano de Silvia Blanch*, ha publicado *Todos buscan a Nora Roy*, un adictivo *thriller* que hará las delicias de los lectores, y *Los días que nos quedan*, un *thriller* paranormal ambientado en la Cataluña rural.

www.lorenafranco.net

@bylorenafranco

@bylorenafranco

A Jordi.
Uno más uno son seis.
Quién nos lo iba a decir

«Algún día, en cualquier parte, en cualquier lugar,
indefectiblemente te encontrarás a ti mismo,
y esa, solo esa, puede ser la más feliz
o la más amarga de tus horas.»

Pablo Neruda

«No hay duda de que la ficción
hace un mejor trabajo con la verdad.»

Doris Lessing

PRIMERA PARTE

Sábado 6 de abril de 2019

—

EVA

En el momento en que descubrí la sangre de mi compañera de piso salpicada en la pared y en el cabezal de la cama como si le hubieran volado los sesos, me prometí que nada de lo que hubiera ocurrido en esa habitación influiría en mi vida. No quería problemas y mucho menos policías merodeando por el piso heredado de mi abuela, quien, tres días antes de morir, me soltó que ese lugar era un imán para las desdichas y para la oscuridad, que anduviera con cuidado. Pero no le hice caso dada su demencia senil. Supongo que una parte inconsciente de mí se preparó para algo así, hasta yo misma me sorprendí del temple con el que limpié a conciencia la sangre, aun sabiendo que esta no desaparece del todo pese a ser imperceptible a la vista.

Pero toda decisión tiene sus consecuencias. Y esas consecuencias, tarde o temprano, te encuentran, aunque creas que eres ajena a ellas. La curiosidad siempre termina imponiéndose a la razón, sobre todo cuando la culpa trastoca tus planes. Lo que ocurrió después me impidió mirar hacia otro lado como si nada; al fin y al cabo, Charlotte, la parisina joven y perfecta que me encandiló con su marcado acento francés, llevaba solo dos semanas viviendo conmigo. Poco tiempo para cogerle cariño. Poco tiempo para sospechar que, tras esa fachada y esa extraña discreción, se escondía una persona distinta a la que parecía ser.

TRES SEMANAS ANTES

SOLO CHICAS
Chica de 28 años busca compañera de piso.
Habitación espaciosa
en un coqueto y luminoso piso en la plaza del Sol del barrio de Gracia.
Muy bien comunicado.
350 € con gastos incluidos.
¡Ven a verlo!

Semana del 11 al 17 de marzo de 2019

—

EVA

Años dando tumbos sin estabilidad económica ni laboral, hasta que un día cualquiera del caluroso mes de septiembre de 2018 mi abuela falleció en la residencia mientras dormía, dejándome como única heredera de su cotizado piso de la plaza del Sol del barrio de Gracia, en Barcelona, y de los veinticinco mil euros de su cuenta de ahorros.

Pedí un café con leche en el Café del Sol, el bar de debajo del piso en el que me crie, ahora mío a efectos legales. Podría haberme sentado a una de las mesas de la terraza y tomar el café tranquila. Félix, el camarero, solía pararse un rato a charlar conmigo; sin embargo, me deprimía estar sola en un bar, así que, café en mano, crucé el estrecho portal que data de principios del siglo XX y subí las angostas escaleras de piedra hasta el tercer piso. El sol entraba en el salón como una diagonal de luz. Una brisa primaveral infló las ligeras cortinas. La primavera, tímidamente, por fin se dejaba ver y los geranios del balcón empezaban a florecer como si no entendieran del fallecimiento de sus propietarios. Algunas plantas mueren con ellos; las plantas de mi abuela se habían rebelado, querían vivir.

Siempre pensé que compartiría ese piso con Miguel. Hacía dos meses que lo había decorado a mi gusto con muebles de Ikea tras desprenderme de los dolorosos recuerdos que me provocaban algunas de las pertenencias de nana, mobiliario antiguo y farragoso, pero bien valorado en mercadillos y tiendas de antigüedades. Convivir cuatro meses con sus muebles después de su muerte fue suficiente tormento. Pero la vida es así de imprevisible y la estabilidad amorosa, la única estabilidad de la que podía presumir hasta hacía un año, se fue al garete poco tiempo antes de que mi abuela falleciera. Mi abuela. Que seguía siendo el centro de todo aunque ya no estuviera. Los diez años que llevaba con Miguel desgastaron la relación. Bueno, no sé, eso dijo él, una excusa como cualquier otra. Puede que tuviera razón, pero lo que más me dolió fue su cobardía, lo poco que dijo, su mirada esquiva. Yo lo quería, pero ¿y ese cosquilleo que se supone que debemos sentir cuando vemos a la persona de la que estamos enamorados? Ese cosquilleo suele desaparecer con los años, no debería, pero ocurre, y Miguel no lo pudo soportar. A veces nos toca ser solo un momento en la vida de alguien. La vida que habíamos construido juntos, una vida que parecía tan segura, tan sólida, se desmoronó de la noche a la mañana como un castillo de naipes a merced de una ráfaga de viento.

A la semana siguiente de dejarme, Natalia, mi mejor amiga, me dijo que lo había visto con una rubia. Siempre le gustaron las rubias, aunque intentara negarlo. Me eliminó de sus redes sociales, qué barbaridad, qué niñería, pensé. Ni que me pasara las noches en vela cotilleando sus fotos o tratando de buscarle algún sentido a las frases que a veces compartía creyendo que las ponía por y para mí.

—Mira, Natalia, mira. Y lo ha compartido de manera pública para que yo lo pueda leer, como si se arrepintiera de haberme dejado y de haberme borrado en Facebook.

—A ver..., ¿qué ha puesto? —preguntó Natalia con hastío, sin interés, resoplando y poniendo los ojos en blanco, la muy maldita.

—«¿Por qué te gusta tanto si sabes que nunca vais a

poder estar juntos?» —leí. Natalia me miró de reojo y negó con la cabeza, hartita de mi neura infantil—. «Y tú, ¿para qué respiras si sabes que algún día vas a morir?» —finalicé arqueando las cejas, intentando entender por qué Miguel había compartido algo que, en ese momento, me pareció de lo más profundo. No le pegaba nada. Pensé que diez años no habían sido suficientes para conocerlo de verdad—. ¿Qué te parece?

—A ver, Eva, no es por meter el dedo en la llaga, pero fue él quien te dejó y no te ha llamado en todos estos meses. Esto no significa nada, no le busques más de cuatro patas al gato, que no las tiene —replicó sin tapujos, transparente como el agua cristalina. Una vez más, admiré su sinceridad. Natalia siempre demostraba ser una buena amiga, la mejor. No perdía el tiempo ni quería hacérmelo perder a mí dándome falsas esperanzas. Gracias a ella había sido lo suficientemente fuerte para reprimir las ganas de enviarle un wasap del que, con toda seguridad, me hubiera arrepentido al cabo de unas horas al no obtener respuesta—. Sabes lo que hay que hacer, ¿no?

—Maratón de *Friends*.

—¡No! —negó enérgica haciendo aspavientos con las manos—. ¡Salir! ¡Conocer gente, conocer chicos!

—Chicos. Ay, ni que tuviéramos dieciséis años —suspiré deseando viajar en el tiempo a aquellos días en los que no me llamaban señora ni me trataban de usted, en los que era una chica, sí, una chica, con pocas preocupaciones, con una abuela que la cuidaba como se cuidan los tesoros, con devoción.

La vida se va complicando a medida que cumples años. El paso del tiempo no perdona, avanza como si nada, sin importarle cuánto duele a veces. Los papeles se invirtieron y, al final, fui yo la que terminó cuidando de nana. La miraba a los ojos, esos ojos de color azulado que iban perdiendo su brillo, y recordaba cada cuento que me leía por las noches en mi niñez, cada beso en la frente, cada pastel preparado con cariño, cada riña adolescente... Los años parecían haberse congelado. Y yo me esforzaba en recordar, pese a lo mucho que algunos recuerdos hieran, porque ella había perdido esa capacidad. Y solo cuando perdemos algo de manera irremediable, comprendemos lo mucho que significaba.

—Pues hombres —rio Natalia devolviéndome a la realidad—. Y deberías buscarte una compañera de piso —sugirió—. Estás muy sola y te comes demasiado la cabeza. Te iría genial.

—No sé... —dudé—. Siempre he querido vivir sola, así estoy bien.

—Trabajo deprimente, vivir sola... Ajá, muy guay todo —ironizó.

Eso me dio qué pensar.

Como de costumbre, esa mañana salí al balcón a tomar el café que había ido a buscar al bar. Me senté en la silla de mimbre en la que solía sentarse la abuela y encendí un cigarrillo. Seguía respetando su espacio como si, de un momento a otro, nana fuese a entrar por la puerta cargada con el carrito de la compra y me echara la bronca por fumar y por inundar todo de humo y mal olor. Resignada, respiré hondo con la mirada fija en la vida que desprendía la plaza. Una vida a la que hacía tiempo yo había dejado de pertenecer. Le di un último sorbo al café, aplasté el cigarrillo contra la tierra seca de una de las macetas de geranios, me retoqué un poco en el espejo del recibidor y salí pitando en dirección al tanatorio, donde trabajaba como tanatopractora. A eso se refería Natalia con «trabajo deprimente», aunque el suyo en la residencia de ancianos en la que la conocí cuando nana ingresó no era mucho mejor. Trabajos gratificantes y vocacionales, sí, pero duros. Con días difíciles. Y tristes, muy tristes. Igual sí debía buscar una compañera de piso que me hiciera compañía durante mis sesiones maratonianas de *Friends* o de cualquier otra serie que me obsesionara.

La soledad, aunque cómoda, se me hacía un pelín insoportable.

12 de marzo de 2019

—

PERIÓDICO *BARCELONA AHORA*

Por Dídac Sáenz

DESAPARECE LA SOSPECHOSA DEL DOBLE HOMICIDIO DEL PSIQUIÁTRICO

Sitges (Barcelona): La Policía Nacional ha identificado a Nora Roy, actualmente en paradero desconocido, como principal sospechosa del asesinato del psiquiatra Gabriel Herranz y la enfermera Ana Torrents. Las víctimas trabajaban en el Centro Psiquiátrico Vera de la Cruz, donde permanecía ingresada la presunta autora del doble crimen.

La Policía Nacional ha hecho público un comunicado en el que solicita la colaboración ciudadana; ruegan que, si alguien tiene alguna información sobre su paradero, lo comuniquen a través de la línea caliente habilitada al efecto, o dejando un mensaje en su cuenta de twitter (@Policianacional).

EVA

Se llamaba Constancia y la muerte la pilló por sorpresa mientras hacía lo que más le gustaba: cocinar croquetas de pollo para sus nietos. Tenía la piel fría y azulada, parecía de cera. Tras taponar los orificios corporales y colocarle unas abrazaderas en la boca, que tiene tendencia a abrirse, le apliqué la base de maquillaje en el rostro para disimular las manchas violáceas que se habían adueñado de su cutis arrugadito. No me llevó mucho tiempo darle una buena apariencia, acercándome, en la medida de lo posible, a la que mostraba en vida, respetando sus expresiones y facciones propias, para que sus seres queridos la vieran tal y como la recordaban.

—Ha sido un placer, Constancia —le susurré al finalizar, como suelo hacer con todos los muertos pese a ser un trabajo que requiere de un acercamiento poco emocional.

La tanatopraxia no suele ser una profesión soñada, pero mi consuelo es que alguien tiene que hacerlo y pagan bastante bien. De pequeña ansiaba ser muchas cosas, lo único que tenía claro era que quería ganarme la vida ayudando a las personas, pero jamás imaginé que esas personas ya no tendrían alma y que mi lugar de trabajo olería a formol. Aquí no hay quejas, todo es silencio, paz. La aprensión que me generó al principio, durante el periodo de prácticas posterior a sacarme el título en el Instituto Francés de Tanatopraxia, pues en España no estaba reconocido, fue desapareciendo con el paso del tiempo; ahora, cuando algún cadáver sufre un espasmo, que ocurrir ocurre y no en pocas ocasiones, o sueltan gases emitiendo un ruido similar al de un silbido, ni me inmuto, aunque en el tanatorio siempre recuerdan con humor el grito aterrador que emití la primera vez que me pasó. Tampoco es extraño que un cadáver produzca sonidos respiratorios debido a la contracción del diafragma, que se originen partos *post mortem* por contracciones del útero o que se produzca la expulsión de semen una vez la persona está muerta. Este trabajo da para muchas anécdotas, pero casi nadie las quiere escuchar. Todo lo que esté relacionado con la muerte asusta, y lo entiendo. Soy la primera en impedir que mi vida pierda luz a causa de mi trabajo, de tantos cadáveres sobre una mesa de metal a la espera de que les dé un mejor aspecto, pero esa palabra que nos da tanto miedo, «muerte», es lo único garantizado que tenemos. Todos, tarde o temprano, terminaremos en una camilla fría cubiertos por una sábana blanca, a la espera de que un profesional nos deje presentables para que nuestros seres queridos se despidan de nosotros, en ocasiones sin atreverse a cruzar el cristal que nos separa de su mundo. Después de haber trabajado con tantos muertos, de haber visto tantos rostros de personas cuya esencia real jamás conoceré, me pregunto quién será el encargado o la encargada de darme una mejor apariencia a mí cuando me llegue la hora.

El ambiente de trabajo en el tanatorio no es el más jubiloso, obvio. Es un lugar silencioso y de tránsito que casi nadie quiere visitar, a no ser que uno sea un morboso o el difunto le deje una herencia multimillonaria. Pero en mis ratitos de descanso con Lola en la salita dispuesta solo para el personal, con máquina de café y un par de mesas altas con taburetes, una amplia sonrisa se dibujaba en mi cara. Lola, la recepcionista malagueña y divertida que contradice a la gente que piensa que los que trabajamos en un tanatorio somos seres sombríos, grises, siempre serios, afligidos, de luto. Aunque ese día en concreto, Lola sí se asemejaba un poco a ese estereotipo que nos han asignado. Estaba sentada en el taburete, seria y mustia, sosteniendo con una mano el café y con la otra el móvil. La mirada fija en la pantalla, el ceño fruncido y la boca entreabierta; ni se dio cuenta de mi presencia.

—¿Qué pasa, Lola? —pregunté mientras me dirigía directamente a la máquina de café. Si pudiera inyectarme café en vena, lo haría.

—¿No te has enterado de lo que ha pasado?

—Eh..., pues no. ¿Qué ha pasado?

—¿Conoces el centro psiquiátrico Vera de la Cruz?

—Por suerte, no —me reí.

—Calla, calla, no te rías, que la que se ha liado. Eso te pasa por estar siempre enganchada a las series, Eva. No estás al día de las noticias —me reprendió resoplando y recordándome a Natalia, que me decía siempre lo mismo—. Por lo visto, el doctor que ha muerto en ese psiquiátrico era una eminencia. Un psiquiatra superfamoso.

Cogí el vasito de café de la máquina, me senté con tranquilidad en el taburete que quedaba frente a Lola y arqueando las cejas la insté a que siguiera hablando.

—¡Que hay una loca suelta por Barcelona, Eva! —exclamó alterada.

—Ay, Lola, una loca suelta, dice. Hay más de una.

—Nora Roy, depresión severa, veintitrés años —empezó a recitar su historial—. Ha matado a... —Se detuvo y respiró hondo. Volvió a mirar el móvil, lo señaló y siguió leyendo—: A una enfermera llamada Ana Torrents y al psiquiatra Gabriel Herranz —añadió como si yo tuviera que saber quién era ese psiquiatra, por lo visto bastante conocido.

—¿Y cómo los ha matado? —quise saber.

—Con una pistola, a bocajarro. A lo bestia, una salvaje. Y encima dicen que la pistola no ha aparecido, así que la tía se ha fugado y va armada.

—Pero ¿de dónde sacó una pistola en un centro psiquiátrico? —me extrañé.

—Mercado negro, Eva, que parece que te has caído de un guindo. Mercado negro —recalcó—. ¿Cómo pasan drogas y navajas en las cárceles? Pues lo mismo.

—Y luego soy yo la que ve muchas series y pelis. ¿Y no pudieron detenerla? —seguí preguntando convencida de que Lola lo sabía todo—. Habrá seguridad, digo yo.

—Sí, pero resulta que los encerró en el sótano. Nadie se explica cómo los llevó hasta allí y, lo más inquietante, ¿cómo logró salir sin que nadie la viera? Por lo visto, el sistema de las cámaras de seguridad falló.

—Igual alguien la ayudó, ¿no? —supuse sin que me importara lo más mínimo. Lola se encogió de hombros y dejó escapar un suspiro—. ¿Y se puede saber por qué te ha afectado tanto la noticia? Con la de crímenes que hay a diario, adolescentes estadounidenses que acribillan a tiros a todo un instituto... ¿Por qué esta noticia te tiene tan nerviosa?

Mi compañera volvió a suspirar con aire teatral. Por un momento, creí que iba a volver a hablar de su breve aventura como actriz en la capital y de sus fracasos; según ella, todos los directores de *casting* eran unos bordes frustrados que le habían cogido manía.

—Mi prima trabajaba en la recepción de ese mismo centro —contestó consternada—. La despidieron hace un par de meses por no sé qué problema con un psiquiatra. Hasta puede que sea el muerto, fíjate. Se lo preguntaré. Me dijo que están más desequilibrados que los pacientes, que ya es decir. Imagínate que trabajara todavía allí y que la pobre se tropezara con esa loca, Eva.

—Barcelona es grande, no te preocupes. Además, seguro que no se habrá quedado en la ciudad —reflexioné—. Puede que ya esté, no sé..., en una aldea gallega donde no llegue el wifi ni haya tanta tecnología punta para estar al día de todo en todo momento, cada minuto del día...

—Claro, como tú te pasas media vida mirando el catálogo enterito de Netflix, no te enteras de lo que pasa en el mundo, Eva, pero el mundo está mal, muy mal —me interrumpió con severidad—. La gente está muy loca, te lo digo yo, que me trago todos los informativos; y se ve cada cosa que da miedo —añadió con énfasis y dándole un toquecito a la pantalla del móvil.

—¿Y para qué preocuparse tanto? Lo que te tenga que pasar te va a pasar igual —expuse con una despreocupación que irritó a mi compañera. Se lo noté en la mandíbula, no muy marcada por su cara regordeta, pero ahí estaba, a punto de partirse por la mitad debido a la tensión.

—Ya, sí, bueno, pero yo sabré reconocer la cara de esta loca si me la cruzo por la calle y tú no —me advirtió al cabo de un rato—. Avisada quedas.

—Uy, Lola, cómo estamos hoy... —murmuré conteniendo la risa y dándole un sorbo al café.

Para cuando volvía a casa, ya me había olvidado de los asesinatos en el centro psiquiátrico cerca de Barcelona, entre montañas y con vistas al mar, lejos del mundanal ruido del barrio de Gracia. Estaba más intrigada por lo que iba a pasar esa noche en el nuevo capítulo de *Outlander* que por que una loca asesina con depresión anduviera suelta vete tú a saber por dónde. A eso le llamo yo «huir de la realidad», más cuando esa realidad te es completamente ajena. Aunque nunca debemos dar nada por sentado; no sabemos lo que la vida nos depara a la vuelta de la esquina.

Ya era de noche cuando salí del metro y anduve los ocho minutos exactos que me separaban de la plaza del Sol. Saludé a Félix, el camarero del Café del Sol, al que, un día más, pillé bajando la persiana.

—¿Ha habido mucho trabajo hoy? —me interesé mientras introducía la llave en el cerrojo de la puerta del portal.

—Se nota el buen tiempo, a la gente le apetece más salir a la terraza.

—Me alegro.

La competencia es feroz en la zona. Hay seis bares más en la plaza, sin contar con los de las muchas callejuelas que abundan en Gracia, locales con un encanto especial, con un aire bohemio y chic, que es lo que le gusta al barrio. Siempre están llenos, sobre todo cuando llega la primavera.

—¿Y tú qué tal en el trabajo? —se interesó.

—Bien, como siempre... Casi todos los días son iguales —contesté con resignación.

—La rutina nos mantiene cuerdos —opinó más para sí mismo que para mí mientras se aseguraba de que la persiana quedara bien cerrada—. En fin... Hasta mañana, Eva.

—Hasta mañana.

Cerré la puerta y le di al interruptor de la luz, pero no funcionó. Era un edificio viejo, solía fallar día sí día también. No me quedaba batería en el móvil para activar la linterna, así que, a oscuras, con la luz anaranjada de las farolas de la calle alumbrando el primer tramo de las escaleras, subí con tiento cada peldaño. Me llevé un susto de muerte cuando la vecina del segundo hizo chirriar la puerta y se asomó para preguntarme en un susurro:

—Shhh... Shhh... ¿Ya has visto al fantasma de la mujer?

La hostia.

La señora Cecilia era mayor, rondaba los noventa, y la cabeza no le funcionaba bien. Había noches en las que cogía una escoba y empezaba a dar golpes en el techo a saber con qué intención. Seguramente para llamar la atención.

—No, no he visto al fantasma de la mujer, señora Cecilia —le contesté serena, paciente y sonriente. Mi abuela me dijo una vez que tratara bien a la señora Cecilia aunque fuera un poquito rara e insoportable. Me había acostumbrado desde niña a llamarla señora; para mí siempre fue una mujer muy mayor, de esas que parece que nos van a enterrar a todos.

—Ah, menos mal. Porque murió ahí, en tu piso. Yo era muy pequeñita, tenía cinco años, pero aún escucho sus gritos.

Ocurrió de verdad. En el verano de 1935, un año antes de que estallara la guerra civil española y mucho antes de que mi abuela comprara el piso a buen precio por la sangre derramada en él, allí vivía un matrimonio joven. Un día, el marido se volvió loco y, no se sabe a cuento de qué, acuchilló a su mujer en la habitación. Luego se ahorcó en el salón con una cuerda de esparto que ató en una de las vigas de madera que antiguamente había en el techo.

—No se preocupe, hay que temer más a los vivos que a los muertos —la tranquilicé, aunque la mujer siempre conseguía ponerme el vello de punta.

—Mira, en eso te doy la razón, Elena.

Me llamaba Elena. Nunca le llevé la contraria.

—Buenas noches, que descanse.

—Buenos días, Elena, que tengas un buen día.

Y cerró la puerta llevándose con ella su olor a naftalina. La pobre. Estaba peor de lo que pensaba.

Cuando entré en el piso, me dio por pensar, por imaginar cosas, por..., no sé, por echar de menos a mi abuela.

Viuda desde los treinta y cinco, me crie con ella porque mi madre no se vio capacitada para cuidar de mí y se fue a vivir con unos hippies a un pueblo perdido de Gerona. Y allí sigue, disfrutando de los aires de la Costa Brava. Al menos siempre se dignó a contestar al teléfono o a devolverme las llamadas, porque, si no, ni se hubiera enterado del fallecimiento de nana, a quien no vino a ver a la residencia ni un solo día durante los ocho meses que estuvo interna antes de fallecer súbitamente. «¿Para qué? Si no me va a reconocer», argumentaba con frialdad. Hizo acto de presencia en el funeral, qué menos, pero tan pronto como apareció, desapareció, sin preguntarme ni cómo me sentía.

Después de todo, no la culpo, no todas las mujeres están preparadas para ser madres. A ella le vino grande, no sabía quién era el padre, o eso decía, pues se quedó embarazada de mí en una época un poco loca de su vida. Aunque tuve suerte de tener a nana, que para mí fue la mejor madre del mundo, no negaré que a veces he sentido curiosidad por saber quién es mi progenitor, de dónde vengo y esas cosas, pero es tan difícil como encontrar una aguja en un pajar. Difícil no, imposible, aunque los libros de autoayuda que leía para fustigarme aseguraran que no hay nada imposible mientras creas en ti. Y una porra. Hoy por hoy, sigo sin saber a quién salí. Me miro en el espejo y no tengo a nadie con quién compararme. Me parezco tanto a mi madre y a mi difunta abuela como un huevo a una castaña, así que siempre he supuesto que predominaron los genes de mi padre; porque a mi abuelo, del que aún conservo alguna fotografía y que murió al caer desde veinte metros de altura mientras trabajaba como albañil en una obra, tampoco. A lo mejor soy como la abuela paterna a la que nunca conoceré. Hubo una época en la que, ofuscada por saber mi procedencia, me quedaba mirando fijamente a los hombres que más o menos debían de rondar la edad de mi padre, cuarenta y tantos, cincuenta... No sabía ni lo que buscaba, pero los escudriñaba tratando de ver en esos desconocidos algún rasgo común. ¿Qué pensarían de mí o de mis intenciones cuando en el metro clavaba mis ojos en ellos?

Respiré hondo, fui a la cocina y abrí la nevera. Qué vacía, qué insípida, cuánto echaba de menos a nana o la organización meticulosa de Miguel, que, oye, otras virtudes no tendría, pero la cocina se le daba bastante bien. Vivir con él era fácil. Cómodo. Rutinario. Miré con pena la pizza Tarradellas cuatro quesos. Me conformé con ella, era lo que había, peor sería tener un solo yogur caducado o una porción de queso con moho. Encendí el horno y puse el móvil a cargar; el cable parecía a punto de romperse de lo mucho que lo tensé para poder mirar el móvil desde el balcón mientras fumaba un cigarrillo con el sonido de la tele de fondo. Porque sí, porque por mucho que me empeñara en autoengañarme diciéndome que siempre había querido vivir sola, en realidad me aterraba la soledad.

La luna se asomaba entre los tejados y un gato rebuscaba en los contenedores. La pantalla del móvil se iluminó y me pidió los cuatro dígitos para entrar. Esa noche no tenía pensado mirar las publicaciones públicas de mi ex ni hacer cualquier barbaridad como... ¿intentar entrar en su cuenta?

«No, tengo que dejar de hacer eso», me dije sonriendo con malicia.

Me centré y busqué una página en la que publicar un anuncio para buscar a una compañera de piso que ocupara la habitación libre, tal y como había propuesto Natalia, quien me había escrito un par de wasaps insistiendo en el tema.

NORA

Quien nunca haya tenido la necesidad de huir no lo sabrá, pero los mejores lugares para esconderse son los que están repletos de gente. Personas anónimas con una rutina definida que se mueven como autómatas mientras van en metro o en tren, lugares que frecuenté logrando pasar desapercibida desde que escapé de la prisión en la que se convirtió el psiquiátrico, como si a través de cada una de sus puertas pudiera acceder a la boca del infierno.

En los lugares de paso nadie mira a nadie y para lo que yo buscaba en ese momento, eso implicaba seguridad. Los fugitivos estamos a salvo entre el bullicio porque el mundo está tan enfrascado en sus problemas, en las pantallas de sus móviles, tan atareados dando «me gusta» a momentos de vidas que jamás conocerán, que no son capaces de levantar la mirada y no solo mirar, sino ver más allá. Y si alguien se me quedaba mirando más de la cuenta, si creía que esa persona podía reconocerme pese al tinte negro y las gafas de pasta sin graduación porque mi rostro había aparecido en todas las televisiones con la voz de fondo de algún locutor alarmando a la ciudadanía de lo peligrosa que era, no había problema, cambiaba de vagón, bajaba en la siguiente parada y cogía otro tren. Jugaba al despiste. Siempre se me dio bien.

Depresión severa, determinó el honorable y repugnante psiquiatra Gabriel Herranz, en quien mis padres depositaron toda su confianza para salvarme. Ojalá hubiera sabido antes toda la verdad. Ojalá... Porque se equivocó. Todos se equivocaron. Y me enviaron a un abismo sólido como el cemento sin que me diera cuenta. Sin que pudiera oponer resistencia. Me pareció cruel que el sol brillara y que el tiempo fuera perfecto el día que, sin duda, fue el más negro de mi existencia.

Semana del 18 al 24 de marzo de 2019

—

EVA

La semana siguiente a publicar el anuncio no me llamó ni una sola interesada en compartir piso conmigo. Y eso que, por cómo lo escribí, en plan distendido y amigable, vivir conmigo parecía un chollo. No, no lo parecía, ¡era un chollo! Lo que sí recibí fueron los wasaps de algún bromista y las llamadas inquietantes de tíos salidos que debían de pensar que el tablón de anuncios de Idealista era Tinder. Ah, y la de uno que se interesó en la habitación para su hermana, que acababa de llegar de Estados Unidos, pero que no se presentó en toda la mañana.

—No sé si es buena idea —le dije a Natalia mientras tomábamos un café en la terraza del Café del Sol—. Lola dice que la gente está muy loca. Imagina que meto en casa a una psicópata.

—Eso son tonterías —replicó torciendo el gesto—. Eres una persona social, Eva, y lo de tu abuela aún lo tienes reciente. Aunque lo intentes disimular, sé que por dentro estás hecha polvo y una compañera de piso te vendría bien.

—No empieces con tus psicoanálisis. Conmigo no.

—Vale... —rio—. ¿Cuántos episodios viste anoche de *Friends*?

—Ahora estoy con *Outlander*.

—Vale. ¿Cuántos? —preguntó. Por su expresión, parecía estar preocupada por mí.

—Primera temporada por tercera vez enterita —contesté orgullosa.

—Joder, Eva. No haces otra cosa que ver series. ¿Duermes?

—Cuatro horas. A veces tres. No me da la vida.

—No te da la vida..., ya. —Puso los ojos en blanco y le dio un sorbo rápido al café hasta dejar la taza vacía—. Bueno, me tengo que ir.

—Últimamente estás muy ocupada. ¿Nuevo ligue? —tanteé.

Por la dulzura que desprendía siempre que la veía con mi abuela en la residencia, Natalia se convirtió en poco tiempo en mi mejor amiga y confidente. Siempre estaba ahí cuando la necesitaba y, como suele ocurrir con las grandes amistades, apareció en un momento tan inesperado como clave, cuando más sola me quedé. Nuestra amistad empezó con un café para hablar del día a día de nana y fue intensificándose en pocos meses. Parecía que nos conociéramos desde siempre. Pero con relación a su vida privada, solía mostrarse hermética. Le costaba hablar de sí misma.

—¡Ojalá fuera eso! —exclamó componiendo un mohín lastimero—. No, estoy haciendo reformas en la cocina. ¿No te lo había contado?

—Pues no. Me siento ofendida —solté.

—Tengo un despiste encima... —dijo con un hilo de voz y bajando la mirada en dirección a la cartera que acababa de sacar del bolso—. Invito yo.

Dejó un billete de cinco euros sobre la mesa, se levantó y, divertida, me lanzó besos al aire mientras corría en dirección al metro, dejándome sola con el café a medio terminar. En dos horas tenía que entrar a trabajar. Aún me daba tiempo a acercarme al supermercado. Mi nevera daba pena; esa noche me tocaba pizza Tarradellas otra vez y ya me notaba los kilitos de más en las cartucheras, pero me daba tanta pereza... Tanta, tanta, tanta... Ocupé los pocos minutos que pensaba quedarme en la terraza disfrutando del sol cálido de media mañana en comprobar si alguien se había interesado por la habitación. Pero nada. ¿Tenía que pagar por un mejor posicionamiento en la página para que el anuncio se viera bien? ¿Era ese el problema?

—¿Aún sigues buscando compañera de piso, Eva? —me preguntó Félix retirando la taza de café de Natalia.

—Sí. No hay manera. Y no lo entiendo, esta zona está muy solicitada, ¿no?

—Eso parece. ¿Cuánto pides por la habitación?

—Trescientos cincuenta euros con gastos incluidos —contesté encendiendo un cigarrillo.

—Pues la has puesto muy barata. A una amiga mía le cobran quinientos en esta misma zona.

—¡Quinientos euros por una habitación! ¡Qué barbaridad! Lo mío es una ganga, Félix, aunque la ventana dé al patio de vecinos y no entre apenas luz. Además, casi nunca estoy en casa.

Eso no era del todo cierto, pero quería que Félix pensara que yo era alguien con una vida social activa. Ahora me doy cuenta de lo ridículo que resulta hacerle creer algo a alguien que ya lo sabe todo de ti.

—Oye, pues dame tu número de teléfono y, si me entero de alguna chica que busque habitación, se lo doy —propuso con la libretita de las comandas a punto. Me pareció buena idea, así que le dicté mi número de móvil dos veces, una para que lo escribiera, la otra para que comprobara que lo tenía bien.

—A ver si hay suerte —suspiré.

—¿Y cómo es eso de trabajar en un tanatorio? —preguntó guardando la libretita con mi número de teléfono en el bolsillo delantero del delantal—. Siempre he sentido curiosidad.

—Pues...

—Perdona, cuando puedas, una Coca-Cola —nos interrumpió una voz a mi espalda. Como por inercia, me giré para ver la cara del cliente. Aunque su voz me resultó familiar, sin duda recordaría sus llamativos ojos color aceituna si lo hubiera visto antes.

Félix chasqueó la lengua en un ademán de fastidio evidente. Se encogió de hombros, me dedicó una sonrisa forzada y, acto seguido, regresó al interior del bar.

NORA

El móvil que me dio vibró con celeridad en el bolsillo trasero de mi pantalón. Era simple, de prepago, ilocalizable. Eso me dijo cuando me prometió que haría lo posible por ayudarme antes de que me escapara de su piso para no ponerlo en peligro.

Con el corazón latiéndome a mil por hora, a punto de estallar como si en lugar de un órgano vital fuera una bomba de relojería, abrí el mensaje: «No puedes seguir en la calle. He encontrado el sitio perfecto para ti».

EVA

Más de cinco minutos llevaba pensando en si la señora Encarnación, a quien me permití la licencia de llamarle Encarni como si la conociera, habría preferido sombra de ojos rosa o marrón para su funeral, cuando la melodía estridente de mi móvil me interrumpió, provocando que diera un respingo del susto. Normalmente lo apagaba en horas de trabajo; necesitaba silencio, sí, aún más del que suele haber en la sala aséptica iluminada por fluorescentes que en ocasiones parpadeaban como si estuviera dentro de una película de terror y los espíritus tratasen de comunicarse conmigo. Pero esa tarde pensé: «¿Y si llama alguna chica interesada en compartir piso conmigo?».

—¿Me disculpa un momentito, Encarni?

El silencio de los muertos como respuesta. Ni una sola queja, ni un resoplido. Nada. Así daba gusto trabajar.

—Número oculto —murmuré quitándome la mascarilla. «Las llamadas con números ocultos no auguran nada bueno», rumié mirando de reojo a Encarni—. ¿Sí?

—Hola.

—Hola, ¿qué quieres? —pregunté impaciente.

—¿Alquilas una habitación? —me preguntó una voz suave de chica joven con un marcado acento francés.

—Sí.

—¿Y aún está libre?

—Sí, pero está solicitadísima —mentí en un intento por no parecer desesperada.

—Oh. Podría estar ahí en media hora o...

—No, no es posible, estoy trabajando —le corté—. ¿Mañana por la mañana? ¿A las diez?

—Vale.

—Mira, apunta la dirección: plaza del Sol, número 16, tercer piso.

—Bien.

—Bien —repetí—. Pues... nos vemos mañana.

—Sí.

—Ah, ¿tu nombre?

Un chasquido de lengua traspasó la línea telefónica. Esperé paciente un segundo, dos, tres... Miré a Encarni. Me dio tiempo a contemplar por enésima vez su fotografía: lucía una sonrisa radiante y, pese a su edad, parecía estar en un buen momento vital. Hasta me dio tiempo a decidir que el tono que más le favorecería era el marrón, un marrón clarito, discreto, como el que ella solía usar para maquillarse en vida. A través de la imagen, sus ojos oscuros y pequeños me hablaban de una vida repleta de experiencias hasta el último suspiro, a la edad de ochenta y seis años. «Nada dura demasiado», me dije. Sobre todo lo bueno. Debió de ser una gran mujer. Su funeral, imaginé, estaría abarrotado de gente, gente que lloraría y se lamentaría, pero que, con resignación, diría: «Ya era mayor, la pobre. Nos va a tocar a todos». Es muy típico.

—Charlotte —contestó la chica devolviéndome a la realidad. Dejó escapar un suspiro largo, pronunciado—. Me llamo Charlotte —repitió.

—Vale. Hasta mañana, Charlotte.

NORA

Siempre me gustó disfrazarme. Actuar. Llevar gafas sin necesitarlas. El olor a tinte, penetrante, intenso, tóxico. Cambiar con frecuencia de *look.* De estilo. Saberme camaleónica. Verme capaz de fingir ser alguien que no soy. Autoengañarme repitiéndome en bucle que no había hecho nada. Simular que no huía de nada ni de nadie, que no sentía la culpa como propia. Verme capaz de mentir, de fantasear con un mundo más justo para mí. Usar la imaginación. Creerme mis propias mentiras. Darme una vuelta por tiendas de ropa de segunda mano, prendas usadas, prendas antiguas, prendas especiales que vistieron otras antes que yo.

Con dinero suficiente y la mejor de mis sonrisas para que esa incauta me alojara en su piso durante un tiempo, un tiempo para pensar, para planear, para esconderme, para estar y sentirme segura, para dejar de recorrer calles bulliciosas y de vagar por trenes con una diversidad apabullante de hedores, emprendí el camino hacia el que sería, no sabía hasta cuándo, mi nuevo *hogar, dulce hogar.*

EVA

El despertador no sonó esa mañana. En el momento en que le abrí la puerta de mi piso a Charlotte, una jovencísima francesa a la que pensé que todas las prendas debían de sentarle como un guante porque un gorro como el que llevaba puesto no le quedaba bien ni a la mismísima Meghan Markle, aún tenía legañas en los ojos y vestía unos pantalones de pijama grises y holgados con manchas de café y una camiseta de los Rolling Stones vieja y desgastada que le había robado hacía años a mi ex.

Vaya pintas. Menudo recibimiento.

—Hola —se presentó con una sonrisa deslumbrante, de anuncio de televisión de dentífricos, sin tener en cuenta mi aspecto, sin juzgarme. Llevaba una mochila negra a la espalda muy poco acorde con la ropa que vestía, como si ya diera por supuesto que le iba a alquilar la habitación, pese a que la tarde anterior yo había exagerado diciéndole que estaba solicitadísima—. Soy Charlotte.

—Yo Eva —le dije tapándome con disimulo la boca. Aún no me había lavado los dientes. Me moría de vergüenza al pensar que podía oler mi mal aliento matutino—. Pasa, pasa.

Charlotte dejó con delicadeza la mochila en el recibidor y miró a su alrededor expectante. La francesa, en silencio, avanzó por el pasillo hasta llegar al salón, luminoso a esas horas de la mañana, con los geranios de mi abuela en todo su esplendor. Los haces de sol que se filtraban hacían danzar mil motitas de polvo tras los cristales. Los movimientos de la chica, que no debía de superar los veinticinco años, eran delicados, lentos; me pareció una muñeca de porcelana frágil por su piel blanca e inmaculada. Alta, delgada, la típica chica que a lo mejor se zampa una pizza entera cada noche, pero que no engorda ni un gramo porque su genética es así, una bendición. Con curiosidad, se asomó al balcón, cuya puerta había abierto yo cuando sonó el timbre para que el piso se ventilara. Apestaba. La noche anterior me había quedado hasta las tantas de la madrugada fumando y bebiendo whisky del que nana tenía escondido, sin enterarme muy bien de los míticos *flashbacks* de la serie *This is us.* Charlotte se dio la vuelta y, tímidamente y sin mirarme, se colocó un mechón de pelo negro detrás de la oreja.

—Qué bonito. Y el suelo de madera me encanta.

—Sí, es un suelo muy agradecido.

¿Desde cuándo había empezado a hablar como mi abuela?

—¿Podría ver mi habitación?

Dijo *mi* habitación. «O sea, que se queda», pensé con reparo, pues el hecho de que yo fuera la propietaria del piso no parecía darme derecho a elegir.

—Claro —acerté a decir hipnotizada por su acento, por su mirada azul, angelical, por las ganas que tenía de preguntarle si estaba así de delgada por bendición genética o porque padecía algún trastorno alimentario—. El piso tiene dos habitaciones bastante amplias y un cuarto de baño. Ah, la cocina está aquí —dije cruzando el salón y abriendo la puerta corredera.

—Muy bonita.

—Sí. Mi abuela la reformó antes de... —Me callé de

golpe. Lloré un poco por dentro, me esforcé en disimular la pena, esa pena con la que me había despertado ese día, y volvimos al pasillo. No tenía intención alguna de abrir la puerta de mi habitación, era una leonera, así que seguí avanzando y abrí la contigua—. Esta sería tu habitación.

«Sería.» No «es.»

—¡Qué bonita!

—La cama y el armario son de Ikea..., pero bueno, puedes traer los muebles que quieras, pintarla, decorarla a tu gusto...

Me rendí. No, no «sería». «Era.» Ya era la habitación de Charlotte, quien había entrado, se había sentado en el borde de la cama apoderándose de la estancia y miraba al techo con una amplia sonrisa, como si se le hubiera aparecido el genio de la lámpara para otorgarle tres deseos.

—Pues ya me quedo aquí.

—¿Eh?

Se levantó, vino hacia mí y se paró demasiado cerca. Yo me aparté hasta tener la espalda pegada contra la pared, no soportaba que una desconocida invadiera mi espacio vital. No ese día, no en ese momento, cuando aún no me había lavado los dientes y apestaba a tabaco y a alcohol. Charlotte sacó cuatrocientos euros del pequeño bolso con flecos que llevaba colgado del hombro y me los tendió.

—Eh... son trescientos cincuenta —repliqué confusa, contando con rapidez los billetes de cien y de cincuenta.

—Cincuenta euros extra por las prisas.

—Pero no has visto el cuarto de baño aún.

—Lo que he visto me gusta —comentó impaciente recogiendo su mochila del suelo. Luego entró de nuevo en la habitación y me cerró la puerta en las narices.

De haber podido salir de mi cuerpo y verme desde fuera, seguramente me habría reído de la cara de idiota que se me quedó mirando la puerta cerrada.

«¿Lo que acaba de pasar es normal?», me pregunté.

Adormilada, caminé despacio por el piso sin hacer ruido, con esa sensación de idiota que se me había quedado cuando la francesa se instaló en la habitación previo pago sin tan siquiera preguntarme si me parecía bien, si la quería como compañera de piso. ¿Había ocurrido de verdad? ¿O seguía borracha? ¿Había sido una especie de alucinación y si abría la puerta no habría nadie? ¿Seguía durmiendo? ¿Era un sueño? Fui a la cocina a hacer café. Apoyada en la encimera, porque apenas me mantenía en pie, esperé pacientemente a que la luz de la Nespresso se pusiera verde. Le di al botón. El café cayendo enérgico en la taza me hipnotizó y la estancia se inundó de su característico olor; empecé, poco a poco, a despertar. El primer sorbo me supo a gloria, pero no terminaba de encontrarme. Seguía desencajada, tenía la sensación de que algo iba mal. En ese instante, me habría gustado volver atrás en el tiempo para decirle a mi yo del pasado que ni se le ocurriera poner un anuncio; que sola estaba bien, mejor que con alguien que, nada más llegar, se encerraba en la habitación que consideraba suya solo por verla. En realidad, me conformaba con no haber abierto nunca la puerta.

«A lo mejor en Francia se hacen las cosas así», cavilé. Sopesé esa posibilidad serenándome un poco en el acto.

Cogí un cigarro del paquete de tabaco que encontré al lado de la tele. Ni siquiera recordaba haberlo dejado allí. También estaba el móvil, con la batería cargada. La primera persona en la que pensé fue en Natalia, quien me había animado a alquilar la habitación, así que, maldiciéndola en silencio, la llamé, aunque cabía la posibilidad de que estuviera trabajando.

—Eva, me pillas un poco ocupada —contestó.

—Ya, perdona, solo necesito...

—¿Por qué susurras? ¿Estás bien? —se preocupó.

—Sí, sí, pero es que... Ha venido una francesa a ver el piso y sin preguntar ni decir nada me ha dado cuatrocientos euros y se ha encerrado en la habitación.

—Bueno, pero eso es fenomenal, ¿no? ¡Ya tienes compañera de piso! —me animó.

—No lo entiendes. Es que ni siquiera me ha preguntado si hay otros candidatos, si...

—Pero es que no los hay, Eva —me cortó—. Tú misma me lo dijiste. Nadie respondió al anuncio, todo eran bromas por WhatsApp y llamadas raras —se desesperó.

—Ya, ya... Pero ¿no te parece raro?

—Hombre, un poco igual sí. Pero piensa que a lo mejor ha llegado hoy de viaje, está cansada y quiere dormir.

—Ah, puede ser por eso.

—Y además ha pagado.

—Sí, eso sí.

—¿De dónde es?

—No sé. No me ha dado tiempo a preguntárselo. Estoy un poco resacosa.

—Joder, Eva.

—Pero es francesa —me apresuré a decir para no escuchar su sermón—. Eso sí lo sé. Tiene mucho acento francés y se llama Charlotte —repetí.

—Vale. Eh..., hoy tengo el día a tope, pero ¿quedamos mañana por la mañana? Así me cuentas qué tal vuestro primer día y esas cosas.

—Ay, Natalia, ahora tengo miedo.

—¡¿Miedo de qué?!

—Yo qué sé, de que sea una loca, una psicópata... —contesté pensando en Lola, en lo exagerada que me parecía siempre al hablar abiertamente de los miedos que le generaba cada noticia que veía en los informativos.

Pero Natalia se rio a carcajadas, sin disimular la gracia que le provocó mi preocupación en forma de nudo en la garganta que me aprisionaba y no me soltaba.

—Hablamos mañana. Ve escribiéndome wasaps. Para saber que estás viva y esas cosas. —Siguió riendo antes de colgar.

—Te odio.

—Yo también a ti. ¡Besitos!

NORA

—¿Cómo estás?

—Bueno... Ahora soy francesa y me llamo Charlotte.

—Buen acento. ¿El piso está bien?

—Sí, no está mal. Y tenías razón, la chica no me ha reconocido. ¿Cómo lo sabías?

—Hay alguien más en todo esto, Nora...

—¿Quién?

—Aún no lo sé, pero parece que quiere ayudarnos.

—Ten cuidado, no te fíes de nadie...

—No soy imbécil.

—¿Sigues enfadado conmigo?

—No, Nora... Pero sigo sin entender por qué preferiste vivir en la calle que en mi piso. Te podría haber pasado cualquier cosa.

—No quiero meterte en problemas. Además, ya no estoy en la calle. Aquí no me encontrarán. ¿Se sigue...? ¿Se sigue hablando mucho de mí?

—No tanto, pero sí, apareces de vez en cuando en la tele y en la prensa. Sobre todo en la prensa.

—No sé cómo salir de esta. No puedo pasarme la vida huyendo.

—Puedes decir la verdad, Nora.

—¿Y quién me va a creer? Sí, yo los maté, a ese desgraciado y a la enfermera. Pero es mejor estar así, ocultándome hasta de mis padres, que ya han sufrido bastante, que volver al centro psiquiátrico, te lo aseguro.

—No llores, Nora. Por favor..., no llores.

—Dime que todo va a ir bien. Es lo único que necesito. Que me digas que...

—Sí. Todo va a ir bien... Te lo prometo. ¿Estás sola?

—Sí, se acaba de ir a trabajar.

—Pues ahora voy para allá. ¿Necesitas algo?

—Comida. La nevera está vacía, esta tía es un desastre.

—¿Tengo cara de panoli? ¿De pringada?

Lola se echó a reír derramando un poco de café sobre la mesa alta de la sala de descanso. Al final, entre Natalia y ella me iban a hacer creer que me había equivocado de profesión, que debía estar triunfando y provocando carcajadas a todo quisqui en *Paramount Comedy* y no embalsamando y maquillando muertos.

—Pero ¿se ha encerrado así, sin más? —logró decir cuando fue capaz de contener la risa.

—Pues sí. He tocado a la puerta para decirle que me iba a trabajar y ni ha salido ni nada. Es raro, ¿no?

—Rarísimo. Qué cosas. Bueno, a lo mejor Natalia tiene razón y llegaba cansada de algún viaje.

—Ojalá sea eso, Lola. Ojalá... —musité mirando a un lado y pensando en cómo sería la situación dentro de unas horas—. A ver esta noche cuando llegue. Se me hace tan raro que haya alguien esperándome en casa... —resoplé. Pensé en mi abuela y en Miguel, las únicas personas con las que había vivido hasta el momento.

—Bueno, quien te espera ahora es el pobre Mariano.

—Ay, Mariano, sí. Noventa y ocho años.

—Tú y yo no llegaremos a esa edad, Eva —auguró Lola suspirando.

—¿Y a ti te gustaría?

—Sí, ¿por qué no? Me da miedo morir —confesó con la voz entrecortada, reflexiva, mirando a su alrededor a través del cristal de la sala, hacia el lugar que alberga diariamente ambos mundos, el de los muertos y el de los vivos que los lloran—. Pero también debe de ser una especie de maldición vivir tantos años, ¿no?, sobrevivir a tantos seres queridos. ¿A cuántos entierros habrá ido Mariano? Sí, me da miedo morir —recalcó dando un golpecito en la mesa con el dedo índice—, pero más miedo me da tener que decirles adiós a las personas a las que quiero.

—Hostia, Lola, últimamente estás muy profunda.

Pero me callé lo que de verdad pensaba. A profunda no me gana nadie, así que por dentro le di la razón. Debe de ser triste vivir los años suficientes como para que las personas a las que más quieres se conviertan en recuerdos. Recuerdos, solo eso; recuerdos que son una nimiedad si los comparas con la oportunidad de vivir momentos. No hay nada más doloroso que la imposibilidad de no generar nuevos recuerdos junto a los que más quieres.

—Será la edad... —resopló Lola de manera exagerada—. Los cuarenta están a la vuelta de la esquina, amiga.

—Tendremos que celebrarlo, ¿no?

Lola asintió sin convencimiento. Ambas miramos con desgana el reloj de pared, el que había junto a la máquina de nuestro querido e imprescindible café. Las siete de la tarde. Nuestros quince minutitos de descanso habían llegado a su fin.

Mariano me recibió sereno y silencioso sobre la camilla de metal. Tenía cara de buena gente, de anciano amable y encantador que disfrutaba contando batallitas de juventud a sus nietos y bisnietos, porque habría llegado a conocerlos, deduje fantaseando sobre la vida que había llevado. Y es que en realidad inventaba una vida para cada uno de mis muertos. Mariano podría haber sido un viejo cascarrabias, el vecino que se queja si tienes la música demasiado alta o si los invitados hacen mucho ruido al caminar. Pero nadie se atreve a hablar mal de los muertos. Y yo prefería otorgarles vidas intensas, emocionantes, sin desperdicio, aun cuando la realidad podía haber sido muy distinta. Aburrimiento, soledad, dolor, lágrimas, sacrificio... Las dos caras de una misma moneda. Apenas tuve que esforzarme con el anciano. Una de sus hijas había dicho expresamente que quería poco maquillaje; que lo afeitáramos bien, como él se esmeraba en hacer en vida, pero que no lo disfrazáramos. Recorrí los profundos surcos que ocasionan los años con cuidado, con mucho respeto y suavidad, como si un cadáver también pudiera sentir dolor o pena por un movimiento brusco.

Llegué a casa sobre las diez de la noche. Félix atendía un par de mesas, las últimas que quedaban. Me guiñó un ojo y sentí su mirada en mi espalda hasta que me adentré en la seguridad que me ofrecían las densas sombras del portal. Por un momento olvidé que no estaba sola, que Charlotte debía de estar en la habitación. O quizá había salido; aunque caí en la cuenta de que su llegada había sido tan precipitada que no le había entregado el otro juego de llaves, el que era mío cuando vivía con nana. Yo me había quedado con las de ella, con su llavero de búho y la moneda de veinticinco pesetas con el agujero colgando de la anilla que unía todas las llaves. Decía que traía buena suerte. Y sí, de suerte iba necesitada. Hacía veinticuatro horas vivía sola, podía hacer ruido, beber y fumar cuanto quisiera y empacharme de episodios de cualquier serie de Netflix, Movistar, HBO o Amazon Prime hasta las tantas sin rendir cuentas a nadie. En ese instante, me sentí presa en mi propia casa. Cohibida. Se me hacía raro vivir con una desconocida.

Me quité la chaqueta, la dejé mal colgada en el perchero y di dos golpecitos en la puerta de la habitación de Charlotte. El silencio como respuesta. Probé otra vez. Nadie contestó. Abrí la puerta despacio hasta que alcancé a ver la cama, donde Charlotte descansaba. Me acerqué un poquito, lo justo para comprobar que respiraba y que usaba un perfume bastante fuerte y masculino, porque olía a hombre. Pasé por alto ese detalle, cerré la puerta y fui hasta la cocina, donde me sorprendí al abrir la nevera. Estaba llena. ¡Llena! Y además había un montón de cápsulas de café para la Nespresso. Mi triste pizza cuatro quesos estaba acompañada de fruta, verdura de todo tipo, ¡hasta brócoli!, lechuga, tomates, queso fresco, pollo, huevos, yogures y una botella de vino tinto que la francesa ya había catado.

Ya sabía algo más sobre ella. Le gustaba comer sano y el vino. Ah, y no era vegetariana.

22:20 NATALIA
¿Sigues viva?

22:22 EVA
Eso creo. La francesa duerme.
Puede que tuvieras razón, debía de estar cansada del viaje.
¡Me ha llenado la nevera!

22:24 NATALIA
Te lo dije. No estás hecha para vivir sola.
Bonne nuit, chérie!

Tras el intercambio de wasaps con Natalia, me disponía a preparar una ensalada para cenar cuando una duda me asaltó, sumergiéndome en una especie de marea tóxica. Si Charlotte había salido a hacer la compra, ¿cómo había vuelto a entrar si no le había dado la copia de las llaves?

19 de marzo de 2019

—

PERIÓDICO *BARCELONA AHORA*

Por Dídac Sáenz

CONTINÚA LA BÚSQUEDA DE LA ASESINA DEL PSIQUIÁTRICO

Sigue en paradero desconocido Nora Roy, la paciente del Centro Psiquiátrico Vera de la Cruz, a quien busca la Policía Nacional como principal sospechosa del doble crimen que se cometió en dicho centro el pasado 11 de marzo.

Supuestamente, ese día, Roy consiguió encerrar al psiquiatra Gabriel Herranz y a la enfermera Ana Torrents en el sótano del edificio, donde posteriormente fueron encontrados sin vida con signos de violencia. La policía no ha facilitado información sobre el estado de los cuerpos.

Según Marina Herrera, directora del centro, Roy había ingresado en él tras diagnosticársele una depresión severa, al parecer provocada por «una tragedia personal».

La directora ha descrito al doctor Herranz y a la enfermera Torrens como «dos profesionales intachables, personas cercanas, generosas y amables que no se llevaban mal con nadie», y ha añadido que no se explica «cómo ha podido ocurrir algo así» ni cómo la paciente fue capaz de burlar el sistema de seguridad.

Familiares de ambas víctimas han hecho declaraciones

durante estos últimos días, en las que manifiestan su frustración porque no se haya detenido aún a la supuesta homicida. Eulalia Valldosera, esposa del psiquiatra asesinado, ha manifestado que no busca venganza, «pero sí justicia», según sus propias palabras.

EVA

Charlotte seguía sin dar señales de vida. Me daba apuro llamar a la puerta para comprobar que estaba bien, pero eso es algo que hacen las compañeras de piso, ¿no?

—Ay, nana, dame una señal. Tú, que siempre decías que era feo meterse en las vidas de los otros, ¿entrarías o no? —le dije a la nada levantando la mirada al techo, como si ese gesto obrara ayuda divina.

Desde hacía rato, tenía la oreja en la pared, ya que la habitación en la que se había instalado Charlotte era contigua a la mía, pero no oía nada. No había dormido en toda la noche preguntándome cómo había podido entrar en el piso si mis llaves seguían donde yo las había dejado, en el armarito del mueble de la tele. La noche en vela me permitió saber algo más sobre la francesa: no roncaba.

Eran las once de la mañana. Me vestí con lo primero que pillé, unos tejanos y una sudadera gris desgastada, me calcé con rapidez las Converse blancas y bajé al bar a tomar un café. Me senté a una de las mesas de la terraza para poder fumar un cigarrillo; observé a la gente, me empapé de los rayos del sol de la mañana, cálidos e intensos, miré mi móvil por puro aburrimiento e incomodidad por estar sola y, sí, cotilleé las redes sociales de Miguel. Una fotografía de su Instagram rebotó en lo más profundo de mis entrañas provocándome una fuerte sacudida y un cabreo monumental.

—¡Será cabrón!

—¿Problemas? —preguntó una voz a mi espalda con tono socarrón. Me giré porque me sonaba de algo y, esta vez sí, lo reconocí. Nunca se me olvida una cara. Se trataba del mismo tío que le había pedido una Coca-Cola a Félix el otro día, interrumpiendo nuestra breve charla sobre el alquiler de la habitación de mi piso.

—Pse..., mi ex, que ya tiene nueva novia. Y rubia —me indigné. No supe a cuento de qué le solté eso a un extraño.

—Habrá que pasar página —comentó tranquilo, mirándome tan fijamente que pensé que podía leerme los pensamientos. Sus ojos parecían agarrarme y no me soltaban—. Por cierto, me llamo Adrián —se presentó levantándose de la silla y agachándose para darme dos besos. Luego se sentó a mi lado sin pedirme permiso. Vale, tenía pinta de panoli: una desconocida se había adueñado de la habitación de mi piso sin que en ningún momento yo la hubiera aceptado y ahora otro desconocido, que estaba bastante cañón, por cierto, se tomaba la libertad de sentarse conmigo a tomar un café. Me quedé descolocada. Descolocada y tan muerta de sueño que apenas me dio tiempo a reaccionar.

—Eva.

Félix se acercó a nosotros y me guiñó un ojo divertido. El tal Adrián le pidió sonriente una Coca-Cola.

—No me gusta el café —señaló.

Lo más destacable en él eran sus ojos rasgados color aceituna, en los que ya había reparado la primera vez que lo vi. Tenía el cabello negro y corto, que quizá fuera ondulado si se lo dejaba crecer, y una barba descuidada de tres días salpicada por alguna cana que pasaba desapercibida si no te fijabas bien. Mandíbula cuadrada, bien definida, y unos hoyuelos sexis e irresistibles que surgían en sus mejillas cuando sonreía. Ahora resultaba que los hoyuelos eran en realidad un defecto, cuando de toda la vida quienes los tenían los exhibían con orgullo, como me pareció que hacía ahora Adrián, que seguía sonriéndome.

—¿Sabes que los hoyuelos se deben a la deformidad de los músculos faciales? —le solté dejándolo KO—. Sí, resulta que tener hoyuelos es un defecto; se ve que es porque los músculos no tienen un funcionamiento correcto.

Mi abuela me decía que debía ser más prudente y controlar mis impulsos. Dejar de decir todo lo que se me pasaba por la cabeza y pensar que, a lo mejor, no sonaba tan bien cuando lo expresaba en voz alta. A mis veintiocho años lo intentaba, hoy por hoy lo sigo intentando; de hecho, entonces ya había aprendido algo de autocontrol, pero el hombre que tenía delante me ponía nerviosa. El cosquilleo que se había apoderado de mi estómago no era normal.

—Muy interesante —rio tomándoselo con humor. Enarcó las cejas y volvió a sonreír, «¡Dios, deja de sonreír así!», cuando Félix le trajo la Coca-Cola—. ¿A qué te dedicas? ¿Eres cirujana? —preguntó con sarcasmo.

—No. Soy tanatopractora. —Al ver que parecía no tener ni idea de lo que le hablaba, lo resumí a lo de siempre—: Maquilladora de difuntos.

—Guau —exclamó aturdido. Así suele reaccionar la gente cuando les digo a qué me dedico. Abren mucho los ojos y también un poco la boca, como si les faltara el aire, y luego suelen decir lo mismo que estaba a punto de soltar Adrián—: Y... ¿y cómo es eso? —preguntó indeciso. Me decepcionó que su reacción fuera como la de casi todo el mundo—. ¿No te da cosa?

—Te acostumbras —resolví de manera natural—. Pero, bueno, no hablemos de trabajo, eso es muy típico. ¿Qué haces tú un jueves a las doce del mediodía sentado a la mesa de una terraza?

—Es una manera perspicaz de preguntar si trabajo —apuntó él levantando una ceja y dándole un sorbo a su refresco—. Poco original.

—Perdón —me reí levantando las manos en son de paz.

—Soy entrenador personal. Mis horarios son muy flexibles.

—Hace años que no piso un gimnasio.

—¿Nada de deporte?

—Nada. Cero. Estoy en muy baja forma —resoplé, y le di una calada al cigarro, uno de los motivos por los que me faltaba el aire si caminaba más deprisa de lo habitual. «Tengo que dejar esta mierda», pensé.

—Puedo darte clases. Gratis —se ofreció con cara de pillo. Me costaba mirarlo directamente a los ojos; de repente, me entró vergüenza, como si fuera una colegiala—. Conmigo te lo pasarías bien —añadió.

¿Lo que acababa de decir tenía doble sentido o solo me lo parecía a mí? ¿Por qué Natalia no estaba cada vez que la necesitaba para que me dijera si sí o si no?

—Lo tendré en cuenta. ¿Y tú no tendrías que tomar té o algo así? —señalé—. Con la de gas que tiene la Coca-Cola... Pensaba que los entrenadores personales erais sanos.

—Sin Coca-Cola no me despierto. Algún defecto tengo que tener, ¿no? —repuso.

Con disimulo, dirigí la mirada a sus brazos fuertes, cuyos músculos se adivinaban bajo la sudadera. Tenía la espalda ancha y sus manos grandes sujetaban con firmeza el vaso repleto de cubitos de hielo y con una rodaja de limón. Parecía uno de esos actores de telenovelas turcas que no me había animado a ver. Lola siempre me hablaba de las tramas, que se resumían en los bíceps y en las tabletas de chocolate que esos hombres tienen por vientres.

«Son de otro mundo, Eva», solía decirme mi extravagante compañera de trabajo.

—¿Vives por aquí? —me interesé apoyando el codo en la mesa y llevándome la mano a la barbilla, a lo mejor un poco más coqueta de lo que pretendía.

—No. Pero en media hora tengo que estar en casa de un cliente. Es actor.

—¿Conocido?

—Ha aparecido en alguna serie de televisión —contestó con indiferencia.

—Ah. Soy más de series americanas.

—¿Con cuál estás ahora?

—*Outlander*. Y *This is us*.

—Me encanta *This is us*.

—¿A que es genial? —me emocioné llevándome una mano al pecho. Era el primer hombre que me reconocía en voz alta que le encantaba esa serie. Miguel la odiaba. Bueno, Miguel odiaba todo lo que no fueran documentales, concursos y pelis de acción.

—Sí. Muy emotiva —confirmó asintiendo con la cabeza y mirándome con los ojos entornados.

—¿Tú también lloras al final de cada capítulo?

—No se lo digas a nadie, pero sí... —reveló en un susurro que se me antojó provocador, echando su cuerpo hacia delante y acercando su cara a la mía.

Tragué saliva y el estómago me dio un vuelco. Me sentí tan incómoda como emocionada. «¿Quién dice que hay que inscribirse en Tinder o en cualquiera de los cientos de páginas de contactos para encontrar el amor?», me dijo una vocecita interior ilusionada. También puede ocurrir así, como antaño, sin forzar nada, cuando menos te lo esperas, en una mañana soleada de mediados de marzo, mientras estás tomando café en la terraza de un bar. Sentí, tal vez de manera inconsciente, que ese hombre con una seguridad en sí mismo apabullante podía cambiarme la vida. Y vaya si me la cambió...

—Bueno, me tengo que ir. Ha sido un placer conocerte, Eva.

La magia se rompió de pronto haciéndome sentir Cenicienta a medianoche.

Emití un suspiro.

—Lo mismo digo —sonreí. Me levanté con torpeza y me puse de puntillas para darle dos besos, dejándome embriagar por su olor a loción de afeitado y por las cosquillas en mis mejillas al contacto con su barba—. Yo... yo vivo aquí.

Señalé la portería y miré en dirección a mi piso, al tercer balcón, donde los geranios de la abuela sobresalían por los barrotes de hierro. Alcancé a ver a Charlotte tras el cristal mirando hacia la calle cual fantasma pálido de melena lacia negra. Un escalofrío me recorrió la espina dorsal cuando se percató de que la estaba mirando y corrió la cortina ocultándose en el interior.

—¿Pasa algo? —preguntó Adrián mirando en la misma dirección cuando Charlotte ya había desaparecido.

—¿Eh? No, no, nada. No pasa nada.

—Deja que te invite al café.

—No, no es necesario...

Pero para cuando terminé de hablar ya había dejado el dinero sobre la mesa.

—Me ha encantado conocerte, Eva. De verdad. Si vengo por aquí...

—Nos veremos. Seguro.

Lo normal en esta era tecnológica hubiera sido darnos nuestros números de teléfono, wasapear, buscarnos en Facebook, en Twitter y en Instagram, pero no lo hicimos. Ninguno de los dos dio pie a que eso ocurriera, parecíamos tener confianza ciega en el destino, que suele hacer de las suyas; como decía la abuela, si tiene que pasar, pasará. Nos sonreímos. Contemplé una vez más sus hoyuelos y sus ojos brillantes como si estuviera frente a un milagro. Me dio una palmadita amistosa en el hombro y se fue.

—Félix —lo llamé cuando salió a recoger una de las mesas—, ¿conoces a ese chico?

—Ha venido un par de veces por aquí, pero no lo había visto antes. Parece majo.

—Sí. Es majo —le di la razón con la mirada fija en Adrián, que seguía avanzando por la plaza, alejándose cada vez más de mí. Se detuvo un momento frente al Astrolabio, que no es una de las esculturas más conocidas de Barcelona, pero sí una de las más originales. Representa un reloj de sol con números romanos grabados en una especie de esfera sobre la que gira la escultura. Tiene doce figuras a su alrededor, cada una representando a un signo zodiacal, modeladas con los rasgos o actitudes que supuestamente los definen.

«¿Qué signo zodiacal será Adrián?», me pregunté dándole un sorbo al café y encendiendo otro cigarrillo con la mirada perdida.

NORA

—Te he visto hablando con ella. ¿Por qué? Me parece un riesgo innecesario.

—Quiero asegurarme de que es buena gente, Nora, de que con ella estás a salvo. Vale que te hayas teñido el pelo, que uses gafas y que se te dé genial poner acento francés, pero... Aunque tal y como pensaba, ella no está al día de las noticias y no te ha reconocido.

—Es difícil reconocerme, ¿no?

—No sé. Es muy observadora y se fija en cada detalle. Parece de esas personas que no olvidan una cara. No salgas mucho de la habitación, por si acaso.

—Vale.

—Ten cuidado.

—Sí... Pero crees que si me descubre..., si descubre quién soy...

—No pienses en eso ahora.

—Esto es una pesadilla.

—Lo sé, Nora... Lo sé.

EVA

En todo el día, no dejé de pensar en «el adonis que he conocido en el bar», así lo apodé hablando con Lola. No podía parar de hablar de él, lo cual fue genial porque me ayudó a olvidar la fotografía de Miguel con la rubia.

—Pero tú eres tonta —me soltó Lola con rudeza—. O sea, ¿que no tienes su número de teléfono ni sabes su apellido para buscarlo en Facebook?

—Nada. Que el destino haga de las suyas, Lola.

Lola no estaba de acuerdo, claro, y yo me martiricé un poco por si tenía razón, por si no volvía a ver a Adrián, aunque sabía que entrenaba a un cliente por el barrio. Si hubiera sabido de antemano las fatales consecuencias y que nuestro encuentro no fue casual, casi nada en esta vida lo es, no me hubiera torturado pensando que no volvería a verlo más. Pero nadie tiene el don de adelantarse al futuro.

—¿Y si lo has dejado escapar confiando en esa gilipollez del destino? ¡¿Y si no lo vuelves a ver?! —preguntó escandalizada insistiendo en el tema, como si yo hubiera cometido un sacrilegio. Sentí una punzada de agobio horrible, lo que me hizo darme cuenta de cuánto me había atraído Adrián y de lo mucho que necesitaba volver a verlo.

—Bueno, las casualidades existen... Puede que él vuelva en el momento en que yo baje a tomar un café y...

—Pero si siempre dices que no eres capaz de tomarte un café sola en un bar.

—Fíjate, pues estoy cambiando. Hoy lo he hecho. Y lo volveré a hacer cada mañana. Y algún día iré sola al cine y comeré sola en un restaurante —decidí.

—Lo has hecho porque te sientes incómoda en tu propio piso —adivinó—. Por la francesa.

—Qué rara es, Lola. Después de tomarme el café he subido. La puerta de la habitación estaba cerrada, he tocado un par de veces y le he preguntado si estaba bien, si quería un café...

—¿Y te ha contestado?

—Sí, por lo menos ha contestado. Ha dicho: «No, gracias, estoy bien». No la he visto en toda la mañana. No sale de ahí ni siquiera para comer, por eso está tan flaca.

—¿Y lo de las llaves?

—Qué misterio, Lola, qué misterio... ¿Cómo pudo salir a hacer la compra y volver a entrar si no tenía llaves?

—Bueno, igual las encontró y las volvió a dejar en su sitio.

—Eso o traspasa puertas.

—Qué boba eres. Ya me contarás qué tal esta noche.

—Pues mira, ya no espero nada. La francesa seguirá encerrada en su habitación y yo seguiré sintiéndome incómoda aunque la pobre no haga ruido ni para respirar. Y así cada día hasta que decida marcharse, que espero que sea pronto... Quiero volver a vivir sola, Lola. Maldito el momento en que Natalia me convenció para buscar compañera de piso.

—Siempre puedes proponerle al adonis que se vaya a vivir contigo —rio.

—¡Si no lo conozco de nada!

—Al tiempo, amiga, al tiempo —resolvió divertida—. A ver si eso del destino es cierto, hace de las suyas y lo convierte en el amor de tu vida —suspiró exageradamente.

—Te juro que se parece a uno de esos actores de las telenovelas turcas que te gustan a ti.

—Calla, calla, no me digas eso, que a mí no me pasan esas cosas y te tengo envidia. Que a mis casi cuarenta años no haya vivido algo así... Qué lástima. Qué injusta es esta vida, Eva.

Y hablando de injusticias, cuando nuestro ratito de descanso terminó, volví a la realidad triste de mi trabajo. En esta ocasión me esperaba Daniela, una chica de veintiséis años, dos menos que yo, fallecida en un accidente. Quién le iba a decir, parada con la moto en un semáforo en rojo, que esos serían sus últimos instantes de vida. Un conductor mayor y despistado, en lugar de pisar el freno, apretó por error el acelerador y la empotró violentamente contra el autobús que circulaba por la calzada colindante.

A veces, el destino es un cabrón. En ese caso no me salía otra palabra más refinada y menos vulgar para definirlo. Daniela, de haber podido, me habría dado la razón.

NORA

Tenía razón. Siempre la tiene.

Pero no se me quitaba de la cabeza lo que me había dicho por teléfono antes de venir a verme y llenar la nevera: «Hay alguien más en todo esto».

—¿Quién? —le pregunté cara a cara.

Se encogió de hombros y susurró pese a estar solos:

—No lo sé, pero es quien te ha traído hasta aquí —contestó, como si por el hecho de estar en ese piso tuviéramos que estarle agradecidos a ese *alguien* que había intervenido de forma misteriosa.

Prefería no pensar, era lo mejor, porque solo podía tratarse de una persona, y recordarla me daba escalofríos. Por otro lado, no podía imaginar un lugar más seguro en el que esconderme. Era agradable volver a vivir bajo un techo. Eva trabajaba hasta tarde y cuando llegaba a casa, yo no tenía por qué salir de la habitación, aunque me muriera de ganas de hablar con alguien, de fingir un poco de normalidad dentro de todo ese caos e incertidumbre en los que me habían metido no sabía por qué. Me pasaba el día recorriendo el pequeño piso para entretenerme. Conocía de memoria cada rincón, cada mota de polvo que sobrevolaba el espacio cuando el sol traspasaba el fino cristal, cada título de los libros que había en el estante, junto a la puerta corredera que daba a la coqueta cocina en la que preparaba café y me dejaba embriagar por su aroma intenso, exquisito. A veces me asomaba al balcón y observaba la plaza. Había tanta vida fuera... Tantas preocupaciones, tantas motivaciones, tantas alegrías, tristezas, sueños... Sueños... Pero, sobre todo, había amor. En ese momento era capaz de verlo por todas partes. Lo intuía en las parejas adolescentes, en las que debían de llevar unos cuantos años juntas, en las madres que paseaban a sus bebés en cochecitos, en las que iban a buscarlos al cole... A veces basta una mirada para darte cuenta de esas cosas. No podía evitar echar de menos el pasado, como si el tiempo fuera una persona en lugar de un vacío intangible. Esos momentos simples que no supe valorar antes de que mi corazón se desquebrajara cuando me vi inmersa en el instante que paralizó mi mundo.

Mi pequeño mundo, que para los demás no era nada, pero que para mí lo fue todo.

EVA

Llegué a casa agobiada después de un día intenso y duro en el tanatorio. Cuando empecé a trabajar, quizá demasiado pronto, quizá demasiado joven, si llegaba a casa llorando, triste y con ataques de ansiedad, nana, insistente, solía decirme: «Tantos rostros muertos afectan a cualquiera. Eso no puede ser bueno para la salud mental. Eva, cariño, ¿por qué no buscas otra cosa?».

Pese a haberlo elegido, supongo que nunca te acabas de acostumbrar del todo, no cuando quienes pasan por tu camilla para que les des un falso aspecto aún tenían mucha vida por delante.

La francesa había debido de ducharse hacía poco, la puerta del cuarto de baño estaba abierta y el espejo empañado por la condensación. Había usado mi champú de fresa y menta de Herbal Essences, en la entrada olía a él, y eso me hizo sonreír. Nunca he sabido qué se siente al tener una hermana, pero creo que debe de ser, en la mayoría de los casos, una relación especial. La más especial sin duda. Natalia solía mencionar poco a su hermana, pero la envidia me corroía cuando me contaba las discusiones que tenían por la ropa, el maquillaje o el perfume cuando aún vivían en casa de sus padres. Me hubiera gustado tener una hermana que me robara la ropa, que usara mi champú, mis sombras de ojos y esas cosas. Creí que tener una compañera de piso debía de ser algo parecido, pero empezaba a pensar que me había equivocado.

—Charlotte, ¿estás ahí? Quiero hablar contigo.

—Sí, pasa —contestó bajito.

Abrí la puerta y asomé la cabeza. La vi sentada, con una libreta apoyada en las piernas y un lápiz que debió de coger del escritorio del salón. Vestía una camiseta blanca de manga corta y tenía el cabello húmedo.

—Perdona, es que... Bueno, se me hace raro tenerte aquí y no saber ni de dónde eres.

—De París —se apresuró a responder mirándome como si la hubiera pillado en mal momento.

—De París... —murmuré—. ¿Has cenado? —Asintió lentamente con la cabeza—. Ya. Oye, ¿y no te apetecería ver una serie conmigo?

—Estoy un poco cansada, preferiría dormir.

—Vale —acepté fingiendo que no me importaba—. Por cierto, gracias por llenar la nevera. —Se encogió de hombros y me dedicó una sonrisa que se me antojó impuesta—. No dejo de preguntarme cómo pudiste entrar si no te di la copia de las llaves. ¿Las cogiste del cajón del mueble del recibidor?

—Sí, exacto. Y las volví a dejar ahí.

«Mientes.»

Fui hasta el salón, me detuve frente al mueble de la tele y me agaché para abrir el armarito, de donde cogí las llaves. Ahí estaban. No en el mueble del recibidor. Volví a su habitación, me acerqué a ella y se las di.

—Tuyas.

—Gracias.

Su olor a mi champú me hizo recordar la fragancia masculina que había olfateado la primera noche que Charlotte durmió en casa.

—¿Qué perfume usas?

—Perdona, no tenía champú. He cogido el tuyo y...

—Eso me da igual. Quiero saber qué perfume usas.

—No uso ningún perfume. ¿Por qué me lo preguntas? —inquirió extrañada.

Pero yo estaba demasiado cansada para improvisar un interrogatorio, así que negué con la cabeza restándole importancia, le deseé buenas noches y salí de su habitación. Encendí un cigarro en mitad del pasillo. A la porra, mi abuela no iba a venir. No iba a volver nunca. Y con ese triste pensamiento me derrumbé. Lloré con la mirada fija en la plaza vacía y dormida, salpicada de luces procedentes de farolas y ventanas tras las cuales se ocultaban rutinas de vidas que nunca conocería.

«Mañana será otro día», me dije con la respiración agitada. Encendí la tele y me decanté por un capítulo de *This is us* que culminara mi pequeña depresión imprevista.

Semana del 25 al 31 de marzo de 2019

—

EVA

Llevaba días bajando al bar no solo para tomar un café tranquila y huir, en cierta manera, de mi silenciosa compañera de piso, que parecía no existir, sino también para tropezar *por casualidad* con Adrián, en quien no dejaba de pensar. Su presencia constante en mi mente me distraía, como una heridita molesta en la punta de la lengua o una uña rota que no dejas de toquetear. Pero él no había vuelto a aparecer por la plaza. Al menos no a la misma hora que yo.

—Y me siento un poco triste —le confesé a Natalia, que últimamente andaba muy ocupada con las reformas, el trabajo y la vida en general, pero que me había reservado una hora de su preciado tiempo.

—En el fondo, eres una romántica, Eva. Pero creo que te viene bien para desconectar de Miguel. ¿A que no has vuelto a cotillear su Instagram?

—No.

Mentira. Mentía más que hablaba. Lo había hecho la noche anterior. La rubia no había vuelto a aparecer en sus fotos, pero sí una morena con un asombroso parecido a mí. O eso quise ver.

—¿Ves? Es un gran paso —razonó Natalia dándole un sorbo al café—. Y con la francesa, ¿qué tal?

—Con la francesa nada. Es rara. Bueno, anoche salió

de su habitación —le conté—. Tenía sed y fue a la cocina a por un vaso de agua. Le pregunté qué series le gustaban y si quería ver alguna conmigo, la que fuera, pero dijo que no tenía tiempo para ver series. En ese momento yo estaba viendo *Friends*, el capítulo en el que Rachel se viste de novia y asusta al ligue, ¿sabes? —Natalia asintió con un deje de tristeza porque le aburría mi vida, se le notaba. Y a mí también. Mi vida no era nada interesante, necesitaba la ayuda de la ficción para darle un poco de emoción. ¿Acaso hay algo más triste que eso? No. Pero me consolaba pensar que no era la única a la que le ocurría—. Dibuja —añadí más que nada por ocupar el silencio—. Le gusta dibujar. Y no se le da mal.

—¿Qué dibuja?

—Personas. Caras. No me dio tiempo a ver bien en qué estaba enfrascada; en cuanto me acerqué, cerró la libreta y no quise entrometerme, pero me pareció el esbozo de la cara de un hombre.

Natalia asintió pensativa.

—¿Y no trabaja?

—Por lo visto, no.

—¿Y qué hace todo el día? —se extrañó.

—No sé si sale de casa. He decidido no hacer preguntas. Mientras pague... —murmuré resignada mirando en dirección a mi balcón. Ni rastro de Charlotte tras el cristal.

—A lo mejor tiene alguna enfermedad.

—A lo mejor —le di la razón encogiéndome de hombros porque no quería seguir hablando de la francesa. Miré de nuevo alrededor por si veía a Adrián, pero nada. Dos días antes, después de hablar con Félix sobre mi compañera de piso, le pregunté si «el de la Coca-Cola» había vuelto. Félix tardó un poco en reaccionar, como si no recordara a Adrián. Se fue a atender otra mesa y regresó diciéndome que no, que no lo había vuelto a ver. Luego estuvo cinco minutos intentando sonsacarme información sobre el motivo de mi interés.

—Igual la francesa huye de la policía —dejó caer Natalia riendo—. ¿Te imaginas?

—¡Charlotte, me voy a trabajar! —grité desde el salón mientras metía todo lo necesario en mi bolso. Móvil, tabaco, un par de mecheros, dinero, la tarjeta del metro...—. Que no me deje nada... —murmuré concentrada.

—Que vaya bien —me deseó Charlotte apoyada en la pared del pasillo. Un gran avance: había salido de su habitación—. ¿En qué trabajas?

—Maquillo muertos —contesté con rapidez mirándola a la cara para ver su expresión. Lívida y con la mandíbula desencajada, abrió mucho sus ojos azules tras las gruesas gafas de pasta negras—. Antes de que me lo preguntes, sí, una se acaba acostumbrando a un trabajo así.

—Pero debe de ser triste —estimó.

«Triste es no salir de casa en todo el día», me callé clavando mis ojos en los suyos, buscando en sus gestos algo que me ayudase a conocer más a la persona con quien compartía espacio.

—Lo es. A veces lo es —asentí pensando en cada rostro joven sin vida—. ¿Y tú? ¿Qué tienes pensado hacer hoy?

Volvió a abrir los ojos con sorpresa, como quien no espera que le hagan preguntas.

—Me quedaré aquí.

—¿Llevas una semana en el piso y no has salido? ¿Por qué?

—He ido a comprar comida —me recordó.

Mentira.

—Charlotte, ¿estás huyendo de algo? ¿O de alguien?

Negó con rapidez.

Otra mentira.

—¿Seguro? —quise asegurarme con la mano ya en el pomo de la puerta a punto de marcharme.

—Seguro. Que vaya bien en el trabajo —me deseó antes de encerrarse en su habitación, antes siquiera de que me diera tiempo a poner un pie en el rellano.

NORA

—Creo que desconfía de mí. Le extraña que no salga del piso, me mira como se mira a las mentirosas.

—¿Qué te ha preguntado?

—Que si huyo de algo o de alguien.

—Actúa con más normalidad, Nora. A lo mejor debes dejarte ver cuando esté en casa, no te pases el día encerrada en la habitación.

—El otro día hablaba de ti por teléfono.

—¿De mí?

—Le dijiste que te llamabas Adrián.

—Sí, no tendría que...

—No, no pasa nada.

—Fue el primer nombre que se me ocurrió.

—Le gustaste. Baja al bar cada mañana por si te ve.

—¿En serio?

—Sí, no te rías. Es muy mona.

—Lo es, pero...

—Ya. No hace falta que digas nada.

PERIÓDICO *BARCELONA AHORA*

Por Dídac Sáenz

¿Está Nora Roy en Cáceres?

En los últimos días varios testigos aseguran haber visto por los alrededores de Cáceres a Nora Roy, la presunta autora del doble asesinato del Centro Psiquiátrico Vera de la Cruz, según han reconocido fuentes de la Policía Nacional.

Nora Roy está en situación de búsqueda y captura desde que, supuestamente, el pasado 11 de marzo matara al psiquiatra Gabriel Herranz y la enfermera Ana Torrents, miembros del personal del mencionado psiquiátrico, en el que Nora Roy permanecía ingresada como paciente. Desde entonces, es una de las personas más buscada de España.

Durante su desaparición, Nora Roy se ha convertido en *trending topic* en Twitter, donde se ha ganado un buen número de admiradores. No son pocos los que, escudándose tras el anonimato de una cuenta en la red, sugieren que la razón del crimen podría estar en la medicación que se administraba a la paciente, culpando así al psiquiatra fallecido de haber sido responsable de su propia muerte y la de su enfermera.

Mientras tanto, los padres de Nora Roy, Ismael Roy y

Cecilia Acosta, permanecen recluidos en su casa de Sitges, situada a quince minutos en automóvil del centro psiquiátrico donde su hija permanecía ingresada, y se han negado en repetidas ocasiones a hacer ningún tipo de declaración.

Lola se sentía aliviada porque a la asesina del psiquiátrico la habían visto en Cáceres, lejos de la ciudad condal donde al principio cundió el pánico por la supuesta locura de la chica, como si fuera a ir matando a diestro y siniestro a todo aquel que encontrara a su paso. Me guardé para mí lo que opinaba al respecto. No entendía nada. Me parecía una exageración, puro morbo periodístico que alargaba la noticia porque había despertado el interés de muchos. Vamos, ni que la chica fuera Hannibal Lecter.

—Y ahora resulta que tiene una legión de fans —comentó Lola con indignación.

—¿Por qué?

—Porque el mundo está loco, Eva.

Esas cinco palabras se habían convertido en un mantra para Lola, que suspiraba y renegaba de la poca cordura de la sociedad. Por aquel entonces, su respuesta a casi todo era: «Porque el mundo está loco». Solía ser así de intensa.

—En fin, cambiemos de tema —zanjó haciendo crujir el cuello y dejando el móvil sobre la mesa. Miró el reloj; siempre pendientes de las agujas, que transcurrían lánguidas mientras trabajábamos, pero que pasaban como un rayo en nuestros escasos descansos—. El miércoles que viene es mi cumpleaños, pero como trabajamos al día siguiente, nada de nada, que estoy muy mayor. ¡Cuarenta tacos,

Eva! ¡Cuarenta tacos! —«Como si no lo supiera», me callé asintiendo y dándole la razón—. Apunta: 5 de abril. Ese viernes arde Barcelona. Se lo he dicho a mis mejores amigas, así las conoces, ¿qué te parece?

—Genial —contesté, aunque lo cierto era que me daba un poco de pereza—. ¿Qué tenéis pensado hacer?

—Tú tráete ropa para salir y maquillaje. De aquí iremos juntas a un restaurante monísimo del Born y luego a la discoteca Opium Barcelona, en el paseo marítimo. ¿La conoces?

—Me suena, pero no voy a una discoteca desde los veinte —dije con pesar.

—Más o menos como yo —se lamentó suspirando y poniendo los ojos en blanco—. ¿Te acuerdas de los antros del barrio de Marina? ¿Los suelos pegajosos de L'Ovella Negra? ¿La cerveza mala? —rio sacudiendo la cabeza al recordar viejos tiempos—. Ay, Eva, por eso estamos solteras. Por eso no surge la chispa, porque la chispa, a veces, hay que buscarla. Por cierto, ¿has vuelto a ver al adonis?

—Qué va. Y Félix tampoco lo ha vuelto a ver por el bar.

—¡Qué chasco! ¿Ves? Te dije que te dejaras de chorradas con el tema del destino. Le tendrías que haber pedido su número de teléfono, su apellido...

—No me lo recuerdes —le espeté llevándome la mano a la frente—. Creo que tengo fiebre.

—Ahora que lo dices, te brillan los ojos. Pensaba que era por el fluorescente, lo han cambiado esta mañana.

38,5 de fiebre.

No podía con mi alma.

Mi abuela me hubiera dicho: «Tienes fiebre porque estás creciendo». Y yo le habría soltado: «Tengo veintiocho años, nana, no siete. Ya no puedo crecer más». «Pues qué bajita te has quedado», reiría ella dirigiéndose a la cocina para prepararme una sopita caliente.

Lo más duro de todo no fue su muerte. Lo más duro fue no reconocer en ella a la mujer fuerte, enérgica, generosa y con humor que me había criado. Desear retenerla en este mundo hubiera sido egoísta por mi parte. Solo me entenderán quienes han visto de cerca el dolor y la decadencia de un ser querido que se levanta por las mañanas sin tan siquiera saber quién es.

Esa noche llegar a casa lo consideré un milagro.

La luz del viejo edificio no funcionaba. Activé la linterna del móvil y me agarré a la barandilla de hierro forjado para apoyarme. La noté fría en la palma de mi mano. Poco a poco, fui subiendo peldaño a peldaño. Sentía un dolor palpitante en la sien, las piernas me pesaban como si me hubieran puesto correas de cien kilos en los tobillos y un hormigueo se había apoderado de todo mi cuerpo. Tenía la sensación de que me iba a caer. No suelo enfermar mucho, pero cuando lo hago, me parece que me voy a morir. La luz fantasmagórica de la linterna del móvil proyectó sombras escalofriantes en el rellano, incluida la de mi silueta anticipándose, vislumbrada unos escalones más adelante. Me detuve en la segunda planta. Apoyé la mano en la pared y la mirada en el suelo, pero la levanté en cuanto escuché el chirrido de la puerta de la señora Cecilia, cuya cabeza asomaba mirándome con sus ojos arrugaditos y pequeños. Sus movimientos eran tan lentos que no me dio tiempo a asustarme, pues eso requiere de unos movimientos rápidos e imprevisibles que la anciana no era capaz de realizar.

—Shhh... Shhh... No hagas ruido, Elena, que despiertas a los muertos.

Por Dios.

—Señora Cecilia, váyase a dormir.

—Tu abuela ha venido a verme hoy.

Pese a saber que no estaba bien de la cabeza, el corazón me dio un vuelco, como si una parte de mí quisiera creer en esa posibilidad del todo ilusoria.

—Está preocupada por ti, Elena —continuó diciendo y llamándome Elena, a saber por qué—. Me ha dicho que no te fíes de las apariencias, que a veces lo de dentro, lo que no podemos ver, está podrido.

—Vale, gracias, señora Cecilia. Sé cuidarme sola.

—No hables tan alto, Elena. Me has despertado —me reprendió nerviosa de repente. Su ojo derecho adquirió un tic extraño y miró con pánico a su alrededor—. No vuelvas a llamar a mi puerta, no de noche, que me asustas.

Y tras recriminarme algo que no había hecho, dio un portazo que hizo temblar las paredes. Emití un suspiro y seguí subiendo. Hasta el simple hecho de meter la llave en la cerradura y abrir la puerta me supuso un esfuerzo enorme.

NORA

Comportarme con normalidad. Ya casi no recordaba cómo se hacía... lo de ser normal, digo. Dejarme ver haría que Eva dejase de desconfiar de mí, de hacer preguntas, de mirarme como si fuera un bicho raro. Cuando esa noche llegó del trabajo, me pilló en la cocina preparando un par de ensaladas. Algo ligero, fresco... Siempre me ha gustado cocinar para los demás.

Qué engaño.

Cómo fui capaz de...

—Hola, Eva —saludé. Pareció sorprendida de verme. Deduje que, un día más, esperaba que estuviera encerrada en la habitación—. ¿Te encuentras bien? —le pregunté. No me saludó, no dijo nada, directamente se tumbó en el sofá. Estaba sudando y tenía muy mala cara.

—Me muero —murmuró de una manera tan teatral que se me escapó una risita.

—¿Tienes fiebre? —Asintió con la cabeza—. Vale. Te voy a preparar un remedio infalible. Sopa de cebolla.

—Puajjj —se quejó haciendo aspavientos con la mano—. No, no. Odio la cebolla —negó tajante.

—Pero verás cómo te sientes mejor —le aseguré con ese acento francés que se estaba alojando en mi boca como un intruso. Me acerqué a ella para comprobar, poniendo una mano en su frente, que, efectivamente, estaba ardiendo—. ¿Tienes un termómetro?

—Hace una hora tenía 38,5 —informó arrastrando las palabras.

—Pues ahora debes de estar a 40. Te ha subido la fiebre.

—Agua. Quiero agua —me pidió.

Volví a la cocina a por un vaso de agua que bebió con ansiedad. Se pellizcó el puente de la nariz, cerró los ojos y se tumbó de nuevo en el sofá. No tardó mucho en quedarse dormida, eso deduje por su respiración pausada. Dejé a un lado su plato de ensalada, me metí en la cocina y le preparé la sopa de cebolla, que, como siempre decía mi madre, revive hasta a los muertos. Una hora más tarde, Eva se despertó asqueada.

—No, no, no, Charlotte —soltó olfateando desde el sofá—. Nada de cebolla, por Dios. ¡Cómo huele! —gimió.

—Anda, pruébala —la animé con dulzura, algo que el acento francés, lo había comprobado, facilitaba.

Eva me miró con desconfianza. Bufó, cogió el bol caliente entre las manos y le dio un sorbo pequeño a la sopa. Miró al techo, su gesto era cómico, me hizo reír otra vez. Recuerdo esa sensación como la mejor en mucho tiempo. «En otras circunstancias, en otra vida, Eva y yo podríamos haber sido amigas», pensé sin quitarle el ojo de encima para que terminara la sopa.

—Pues está buena —reconoció.

—Ya te lo he dicho. Termínala, acuéstate y descansa. Mañana te encontrarás mejor.

—Mírame a ver si tengo paracetamol por ahí, porfa.

—¿Dónde puede estar?

—En algún cajón de la cocina, ni idea.

Abrí cajones y armarios hasta encontrar la cajita de paracetamol. Extraje una pastilla y se la tendí a Eva junto a un vaso de agua. Se lo tomó, me miró con los ojos entornados, brillantes por la fiebre, y, como si aún siguiera mareada, chafada por el malestar general, me preguntó:

—No fuiste tú quien salió a hacer la compra, ¿verdad? Por algún motivo, no puedes salir de este piso. Fue un hombre. Cuando llegué, entré en tu habitación y olía a hombre —dijo con seguridad, aunque su sinceridad parecía formar parte del delirio que produce la fiebre alta. No supe qué responder, me quedé muda, me asustaba con facilidad—. Mira, Charlotte, me da igual que traigas hombres a casa, pero no me mientas, ¿vale? —Sonreí, respiré aliviada y asentí conforme con la cabeza—. En fin, me voy a dormir. A ver si mañana me encuentro mejor. Habrá sido un virus o algo, yo qué sé... Las defensas bajas, este estrés de vida que me tiene frita... —iba diciendo mientras se levantaba del sofá. Avanzó torpe por el pasillo hablando consigo misma.

La observé con una mezcla de pena y diversión. Pena por no poder mostrarme tal como era y porque Eva ni siquiera sabía mi nombre real. Diversión porque me caía bien, porque podríamos haber sido de esas amigas que se mandan cientos de wasaps al día y se llaman al caer la noche para hablar del adonis que una de ellas ha conocido en el bar. Así llamó Eva a Mateo, «adonis». Me hizo gracia. La pobre creía que se llamaba Adrián.

Adrián. Adrián. Adrián.

Me mordí el labio hasta hacerme sangre y repetí su nombre mentalmente sin darme cuenta de que mis ojos se habían inundado de lágrimas empañando esas gafas falsas que en realidad no necesitaba. Cuando somos prisioneros del momento que vivimos, los recuerdos se vuelven libres y fluyen con nostalgia pese a haberlos amontonado como trastos viejos en el desván.

EVA

El dolor de cabeza y la fiebre desaparecieron a la mañana siguiente. No me encontraba bien del todo, me sentía débil, pero nada que ver con el malestar de la noche anterior. Supongo que necesitaba eso. Diez horas de sueño reparador. Cuidarme. Hacerle caso a mi cuerpo, a las señales que llevaba tiempo enviándome. Desde el fallecimiento de mi abuela, dormía poco, fumaba en exceso, no quería saber nada del mundo y, a veces, me emborrachaba. En realidad, no me gustaba el alcohol, siempre me había considerado abstemia, pero era una manera ridícula de rebelarme contra mi anterior vida, esa que cambió de la noche a la mañana tras la ruptura con Miguel y la muerte de mi abuela. Y sin avisar. Sin que lo viera venir. Eso lo hizo todo más difícil.

Lo primero que hice fue mirar el móvil. Tenía wasaps de Lola preguntándome si me encontraba mejor y si iría a trabajar esa tarde. Sonreí. Es bonito tener a alguien que se preocupe por ti. Sus mensajes me animaron la mañana. Le contesté que me había levantado sin fiebre, que gracias por preocuparse y que mi compañera de piso me había hecho una sopa de cebolla que me había sentado de fábula. Lola contestó en el acto con unos emoticonos de caritas de sorpresa.

¿Había ocurrido de verdad? Charlotte, la francesa enclaustrada en la habitación, ¿se había preocupado por mí?

Toqué dos veces a su puerta, pero no contestó. Pensé que todavía estaría durmiendo, pero al llegar al salón, la encontré en la cocina preparando tostadas y café.

—¡Buenos días! ¿Te encuentras mejor? —se interesó enérgica, moviéndose por la cocina como solía moverse la abuela, con rapidez y precisión. Charlotte parecía saber mejor que yo dónde estaba cada cosa.

—Sí —contesté algo confusa llevándome la mano a la cabeza—. ¿Me preparaste una sopa de cebolla? ¿Comí cebolla? —me sorprendí. Miré el fregadero, estaba más reluciente de lo que había estado nunca.

—Sí. No querías, pero veo que te sentó bien.

—Pues muchas gracias.

—¿Café, tostada?

—Café, gracias.

Me sirvió una taza de café y torció el gesto cuando me vio encender un cigarro.

—¿Te molesta? Puedo salir al balcón.

—No, no —negó ajustándose las gafas—. Estás en tu casa, puedes hacer lo que quieras.

—Bajaré a tomar café —decidí con la mirada fija en la plaza y dejando la taza humeante que me había dado Charlotte. El sol se había despertado reluciente, tanto como mi ánimo al distinguir en la terraza del Café del Sol a Adrián, con una bolsa de deporte a sus pies y su inconfundible lata de Coca-Cola en la mano. Un escalofrío de emoción me recorrió todo el cuerpo.

Corrí a mi habitación. En tiempo récord, cambié el pijama por unos tejanos rotos y una camiseta de manga corta; empezaba a hacer calor. Me miré en el espejo. ¡Dios, qué ojeras! Rápida como un rayo, me apliqué corrector, sombra beis en los párpados, rímel y colorete. Me puse una cola de caballo tirante, no podía salir con esos pelos de loca, cogí todo lo necesario y sin tan siquiera despedirme de Charlotte descendí veloz las escaleras del portal rezando por que la señora Cecilia no sacara la cabeza por la puerta.

Ya en la plaza, me hice la despistada, molesta por los rayos del sol que me daban directamente en los ojos. Le di los buenos días a Félix con efusividad, casi a gritos, para que Adrián se percatara de mi presencia, cuando lo más sencillo hubiera sido acercarse y saludar.

—¡Eva! —me llamó Adrián.

Sentí que el pulso se me aceleraba. Miré a ambos lados como si no supiera de dónde procedía la voz, hasta que fijé la mirada en él. Las piernas me temblaban como gelatina y los latidos del corazón se volvieron frenéticos. Abrí un poco la boca, no demasiado, tampoco era plan de exagerar y montar una escenita delante de tanta gente, y me acerqué fingiendo un desinterés que, en realidad, no sentía.

—¡Adrián! Qué casualidad —me reí sentándome a su lado—. Félix, lo de siempre.

Le guiñé un ojo a Félix. ¿Por qué lo hice? ¿Qué me pasaba? Ya no podía poner la fiebre como excusa para tal estupidez. Me encontraba bien. De hecho, me sentía mejor que nunca. Félix esbozó una sonrisa de medio lado. Había visto mis intenciones desde el principio.

—Qué pena que hayas bajado tan tarde, me tengo que ir en cinco minutos —se lamentó Adrián mirando la hora en el iPhone.

—Vaya. ¿Tienes entrenamiento con el actor? —Asintió con la cabeza a modo de respuesta—. No te he vuelto a ver por aquí.

—Bueno, ya te dije que no vivo cerca. Y tú, ¿vives sola? ¿Con tu novio?

«Ay, pillín, qué manera más sutil de descubrir si estoy atada a alguien o no», especulé.

—Vivo con una compañera de piso. Charlotte. Es francesa.

—¿De dónde?

—De París.

—¿Y qué tal?

—Bien. —Félix me trajo el café con leche templada, pero estaba tan ensimismada con el *personal training* que ni siquiera le di las gracias—. Bueno, es un poco rarita.

—¿Rarita? ¿Por qué? —se interesó.

—Lleva una semana viviendo conmigo y apenas sale de la habitación. No la conozco —le conté abiertamente—. Pero, en su favor, he de decir que ayer hubo un cambio en ella que me gustó. Llegué a casa malísima, con fiebre, y me preparó una sopa de cebolla. Me obligó a tomarla, ¡y yo odio la cebolla! Total, que estuvo pendiente de mí. Se preocupó y me cuidó.

—Es agradable tener a alguien que te cuide.

«Esta es la mía», pensé. Bebí un trago de café y miré a Adrián con intensidad.

—Y tú, Adrián, ¿tienes a alguien que te cuide?

—No. No tengo novia, si es a eso a lo que te refieres —contestó serio, pensativo, como si estuviera recordando algo. O a alguien—. Qué lástima que no hayas bajado antes, Eva —se lamentó con urgencia. Vi sinceridad en su mueca de fastidio por no haber compartido más rato juntos. Le pesaba tener que irse tanto como a mí que se marchara—. Me tengo que ir ya.

Se levantó con brusquedad. Yo me quedé sentada mirándolo. En mi gesto debió de reflejarse la decepción que sentía, hasta que se agachó y me dio dos besos que provocaron que la sonrisa se me ensanchara más de lo normal.

—Nos vemos por aquí, Eva.

—Claro —dije con voz entrecortada sin comprender

por qué ese hombre al que apenas conocía me dejaba sin respiración.

Y ya está. Se fue. Y sin saber por qué, me puse a pensar en la milenaria leyenda oriental sobre el hilo rojo invisible que conecta a aquellos que están destinados a encontrarse sin importar tiempo, lugar o circunstancias. Un hilo que se puede estirar, contraer o enredar, pero que nunca podrá romperse.

Bonita ficción esa de la leyenda oriental.

El caso es que seguía sin tener su número de teléfono y sin saber su apellido para buscarlo en Facebook, aunque ni siquiera sabía si tenía perfil en la red social. Pese a saber que era una tontería, un imposible, cogí el móvil, entré en la aplicación y busqué desesperadamente su nombre con ubicación en Barcelona. Había cientos de Adrianes con apellidos diversos en la ciudad, pero ninguno era el entrenador que ese viernes soleado de finales de marzo sí debía de tener prisa de verdad. Enseguida lo perdí de vista, la plaza del Sol lo engulló.

Aunque Lola no era muy de salir ni de hacer nada especial los fines de semana, los viernes solía estar de buen humor por algo tan simple como poder pasarse dos días en pijama, así que nuestros minutos de descanso eran más agradables que cuando se ponía a hablar de lo loco que estaba el mundo o de asesinas en busca y captura. Y ese día yo lo necesitaba, la verdad. Necesitaba desconectar del cuerpo que me esperaba en la sala, un hombre de cuarenta años a quien el cáncer había devorado cruelmente.

—O sea, que el destino os ha vuelto a juntar por segunda vez y no has aprovechado para pedirle su número de teléfono.

—Pse...

—Bueno, pues habrá una tercera vez —resolvió optimista—. Y a la tercera va la vencida.

—Eso dicen.

—¿Y qué tal con tu compañera de piso?

—Pues oye, muy bien.

Le conté lo mismo que le había contado a Adrián esa mañana. Pensé que ojalá hubiera aprovechado nuestro breve encuentro para hablar de otra cosa que no fuera mi compañera de piso.

—Al final os haréis amigas, ya verás.

—Parece maja. Esta mañana ha preparado café y tostadas.

—Voy a tener que buscarme una compañera de piso yo también —rio.

—No sé... —dudé rascándome la barbilla—. Si pudiera volver atrás, a pesar de lo bien que se ha portado conmigo, no alquilaría la habitación. No me siento del todo libre, ¿sabes?

Siempre hay algo positivo en que la gente que forma parte de tu vida se vaya de una manera u otra y te quedes sola. Aprendes cosas nuevas sobre ti. Tienes la oportunidad de conocerte más y mejor. Hasta ese momento, yo no era consciente de cuánto apreciaba la libertad de moverme por mi piso como me diera la gana, sin dar explicaciones a nadie.

A nadie.

—No necesitas el dinero, Eva. Tu sueldo está bien, nunca te faltará trabajo y tu abuela te dejó un colchoncito, ¿no? Dile que se vaya cuando pase el mes que ha pagado y listo.

—Sí... —murmuré—. Eso es lo que haré —decidí.

NORA

El piso era agradable. La luz del sol bañaba el salón todo el día y el atardecer desde el balcón, puro fuego sobre los tejados, era el momento estrella. Aun así, no dejaba de ser una cárcel. Otra más. Y me sentía perdida. Cansada. Decepcionada conmigo misma por mi poca voluntad, por no haber luchado para que el momento que aparecía como un fogonazo en mi cabeza no hubiera ocurrido jamás. Demasiado tiempo con esa sensación de vacío con la que no sabía lidiar. Lo más fácil hubiera sido entregarme. Confesar lo que hice.

«Sí, yo apreté el gatillo y maté al psiquiatra y a la enfermera, dos lobos disfrazados de corderos que merecían morir por todas sus atrocidades. Pero no soy peligrosa. Juro que no lo soy. No hay nada que temer. ¿Por qué hablan de mí como si fuera un monstruo?», les diría añadiendo quién fue, quién me había obligado a hacerlo para luego salvarme. Quién había dirigido a Mateo como a una marioneta para que yo terminara en un piso del barrio de Gracia.

¿Por qué precisamente allí?

¿Por qué con la maquilladora de muertos?

Ensayé ese discurso cien veces frente al espejo del lavabo.

Pese a la depresión que me hundía y me mecía en su tristeza, aún quedaba en mí algo de lo que había sido, una chica joven, normal, con ganas de comerse el mundo, de luchar por sus sueños, de exponer sus pinturas en las mejores salas de arte de Europa, de amar y de ser amada, de formar una familia. Sin prisa, pero sin pausa...

Solo quería vivir.

Qué cinco letras tan contundentes, tan cotidianas, tan falsas para mí como ese acento francés y ese nombre que no me definía, pues lo que de verdad deseaba era morir.

Y qué triste es esa palabra para los que nos quedamos aquí, qué triste cuando forma parte de una vida que se pierde y se esfuma demasiado rápido sin que nadie lo vea venir. Porque, al final, lo que uno más teme es el juego imprevisible, a veces devastador, del destino.

EVA

Al salir del tanatorio, leí el wasap que Natalia me había enviado hacía media hora mientras yo trataba de darle una mejor apariencia al aspecto cadavérico de Marcial, el hombre de cuarenta años consumido por el cáncer, cuyos huesos parecían traspasar la fina capa de piel que cubría su rostro. Natalia me decía que estaba agobiada y me proponía salir por ahí, ir a cenar sushi a su local preferido. Aunque lo que más me apetecía era tumbarme en el sofá y ponerme alguna peli o serie, le dije que sí. Contestó al segundo y nos citamos en un lugar céntrico, el Corte Inglés de plaza Cataluña.

Cuando llegué, mi amiga estaba cabizbaja, centrada en su móvil. Lo guardó en el bolso nada más verme. Me dio dos besos, todo parecía normal, pero se notaba que algo no iba bien, que de verdad estaba agobiada. Una nube tóxica parecía envolverla.

—¿Estás bien? Te noto tensa.

—Las reformas. He contratado a unos auténticos chapuzas, Eva —contestó con gesto nervioso.

—Vaya. Pero ¿seguro que solo es eso? —inquirí, pues sabía lo desgraciada que había sido siempre eligiendo a los hombres.

El último estaba casado. No lo vio venir, se dejó llevar, se enganchó. Y le partió el corazón. Pero ella, a diferencia de mí, no solía hablar de los temas que le preocupaban o le dolían, se lo iba guardando todo, y eso no es bueno. Cuanto más reservada es una, más posibilidades tiene de estallar el día menos pensado.

—Sí, sí —asintió distraída—. He reservado mesa en el Akashi. He traído dos cascos, vamos en moto.

Asentí con resignación. Cada vez que iba en moto con Natalia, creía que iba a morir. He maquillado a muchísimos fallecidos por accidente de tráfico, recuerdo cada una de sus caras, y no es agradable. Nadie deja un cadáver bonito tras un accidente.

Nos pusimos los cascos a la vez y subimos a la moto, una llamativa Vespa roja. Nada más arrancar y bajar de la acera, Natalia, que se ponía violenta cuando conducía, increpó a un peatón despistado al que estuvo a punto de arrollar. Con una rapidez pasmosa, saltándose semáforos en ámbar en lugar de detenerse y esquivando a los coches como si de un videojuego se tratara, tardó solo cinco minutos en estacionar en la calle Rosselló, delante del Akashi, un restaurante japonés con el mejor sushi de la ciudad condal que, además, hacía las veces de galería de arte. Me parecía un lugar original y Natalia lo frecuentaba a menudo.

—Odio los cascos, te dejan el pelo hecho un desastre —me quejé con los ojos llorosos por el viento que me había golpeado en la cara durante el trayecto. Le di el casco a Natalia para que lo guardara en el portaequipajes de la moto.

—Yo ni lo noto.

Claro que ella no lo notaba, su cabello parecía salido de un anuncio de Pantene. Su melena larga, ondulada y brillante, de un color castaño claro natural precioso, me parecía una bendición.

Al entrar en Akashi, Tina, la propietaria, fotógrafa de viajes y conocida de Natalia desde hacía tiempo, nos ofreció con simpatía que nos sentáramos a la mesa que había al lado de la barra. Sobre nuestras cabezas destacaban dos fotografías en blanco y negro que mostraban unas dunas sin fin.

—¿Lo de siempre, Natalia? —preguntó Tina sonriente.

—Sí, Tina, gracias.

—¿Qué es lo de siempre?

—Almejas con sake, moriawase, el variado de sushi y vino blanco. ¿Cuánto hacía que no venías?

—Solo me trajiste una vez, hace un año.

—Tu abuela...

—Exacto. Mi abuela.

No dejé que terminara de hablar. Habían sido meses difíciles en los que apenas tenía tiempo para otra cosa que no fuera trabajar o estar con nana en la residencia sin que la pobre supiera quién era yo. Había días en los que Natalia se quedaba conmigo después de terminar su turno y me daba conversación. Cuánto se lo agradecí. Es doloroso ver cómo día tras día la persona a la que más quieres se va perdiendo en un lugar inalcanzable y sombrío al que es imposible llegar.

—¿Qué tal con tu compañera de piso?

—Bien —contesté un poco cansada de tener a Charlotte siempre en la punta de la lengua—. Aunque eso de vivir con alguien... Hoy he hablado con Lola y cuando termine el mes que ha pagado, le diré que se vaya.

—¿Estás segura? Vivir sola te va...

—Sí, Natalia, vivir sola me va a venir bien. Deja de decidir por mí.

Natalia abrió los ojos con una mezcla de sorpresa e indignación y asintió con la cabeza. En ese momento, Tina nos trajo una botella de vino blanco y nos lo sirvió en dos copas. Sonreí para dejar atrás el escozor de mis palabras.

—Tienes que conducir, ¿estás segura de que puedes beber? —inquirí para romper el hielo en cuanto Natalia se llevó la copa a la boca.

—Deja de decidir por mí, Eva —repitió con retintín sirviéndose más vino.

—Vale, ¿qué pasa? Estás muy rara.

—Me ha escrito Álvaro. Se ha divorciado —contestó seca sin mirarme.

Lo sabía. Sabía que había algo más que el tema de las reformas.

—¿Y? ¿No pensarás volver con él?

—No lo sé.

—Natalia, pensaba que lo habías superado.

—No quiero hablar del tema, ¿vale?

—Sí, sí quieres hablar del tema, no te cierres de esta forma, por favor. No es bueno —insistí con voz suave extendiendo la mano por encima de la mesa para acariciar la suya.

—No lo entiendes —me reprochó apartando su mano de la mía con rapidez—. Para ti todo es fácil. Siempre es fácil... Chica conoce a chico, se enamoran, mantienen una relación de años, viven juntos hasta que algo se rompe y se separan. Meses más tarde, chica vuelve a conocer a chico, se ilusiona y, como siempre pasa, también esta vez conseguirá estar con él durante el tiempo que sea, da igual, porque la chica tiene buen ojo, así que el chico no estará casado ni tendrá hijos ni será un capullo... —Habló con tanta rabia que cada palabra y cada sílaba sonaron como una llamarada crepitante.

No me gustó su tono y mucho menos la mirada que me dirigió, pero me callé en cuanto vi que se le humedecían los ojos. No era difícil percibir que estaba haciendo un esfuerzo enorme para no echarse a llorar, así que seguí callada durante lo que me pareció una eternidad, hasta que Tina nos sirvió la cena, una explosión de color en cada apetitoso plato de pizarra, deseándonos buen provecho. Soy una negada con los palillos, pero considero que comer sushi con tenedor es un sacrilegio similar a ir a Venecia y no subir en góndola, por lo que, aunque con torpeza, hice un esfuerzo y me llevé el primer bocado a la boca. Natalia bebía. Solo bebía. Y no me miraba. Se produjo el tipo de silencio que puede cortarse con un cuchillo.

—¿Qué tal en el trabajo? —pregunté.

—Como siempre —contestó indiferente.

—Oye, si vas a estar así toda la cena —empecé a decir masticando lentamente un trozo de salmón—, me voy. Te juro que pago la cuenta y me voy.

Natalia emitió un profundo suspiro, negó con la cabeza y se secó una lágrima que cayó lenta por su mejilla.

—Lo siento, estoy sometida a mucha presión. Las horas extra me tienen muy estresada. Lo siento, Eva, de verdad. Solo..., solo querría que todo fuera más fácil, ¿entiendes? —dijo con un hilo de voz y la mirada fija en la copa de vino—. Tengo treinta y cuatro años y no sé qué hacer con mi vida. No tengo a nadie, solo un piso que se cae a pedazos en un barrio que odio; y, para colmo, los albañiles que he contratado son un desastre.

—Podría ser peor.

—¿Peor? ¿Peor que qué, Eva?

Me encogí de hombros. Mejor no contestar a algo así cuando la persona que tienes delante está tan ofuscada que, digas lo que digas, no va a dar su brazo a torcer. Problemas del primer mundo, que dirían algunos. Nimiedades.

—Bah, da igual, no lo entiendes —volvió a decir. Parecía querer sacar lo peor de mí—. ¿Qué tal con el chico ese que conociste en el bar? ¿Lo has vuelto a ver?

—Se llama Adrián —le recordé sin poder evitar esbozar una sonrisa—. Y sí, lo he vuelto a ver. Y sí, soy idiota porque aún no tengo su número de teléfono. —Me reí por haberme adelantado a lo que podía haberme dicho.

Pero Natalia no se rio. Me escuchaba con atención, con una ceja levantada y la mirada burlona, como si en efecto estuviera pensando que era idiota. A veces, cuando las cosas no le iban bien o no estaba de humor, me hacía sentir así, pequeñita y ridícula. Tenía esa capacidad. Aun así, entiendo que la amistad es como el matrimonio: en lo bueno y en lo malo, en la salud y en la enfermedad...; estaba claro que Natalia no pasaba por un buen momento o que había tenido un día de mierda y el hecho de que le costara abrirse no significaba que yo tuviera que darle la espalda. No esa noche. Hace tiempo leí una frase que decía: «Quiéreme cuando menos lo merezca, porque será cuando más lo necesite». Era el momento de ponerla en práctica.

—Di algo, no te quedes callada —la animé dedicándole la mejor de mis sonrisas pese a su gesto sombrío.

Pero Natalia se limitó a tragar saliva, darle un sorbo a la copa de vino y coger un rollito de salmón como si llevara toda la vida comiendo con palillos.

—No tengo nada que decir, Eva.

Terminamos de cenar pronto. Natalia propuso ir a tomar una copa y le hubiera dicho que sí de haberme sentido cómoda con ella, pero, en vista de que no parecía que su actitud negativa fuera a cambiar, me negué con la excusa de que estaba cansada.

—¿Y qué? ¿Vas a pasarte el fin de semana tumbada en el sofá viendo series y pelis? —me recriminó poniéndose el casco y dándome el mío.

—Pues sí —admití con orgullo.

—Qué bien.

El trayecto hasta mi casa se me hizo eterno. Natalia no condujo tan rápido. Supongo que por dentro estaba admitiendo que las cuatro copas de vino le habían perjudicado un poco. Ya frente a mi portal, me quité el casco y lo metí en el portaequipajes de la moto ante la atenta mirada de Félix, que estaba apoyado en la pared observando a los clientes que tomaban algo en la terraza.

—Ya quedaremos —espetó Natalia sin mirarme.

—Claro, cuando quieras.

Aún no me había dado tiempo ni a sacar las llaves del bolso y Natalia ya había arrancado la moto y se alejaba por la calle colindante a la plaza.

—¿Todo bien? —preguntó Félix con el ceño fruncido.

—Las amigas, Félix, las amigas... —suspiré soltando un aire que no era consciente de haber retenido—. No todos los días pueden ser buenos.

—Hay que tener paciencia, Eva. Cada uno carga como puede con sus propios fantasmas y a veces es difícil lidiar con ellos —expresó dejándome atónita porque no esperaba que me respondiera algo así, tan cierto y tan profundo.

—Tienes razón. Buenas noches.

Al menos la luz del rellano funcionaba. La encendí nada más poner un pie dentro del portal. Abrí el buzón, solo había publicidad; la cogí con el ánimo por los suelos, pensando en Natalia y en las palabras de Félix. Subí las escaleras con la esperanza de que la señora Cecilia se hubiera quedado dormida viendo la tele. Hice un esfuerzo tremendo por no hacer ruido, pero levitar no es un don que posean los vivos, así que, preparada para que la anciana me diera un susto de muerte, me agarré con fuerza a la barandilla. Había imaginado muchas veces que moriría así: sorprendida por la vecina mayor que, de manera inesperada y precipitada, asomaba medio cuerpo por la puerta provocando que me cayera escaleras abajo y me partiera la crisma. Nada, una muerte rapidita e indolora.

—Elena, ven, ven, haz el favor.

—Dígame, señora Cecilia.

—¿Has visto al demonio?

Jo-der.

—¿Qué demonio?

—Ese que se pasea por el edificio de noche y da golpes a todas las puertas. Es gracioso, ¿verdad, Elena?

—¿Y usted le abre la puerta?

—Sí. Porque te vi por la mirilla y me confié. Pero no eras tú, Elena, era un demonio disfrazado de ti —me contó con una sonrisa maquiavélica que me paralizó por completo y me hizo pensar: «¿Para qué le sigo el juego? ¡¿Para qué?!».

—Ya... Descanse, señora Cecilia. Que los demonios no existen.

—Uy, sí existen, sí —rebatió segura de lo que decía y dándose un golpecito en el pecho. En ese momento, el fluorescente crepitó—. Yo los he visto. A veces están más cerca de lo que creemos. Tú eres uno de ellos. Eres un demonio.

Sus ojos se movieron raudos y febriles. Soltó una especie de risa estrangulada mostrándome la dentadura mellada y me cerró la puerta en las narices. Solo por esos extraños encuentros dignos de película de terror, tendría que haber vendido el piso y haberme mudado a un bloque más moderno, menos tétrico, más impersonal.

Al llegar por fin a casa, no esperaba ver a Charlotte. Suponía que, como siempre, estaría encerrada en la habitación, pero me equivoqué. Me llevé una grata sorpresa al verla sentada en el sofá con la misma camiseta blanca y ancha que llevaba puesta siempre, viendo un capítulo de la primera temporada de *Friends*, la serie que nunca pasará de moda, aunque 1995 quede muy atrás en el tiempo.

—¡Hola, Eva! ¿Qué tal? ¿Has cenado? Te había preparado una ensalada.

Señaló la mesa, donde había un plato con una ensalada completa que tenía una pinta deliciosa.

—Igual tendrías que darme tu número de teléfono para avisarte de estas cosas. Ya he cenado con una amiga.

Debería haberme extrañado no verla nunca con ningún teléfono móvil, pero no caí en ese detalle.

—¿Y qué tal? —preguntó abiertamente con ese acento francés dulce y embaucador.

—Bien —contesté seca, distante, caminando hacia el balcón, donde encendí un cigarro con la mirada fija en la terraza del Café del Sol.

Charlotte puso en pausa el capítulo de *Friends* en el que aparecía Mindy, la mujer que terminaba casándose con Barry, el odontólogo al que Rachel había dejado plantado en el altar. Lo que poca gente sabe es que la que era la mejor amiga de Rachel en la ficción era también Baby, la estrella de *Dirty Dancing*, cuya operación de nariz la volvió irreconocible.

—¿Te encuentras mejor? ¿Has vuelto a tener fiebre? —se interesó Charlotte cambiando de postura en el sofá para mantener el contacto visual conmigo. Me pareció encantadora, hasta llegué a pensar que dejaría que siguiera viviendo conmigo en lugar de decirle que, finalizado el mes que había pagado, se tendría que ir.

—Sí, mucho mejor. No he tenido fiebre.

—Fue gracias a la sopa de cebolla —rio.

—Seguro —reí también—. ¿Qué edad tienes, Charlotte?

—Veintitrés.

—Qué joven —murmuré dándole una calada al cigarro y dejando que las cenizas se entremezclaran con la tierra de las macetas con geranios. Me percaté de que Charlotte debía de haber regado no hacía mucho rato, un detalle que a mi abuela le habría encantado. Sonreí—. ¿Y has venido a Barcelona a estudiar, a trabajar...?

Dejé la pregunta flotando en el aire a la espera de una respuesta que me resultara convincente. Por su aspecto bohemio, suponía que era artista, dibujante o algo así. Tenía toda la pinta. Me fijé en sus manos delicadas, los dedos finos y largos, las uñas mordidas y unas discretas manchas de carboncillo. La francesa, que seguía callada, como si tuviera que buscar las palabras por problemas con el idioma, o eso creí, dirigió la mirada a algún punto indeterminado detrás de mí.

—Estoy descansando —contestó—. Año sabático.

—Año sabático... —suspiré—. Me habría gustado tomarme un año sabático, pero a tu edad me fui a vivir con mi novio, bueno, mi ex —corregí poniendo los ojos en blanco—, y nunca pude permitírmelo. Había que pagar alquiler, facturas... Hazme caso, disfruta, tú que puedes, no te ates a nadie todavía.

Charlotte, por cortesía, me dedicó una sonrisa breve, incómoda. Y yo parecía haber olvidado que odiaba que me dieran ese tipo de consejos.

—¿Qué pasó con tu ex?

—Que se cansó de mí. Me dejó en el peor momento sin darme explicaciones. Después de tantos años juntos, fue un cabrón. Mi abuela estaba enferma, la visitaba a diario en la residencia, por las mañanas, antes de ir a trabajar al tanatorio, y, bueno, la ruptura dolió más. Me hizo creer que la culpa había sido mía. Ella murió tres meses más tarde y me vi completamente sola.

—Lo siento —murmuró con los ojos brillantes. Parecía emocionada por mi confesión, por esa pequeña parte de mi historia—. Me voy a dormir —decidió al cabo de un rato con la mirada perdida en el suelo.

—Vale.

—Que descanses.

—Igualmente.

Le di la última calada al cigarro y contemplé a Charlotte caminar lentamente hasta abrir la puerta y desaparecer en su habitación. Se me formó un nudo en la garganta, pero, pese a las ganas, no lloré. Me senté en el sofá a terminar de ver el capítulo de *Friends* y, minutos después, con la necesidad de olvidar, bebí. Bebí más de la cuenta, tanto que no sé a qué hora me quedé dormida en el sofá.

NORA

El ser humano arrastra consigo tantas tragedias, tantas penas, tantas desgracias inesperadas, que en algunos casos me extraña la capacidad que tienen muchos de salir a flote. Me extraña y me asombra a partes iguales porque yo era incapaz de resurgir de mis cenizas. Y en eso me había convertido. En cenizas. Polvo. Una mentira. También en la chica más buscada de España. El simple hecho de pensarlo me paralizaba el corazón.

¿Por qué lo hice?

Lágrimas saladas recorrieron mis mejillas; mi alma lloraba; mi cuerpo, cada vez más débil, se dejó ir cuando el sueño, lo único que calmaba mis nervios, me venció.

La chica más buscada de España.

La más odiada.

La más incomprendida.

¿Qué hubiera hecho cualquiera de haber estado en mi piel?

EVA

Pese a la resaca con la que me desperté a la una del mediodía del sábado, fue un fin de semana entretenido y casero que me permitió conocer un poco más a Charlotte. Quién me iba a decir que sería el último, el único que viviría con ella. Nada hacía presagiar que una semana después, esa chica tan joven, tan llena de vida y de ideas, estaría muerta por mi culpa.

O eso me quisieron hacer creer.

—Tienes que cuidarte más —objetó asomando la cabeza por la puerta corredera de la cocina. Charlotte estaba preparando pollo al horno con verduras cuando me desperté emitiendo un quejido de dolor.

—Ya —bufé encendiéndome un cigarro—. ¿Hay café? ¿Qué hora es?

—La una —rio tendiéndome una taza que debía de estar preparada desde hacía rato—. ¿Te la caliento?

—No, no, gracias. Me gusta el café frío —contesté saliendo al balcón y asomándome para observar la terraza del Café del Sol y ver si, entre la gente, distinguía a Adrián, que se había convertido en una especie de obsesión. A quien vi fue a Félix sosteniendo con brío una bandeja y sirviendo las mesas con rapidez—. ¿Quieres bajar a tomar un vermut? —propuse—. Por la tarde podríamos ir de compras o...

—No —me cortó. Estaba agachada frente al horno, de espaldas a mí, por lo que no pude ver su expresión, aunque sí percibí la rigidez en sus hombros—. Quiero quedarme en casa. Ver alguna serie... ¿Cuál me recomiendas?

Se giró hacia mí con una sonrisa preparada de lo más sospechosa.

—Pues a mí me encanta *Outlander*. Y *This is us*. Hay más, pero...

—Esas están bien —asintió lentamente.

Fumé un par de cigarrillos más antes de comer, y después de tomar café vimos cinco capítulos del tirón de la primera temporada de *Outlander* que yo me sabía de memoria y que maravilló a Charlotte por el viaje en el tiempo. Luego vimos otros tantos de *This is us* con los que la francesa necesitó un buen cargamento de pañuelos para secarse las lágrimas de la emoción. Después de cenar una pizza casera que Charlotte preparó con esmero, me deseó buenas noches y se encerró en su habitación. Fue un buen día.

Y el domingo, más de lo mismo, partida de parchís incluida. Le hablé de mi irresponsable *no-madre*, de mi abuela, a quien me gustaba llamar «nana» porque fue mi primera palabra, de lo mucho que trabajó toda su vida como limpiadora y de lo dura que fue su enfermedad. El alzhéimer se la llevó lejos antes de que su corazón dejara de latir mientras dormía.

Sin embargo, a pesar de estar juntas, notaba a Charlotte lejos, distante y absorta en sus pensamientos. Habló poco, no profundizó en su vida ni me contó cosas de ella, de París, de su familia, amigos, ¿pareja?... Evitó la mayoría de mis preguntas de índole personal con gran maestría, como si estuviera acostumbrada, como si le costara hablar de sí misma o guardara secretos inconfesables. Ahora que lo pienso, hubo muchísimos silencios, pero, al no resultarme incómodos, no reparé en ellos. Tendría que haber desconfiado de Charlotte desde el momento en que se adueñó de la habitación sin tan siquiera preguntarme si me parecía bien.

«No soy una persona interesante», recalcó bajando la mirada.

No, no era una persona interesante, es verdad. Charlotte era un misterio difícil de descifrar.

Semana del 1 al 7 de abril de 2019

—

EVA

La vida, tal y como la conocemos, puede cambiar en un pestañeo. La vida, y esto es algo que hemos escuchado cientos de veces, pende de un hilo. Y si no que se lo digan a Ricardo, el hombre de treinta y dos años que esa tarde yacía sobre la camilla, fallecido en un accidente de tráfico a las seis de la mañana cuando iba a trabajar, por culpa de un kamikaze borracho y drogado que conducía en dirección contraria por la autopista.

—¡Cumpleaños feliz, cumpleaños feliz, te deseamos, Lola, cumpleaños feliz!

Esa tarde, la sala de descanso se llenó más de lo habitual. Nos reunimos cinco empleados para desearle un feliz cumpleaños a Lola, que no dejaba de repetir entre risas: «¡Cuarenta tacos! ¡Cuarenta tacos!». Y añadía con humor: «¡Me queda menos para acabar en el hoyo!». Tanta vida y tanta muerte entremezclándose en un mismo lugar. Luego cada uno regresó a su puesto de trabajo y Lola y yo nos quedamos cinco minutos más bebiendo café y picoteando del bizcocho que había hecho ella.

—Eva, ¿preparada para la juerga del viernes?

—Claro. Igual le digo a Charlotte que venga.

—Díselo. Cuantas más seamos, mejor.

Le había contado nuestro fin de semana en casa: las series, las partidas al parchís, lo bien que cocinaba pese a su juventud, lo educada y discreta que era...

—Parece una buena compañera de piso, Eva. No la dejes escapar —comentó Lola.

Sí, parecía la compañera de piso perfecta. Demasiado perfecta.

Esa noche, tras conseguir llegar a casa sin tener ningún incidente con la vecina del segundo, le conté a Charlotte el plan del viernes. Cena en un restaurante del Born y fiesta en la discoteca Opium. La semana anterior, cuando Lola me lo había propuesto, no me había apetecido nada, pero en ese momento tenía muchas ganas de que llegara el día.

—Lola te caería genial, es una persona muy abierta y...

—No. No voy a ir —negó sin dejarme hablar, con el lápiz con el que estaba dibujando suspendido en el aire y la mirada fija en la libreta.

—¿Por qué? ¿No te apetece salir?

Sin disimulo, eché un vistazo a la habitación. Estaba igual que cuando llegó. Impersonal, vacía, con una cama de ochenta arrimada a la pared, una mesita de noche con una lámpara con forma de luna y un armario pequeño de Ikea que me había costado Dios y ayuda montar. Charlotte no había colocado ni una sola foto, nada, como si pensara quedarse pocos días, como si esa habitación solo fuera un refugio temporal.

—Charlotte, además de para ir a hacer la compra, ¿has salido algo del piso?

Se ajustó las gafas de pasta y frunció el ceño.

—Claro. Claro que he salido. No te preocupes por mí —dijo lentamente, arrastrando las palabras.

—Vale —acepté—. Pues le diré a Lola que no vienes.

—Es lo mejor, Eva —añadió en un susurro cargado de misterio, de preguntas sin respuesta.

Cerré la puerta de la habitación, fui a la cocina y abrí la nevera. Estaba a rebosar, la había debido de rellenar ese mismo día después de que yo me fuera a trabajar. Pensativa, encendí el televisor y, desde el balcón, fumando un cigarrillo, estudié los cientos de posibilidades que me ofrecía Netflix para entretenerme esa noche.

«Es lo mejor, Eva», me había dicho Charlotte. Su mirada, aunque en ese momento no me di cuenta, estaba cargada de nostalgia. De culpa. De pena.

Esas fueron las últimas palabras que me dedicó.

4 de abril de 2019

—

PERIÓDICO *BARCELONA AHORA*

Por Dídac Sáenz

OFRECEN RECOMPENSA POR LA ASESINA DEL PSIQUIÁTRICO

Eulalia Valldosera, viuda de Gabriel Herranz, el psiquiatra asesinado, junto con la enfermera Ana Torrents, en el sótano del centro en el que trabajaban, ha hecho público un comunicado en el que ofrece una recompensa de cincuenta mil euros a cualquier persona que aporte alguna información que permita capturar a Nora Roy, la supuesta asesina, actualmente en paradero desconocido. La noticia de la recompensa ha creado una gran polémica en las redes sociales; muchos lo han calificado de caza de brujas a la desesperada.

Pese a que varios testigos han afirmado haber visto a Nora Roy en Cáceres, no se han encontrado pruebas que lo corroboren. La policía trabaja sobre la hipótesis de que la joven sigue en Barcelona, y que quizá cuenta con la ayuda de alguien, amigo o familiar, para esconderse. Sus padres insisten en que no han vuelto a saber nada de ella desde la última vez que la visitaron en el psiquiátrico.

EVA

Llevaba toda la semana bajando al Café del Sol por si volvía a ver a Adrián. Pero nada. La suerte no estaba de mi lado. Ni la suerte ni el destino, en quien había confiado con la esperanza de que se posicionara a mi favor. Al menos por una vez. Tenía que aceptar que, quizá, él no estaba tan interesado en mí como yo en él. Al fin y al cabo, apenas nos conocíamos y no pegábamos ni con cola. A un hombre así le pegaba salir con una chica *fitness,* adicta al gimnasio, al zumba, al yoga, al pilates, con una alimentación sana y equilibrada... En fin, esas cosas. No con una vaga fumadora empedernida como yo, adicta a Netflix y sin nada que aportar a su activa vida repleta de emociones fuertes. A lo mejor él había pensado lo mismo, de ahí su falta de interés. Hasta me dio por pensar que, para evitarme, se iba a un bar lejos de la plaza del Sol a tomar las Coca-Colas que lo despertaban en lugar del café, que no le gustaba, uno de los pocos detalles que me había dado tiempo a conocer sobre Adrián.

—No ha vuelto —comentó Félix.

—¿Quién? —disimulé dándole una calada al cigarro, aunque sabía a quién se refería.

—El cachas —rio—. No ha vuelto por aquí.

—Ah, ya... Ni me acordaba.

—Claro.

Félix, al que no se le escapaba nada, se encogió de

hombros y volvió al interior del bar. Me quedé un rato observando la concurrida plaza, aún tenía una pizquita de esperanza, que dicen que es lo último que hay que perder. Pagué el café y fui en metro hasta plaza Cataluña. Entré en Zara con la intención de comprarme un vestido y unos tacones, pero nada me sentaba bien. Casi me destrozo los tobillos con los cinco pares de zapatos de tacón que me probé, y eso que solo di dos pasitos; los vestidores son pequeños, no dan para más. Las mujeres que usan tacones todos los días, de lunes a domingo, son de otro mundo y tienen mi más absoluta admiración. Yo me veía ridícula. Al final, resignada y de mal humor, pasé por caja con unos tejanos ajustados, una camisa negra holgada que combinaba con todo y que servía para cualquier ocasión y unas botas bajas de piel marrón que me serían útiles para el día a día, aunque el verano estuviera a la vuelta de la esquina.

De regreso a casa, vi a Natalia, que estaba a punto de subirse a la moto. No la había vuelto a ver desde nuestra incómoda cena en el restaurante japonés. Le había enviado wasaps preguntándole qué tal estaba, si su humor había mejorado, pero no había obtenido respuesta.

—Vaya, tú por aquí. ¿Qué tal? —saludé con orgullo.

—Pasaba por aquí y... —se aclaró la garganta y señaló mi portal—. No ha contestado nadie, he supuesto que no estabas.

—Pues Charlotte debe de estar en casa —alegué extrañada—. Yo he ido a comprar ropa para esta noche. Celebramos el cumpleaños de Lola —añadí mostrándole la enorme bolsa de cartón de Zara—. ¿Quieres subir y tomamos algo? Así conoces a mi compañera de piso.

—Vale. Tengo media hora libre antes de volver a la residencia.

Entramos en el piso en silencio. Le ofrecí a Natalia que se sentara en el sofá y fui a la cocina a preparar un par de cafés. La oí teclear con rapidez en el móvil. Me extrañó que no me acompañara y se apoyara en el marco de la puerta para contarme cualquier tontería, como siempre. Echaba de menos a la amiga en ese momento distante, esquiva, triste, rara. Cuando el café estuvo listo, le tendí una taza y salí al balcón a fumar un cigarrillo. Me apoyé en la barandilla dándole la espalda a la plaza para poder mirar a Natalia.

—No has contestado mis wasaps —le recriminé.

—Lo siento, he estado muy liada. Necesito más horas al día —se disculpó incómoda dándole un sorbo al café. Las horas extra en la residencia le estaban sentando fatal.

—¿Álvaro te ha vuelto a escribir? —quise saber.

—No —negó—. Paso.

—Pasas... —murmuré sacudiendo la cabeza. Alcancé a ver a Charlotte al fondo del pasillo. Vino caminando distraída en dirección al salón, pero cuando vio a Natalia se detuvo. Supuse que no esperaba visita y que le había sorprendido la presencia de mi amiga en el sofá—. Charlotte, te presento a mi amiga Natalia. Natalia, ella es Charlotte.

Natalia se dio la vuelta para mirar a Charlotte, que seguía petrificada, sin saber muy bien qué hacer o qué decir.

«Qué chica tan rara», pensé en mitad de ese silencio tenso y extraño.

—Hola, Charlotte —la saludó Natalia con normalidad aunque sin levantarse para darle dos besos.

Pero Charlotte no dijo nada. Ni siquiera sonrió. Parecía enfadada, nerviosa por que hubiera alguien más en el piso. Nos dio la espalda y entró en su habitación.

No la volví a ver más.

Puse los ojos en blanco. Natalia me miró con el ceño fruncido y murmuró lo que yo había pensado instantes antes:

—Qué chica tan rara, ¿no?

NORA

—Esto empieza a ser peligroso, Nora. Hay dinero de por medio, joder, y tú mejor que nadie sabe lo que es capaz de hacer la gente por unos cuantos euros. Tu cabeza cuesta cincuenta mil euros.

—Lo sé, lo sé... Tienes que ayudarme a salir de aquí, Mateo. No es un lugar seguro. Esto... esto me da mala espina.

—Claro, lo que sea.

—Pero tiene que ser ya, esta noche. Tengo un plan.

EVA

La tarde en el tanatorio se me hizo eterna. Eterna y triste. De nuevo, un cuerpo joven tumbado en la mesa de metal, el de una chica de veinte años que había sufrido un derrame cerebral mientras dormía. Qué frágiles somos y qué poco valoramos a veces despertar cada mañana con la oportunidad de vivir un día más.

Terminada la jornada, Lola y yo nos encerramos en el amplio cuarto de baño. Primero la maquillé a ella, pese a la mala iluminación; luego, mientras me maquillaba yo, Lola se encerró en uno de los retretes a cambiarse de ropa. Yo ya iba vestida con lo que me había comprado esa mañana en Zara, pero para Lola era una noche especial, así que, derrochando seguridad en sí misma, salió con un vestido ajustado y corto de color verde oscuro y unos zapatos de tacón de vértigo con los que casi cae de morros contra el mármol del lavabo.

—¡La leche! —chilló aún con el susto en el cuerpo y llevándose la mano al pecho—. Por poco me rompo la crisma.

—Más bien la nariz. —Yo no podía parar de reír—. Mira a ver, Lola, que con esos tacones no vas a aguantar toda la noche —le advertí.

—Llevo las manoletinas en el bolso. Por si acaso, que me conozco.

Era insólito ver a Lola, deslumbrante y explosiva, caminar de esa guisa por los pasillos del tanatorio. En realidad, era insólito ver a cualquiera vestido así en un tanatorio, aunque el momento me hizo recordar uno de los días más especiales que se habían vivido en aquel lugar, ya de por sí oscuro, cuando una decena de *drag queens* homenajearon a una de las suyas, inundando cada rincón de luz y color.

Los empleados piropearon a Lola; los familiares y amigos de los difuntos la miraron de reojo con pesar, en silencio, sumidos en su luto. Yo caminaba a su lado en un discreto y cómodo segundo plano. Lola solía venir a trabajar en coche, y menos mal, porque si hubiéramos tenido que coger el metro, ya me veía llevándola al hospital por una mala caída al bajar las escaleras mecánicas.

—Lo peor es que no voy a poder beber mucho —se quejó arrancando su pequeño Clio, que gruñó fatigoso cuando pisó el acelerador.

Condujo lenta y paciente hasta el Born, una de mis zonas preferidas de Barcelona, y dejó el coche en un aparcamiento que abría las veinticuatro horas, no muy lejos del restaurante Orvay, en el paseo del Born, bien ubicado frente a la basílica de Santa María del Mar. Lola me agarró del brazo como hacen las abuelas, con fuerza y por miedo a caer, y caminó pasito a pasito lo más digna que pudo hasta la entrada, donde ya nos esperaban cuatro amigas suyas a las que yo aún no tenía el gusto de conocer.

—Raquel, María, Virginia y Anabel, ella es Eva —nos presentó Lola con su gracia malagueña natural.

Les di dos besos a todas, a cada cual mejor vestida, por lo que me sentí un poco fuera de lugar con los tejanos y la camisa ancha ocultando los kilitos de más.

La cena fue divertida. El restaurante, muy cuco, con paredes revestidas de piedra, estaba animado, y la comida, riquísima. Envidié un poco a mi compañera de trabajo, protagonista indiscutible de la cena. Mientras yo tenía que lidiar con Natalia, una *mejor amiga* ocupada, bipolar y mandona a la que a veces le daba por desaparecer, ella tenía un grupo de amigas en las que confiar y con quienes salir y disfrutar sin que ninguna preocupación se interpusiera. Eran tan simpáticas como Lola. Yo las escuchaba con atención cuando contaban alguna anécdota y me reía con ellas por lo gracioso de la situación; me hicieron sentir una más. Y bebí. Bebí vino, mucho vino; hasta Lola me dijo al oído que me estaba pasando.

—Un día es un día —repliqué un pelín achispada pocos minutos antes de que un camarero apareciera con una tarta enorme rebosante de chocolate y con dos velas en forma de interrogantes encendidas.

Lola emitió un alarido nervioso y se llevó las manos a la boca. No se lo esperaba, era una sorpresa de sus amigas, que empezaron a cantarle el *Cumpleaños feliz*. Como si estuviéramos en una película, el resto de los clientes, animados, se unieron a la canción, aplaudieron y silbaron, llenando el restaurante de ruido y alegría.

—Sois las mejores, chicas —se emocionó Lola mirándonos a todas después de pedir su deseo con los ojos cerrados y soplar las velas.

A medianoche, entramos en la discoteca Opium, en el paseo marítimo, el lugar en el que me cambiaría la vida sin que yo lo supiera aún. Pese a que la discoteca tenía unas dimensiones considerables, estaba tan repleta de gente que daba la sensación de que no cabía ni un alfiler. Fuimos hasta la barra y pedimos unos cócteles que tardaron en servirnos. En el momento en que Lola y sus amigas avanzaron hacia la pista, el epicentro de todo el alboroto, me detuve en seco con el corazón golpeándome tan fuerte en el pecho que pensé que me iba a explotar. El tiempo se paró cuando lo vi. Volví a confiar en el destino, que había vuelto a hacer magia. Magia por tenerlo ahí, tan cerca, después de toda una semana esperándolo; era la única palabra que le hacía justicia a ese instante que me había dejado en *shock*, sin capacidad de reaccionar, de pensar, de hablar, a lo mejor un poco perjudicada por la ingesta de alcohol durante la cena. Inconscientemente, me llevé la copa a la boca y le di un sorbo al cóctel, cuyo sabor dulce inundó mi paladar. Dejé de escuchar la música y de notar los codazos de quienes pasaban con prisas por mi lado. Como si la noche pudiera obrar milagros que durante el día ni se plantean, me sentí unida a ese hombre al que solo había visto dos veces y con quien apenas había mantenido una conversación de más de media hora. «Pero ¿qué importa el tiempo?», me dije. Qué importa cuando tienes la sensación de estar frente a alguien especial, capaz de obnubilar todos tus sentidos. Creo que verte inmersa en un momento en el que te quedarías a vivir para siempre es la mejor sensación del mundo. A lo mejor no por lo que sucede, pero sí por lo mucho que te hace sentir.

Nuestras miradas, insistentes, tal vez sorprendidas por la coincidencia, seguían fijas bajo la luz violeta del inmenso local. La música sonaba fuerte como mis latidos que, de lo intensos que se habían vuelto, retumbaban en mis oídos y apenas me dejaron escuchar a Lola preguntar:

—Eva, ¿no vienes?

Me puse tan nerviosa que asentí y me uní a Lola y a sus amigas. Empezamos a bailar. Pero entonces noté su mano sobre mi hombro, su piel caliente, áspera. Sin aliento, me di la vuelta y lo miré como deduzco que se miran los fenómenos sobrenaturales, con cierta incredulidad y fascinación.

—¿No pensabas saludarme, Eva? —me preguntó al

oído. Noté su respiración en mi cuello y sentí cómo un pequeño escalofrío descendía por mi espalda.

—Perdona —reí llevándome la mano a la frente—. He bebido un poquito —confesé—. Qué... ¿Qué haces aquí? —inquirí tragando saliva para deshacerme del nudo que se había apoderado de mi garganta.

Recuerda esto: casi nada sucede por casualidad.

Existen encuentros que están maquiavélicamente programados.

—He venido con unos amigos —contestó señalando a un grupo de hombres de entre treinta y cuarenta años que hablaban en una zona de sofás.

—Ah.

Adrián esbozó una sonrisa seductora. Vestía una camisa azul, las mangas remangadas dejando al descubierto sus antebrazos ejercitados, y unos tejanos oscuros. Lola y sus amigas nos miraron socarronas.

—¿No me lo vas a presentar? —intervino Lola acercándose a nosotros. Adrián pareció sorprendido.

—Perdón, perdón, perdón... Lola, Adrián, Adrián, Lola.

—¡Vaya! ¡Así que tú eres el adonis! —rio Lola echando el cuello un poco hacia atrás y haciendo aletear sus tupidas pestañas negras. Le di un codazo con tanta fuerza que casi pierde el equilibrio y se cae al suelo—. Joder. No exagerabas cuando me dijiste que estaba...

—¡Cállate!

Dios. Me morí de vergüenza, noté cómo mis mejillas ardían y cambiaban de color sin que pudiera hacer nada por remediarlo. Adrián se rio, le dio dos besos y, educado, le dijo que era un placer conocerla. Luego, no sé cómo, perdí de vista a Lola y a sus amigas y me vi en medio de la pista bailando con él. Sonaba Sebastián Yatra, una balada lenta titulada *Quiero decirte.* Mis brazos alrededor de su cuello, su mano sujetándome con fuerza por la cintura, su mirada sobre la mía, tan fija que creía que me iba a derretir como un cubito de hielo en el desierto.

—No te he visto en toda la semana —le dije al finalizar la canción, que dio paso a ruido, solo ruido, música electrónica imposible de bailar.

—He estado trabajando en otra zona —contestó serio mirando a su alrededor—. Oye, te... Eh... No sé, me gustaría estar contigo en algún lugar más privado donde no haya tanto ruido. En tu piso, por ejemplo.

Sus ojos brillaron divertidos. Me entraron unas ganas enormes de besarlo. El alcohol me desinhibe y los rostros de todos los jóvenes fallecidos me acecharon susurrándome: «Hazlo. Solo se vive una vez. Aprovecha la oportunidad ahora que lo tienes tan cerca... Aprovecha. Vive. Vive, porque no sabes qué día dejarás de hacerlo».

Así que lo hice, porque no quería quedarme con las ganas, porque mejor arrepentirte de lo que haces que de lo que ni siquiera intentas. Me puse de puntillas y lo besé. A Adrián no pareció pillarlo por sorpresa, pues respondió al beso con ganas, con necesidad, con furia, arrimándome a su cuerpo cálido, fuerte, familiar. Fue un gran primer beso, rodeados de gente que parecía no existir. Recordé la gran frase de la película *Mala sangre* del año 86 protagonizada por una jovencísima Juliette Binoche: «El amor que se quema rápido dura para siempre». Y es que todo estaba ocurriendo muy rápido con Adrián, demasiado para mí, acostumbrada a la calma de Miguel, a una relación de años que se esfumó en un segundo, la única relación estable que había tenido y que pasó como una película por delante de mis ojos interiores. Iba a hacer un año que me había dejado. Debía pasar página como lo había hecho él hacía tiempo, pero un pánico indescriptible se apoderó de mí en cuanto mis labios se separaron de los de Adrián, como si ya entonces presagiara el peligro que estaba por llegar. Respiré hondo, me sentía un poco mareada. Miré a Adrián con la necesidad de confiar en él y de permitirme, al fin, disfrutar del momento, de saborearlo, de valorarlo después de tanto sufrimiento. Mi abuela solía decir que cuando se trata de la persona correcta, todo va rápido. En la sabiduría de sus palabras tenía una buena excusa para dejarme llevar.

—Vale —acepté—. Vamos a mi piso.

Las ganas se impusieron a la razón. Cuando nos dejamos llevar por los impulsos, pocas son las veces en las que salimos airosos.

Un hormigueo me recorrió todo el cuerpo cuando Adrián entrelazó su mano con la mía y me guio hacia el exterior de la discoteca sin que tan siquiera pudiera despedirme de Lola y de sus amigas, a quienes vi a lo lejos.

—¿No te despides de tus amigos? —le pregunté.

Misterioso, distinto al hombre abierto y hablador que había conocido hacía dos semanas en el Café del Sol, Adrián se limitó a negar con la cabeza, caminando con decisión hasta detenerse frente a una moto Aprilia grande y negra. Soltó mi mano y sacó dos cascos del baúl. Se acercó a mí, me dio un beso breve en los labios y me colocó el casco de una forma que me gustó: con dulzura, mirándome a los ojos, a los labios, tragando saliva, como si también él tuviera miedo de lo inevitable.

Con su ayuda, me subí a la moto, que me pareció gigantesca. Se llevó mis manos alrededor de su cintura y me dijo que me sujetara fuerte. Y vaya si me sujeté. En cuanto arrancó, cerré los párpados con fuerza, dejando escapar un chillido que no creo que Adrián escuchara. No quería ver qué pasaba a mi alrededor, cómo el mundo se movía a una velocidad supersónica de lo rápido que iba. A su lado, Natalia era una santa bendita de la conducción. Parados en un semáforo, Adrián se giró, me miró con gesto serio y empezó a reír.

—¿Por qué cierras los ojos? ¿Tienes miedo?

—Vas muy rápido —me quejé falta de aliento.

—Perdona. Conduciré más despacio —prometió acariciándome el muslo de manera cariñosa, íntima.

Lo de ir más despacio no pareció entenderlo, o quizá es que su percepción de la lentitud y la precaución era distinta a la mía. Minutos más tarde, detenía la moto delante de mi portal y yo, con la mirada en el cielo estrellado y el pelo revuelto, agradecía seguir con vida. Miré mi móvil. Eran las dos y media de la madrugada. Respiré hondo tratando de controlar mis nervios. Era obvio lo que iba a ocurrir. Adrián se quitó el casco, también se encargó de quitármelo a mí con los ojos fijos en los míos. Supe que me deseaba. Esas cosas se perciben. Con manos temblorosas, cogí las llaves del bolso y, sin ser yo religiosa, recé unas cuantas avemarías para que la señora Cecilia no sacase medio cuerpo por la puerta rompiendo el encanto y la exquisita tensión sexual del momento. No ocurrió. La señora Cecilia no apareció y la luz del edificio, sumido en el más absoluto de los silencios, funcionó a la primera. En cuanto entramos en mi piso, Adrián me abrazó y me besó. Su boca era sedosa, tierna y muy apetecible. Miré de reojo la puerta que daba a la habitación de Charlotte y, en vista de que había funcionado con la vecina, recé otra avemaría para que no se le ocurriera salir a por un vaso de agua. Adrián me llevó hasta el salón, me tumbó en el sofá y siguió besándome.

—¿Tienes vino?

—¿Vino? —me extrañé—. ¿Por qué quieres emborracharme si ya me tienes a tus pies? —reí nerviosa.

Sonrió pícaro y, claro, no me pude resistir.

—En la nevera. A mi compañera de piso le gusta el vino tinto.

—Mmm... Mi preferido.

Fue a la cocina y, al cabo de unos minutos, sin tan siquiera haberme preguntado en qué armario estaban las copas, me tendió una y bebí. En aquel momento no pensé. ¿Qué iba a pensar si tenía encima al hombre de mis sueños? En serio, el hombre de mis sueños. Pues nada, no pensé en nada. Pero debería de haberme dado cuenta de que no parecía que fuera la primera vez que Adrián estaba allí.

Me reí.

Volví a darle un sorbo a la copa.

El vino rojo bailó.

Lo besé.

Me acarició la cara con ternura y me apartó algunos mechones del cuello. Sus labios rozaron mi piel con tanta delicadeza que creí que estaba soñando.

Volví a beber. Un trago largo, ávido.

Y luego... Luego noté que me invadía un leve mareo y me dormí.

MATEO

—Adrián... —murmuró Eva segundos antes de sucumbir a los efectos del somnífero que había echado en su copa de vino.

—Adrián —repetí con pesar y con la cabeza hecha un lío. Algunas cosas son irrecuperables y eso hace que el recuerdo sea aún más valioso.

Me quedé mirando a Eva unos segundos. Pensé que, en otras circunstancias, podríamos haber vivido algo bonito. Una de esas historias que ocurren sin premeditación: la suerte de conocer a alguien que te gusta y ser correspondido. Pero no era momento de pensar en las posibilidades, en la inevitable pregunta de qué hubiera pasado si... Ese «y si...» llevaba reconcomiéndome demasiado tiempo por otros motivos. Había mucho en juego.

Cogí las dos copas de vino, la mía llena, la de Eva casi vacía, y las lavé a conciencia para no dejar rastro. Luego toqué dos veces la puerta de la habitación donde Nora llevaba escondida dos semanas jugando a ser francesa, Charlotte. No contestó. Abrí la puerta. El corazón se me encogió como si lo hubieran metido en agua helada.

—Nora, joder... ¿Qué ha pasado aquí?

EVA

No sé si fueron los rayos del sol bañando el salón o el alboroto que había en la calle lo que me despertó a las nueve y media de la mañana, bastante temprano para ser sábado. Miré a mi alrededor desconcertada. Me costó un esfuerzo enorme levantarme del sofá y recordar con exactitud qué había pasado anoche. Adrián había estado en el piso, de eso estaba segura. Yo había bebido de la copa de vino y me había dormido, rememoré con fastidio, indignada al intuir que el entrenador se había largado sin despedirse. Y sin que hubiera ocurrido nada. Tenía la ropa puesta, botas incluidas. Me pregunté cómo había caído redonda en el sofá, perdiéndome lo mejor de la noche: estar con Adrián; tampoco estaba tan cansada ni tan borracha.

Qué rabia, con lo mucho que me gustaba...

Pero ¿qué esperaba? ¿Un cuento de hadas? ¿Que me despertaría y Adrián seguiría en mi casa y me serviría el desayuno? No, en serio, ¡¿qué esperaba?! Lo que estaba a punto de suceder seguro que no.

Me asomé al balcón en el momento en que una ambulancia se paraba en mitad de la plaza, donde había un corrillo de gente que un par de sanitarios se apresuraron en apartar. Si me hubiera quedado unos pocos segundos más, habría visto a la pobre señora Cecilia tirada en el suelo con un reguero de sangre procedente de su cabeza por el desafortunado tropiezo.

Fui hasta la cocina y encendí la cafetera.

—¿Y las copas de vino? —le pregunté al vacío.

Limpias en el armario, comprobé al ir a coger una taza para servirme el café. No hubiera sabido decir de cuáles de las cinco que tenía habíamos bebido. Adrián debía de haberlas limpiado antes de irse. Qué detalle. Un detalle raro, pero un detalle al fin y al cabo. La botella de vino estaba casi vacía en la nevera. Pulsé el botón de la Nespresso. Me quedé de pie mordiéndome las pieles de una uña y mirando hipnotizada cómo el café gorgoteaba exprimiendo la cápsula hasta dejarla seca. La taza empezó a llenarse al mismo tiempo que el aroma inundaba toda la estancia. El bullicio de la plaza fue disipándose poco a poco. Encendí un cigarro y me di cuenta de lo extraño que era que Charlotte no se hubiera levantado aún. Recordé el fin de semana pasado junto a ella. Lo servicial que había sido conmigo. Le di un sorbo al café y una última calada al cigarro, que apagué impaciente con la suela de la bota antes de tirarlo a la basura, y avancé por el pasillo en dirección a su habitación.

Di tres golpes en la puerta con los nudillos.

Silencio.

Sentí un escalofrío en la nuca y tragué saliva. Un mal presentimiento se apoderó de mí. Pensé en Adrián, en sus besos, en...

—Charlotte, ¿estás ahí? ¿Estás bien? —pregunté casi a gritos.

Abrí la puerta al ritmo lento de una pesadilla y entonces deseé salir corriendo y alejarme de la visión que tenía delante.

No podía ser verdad.

¿Seguía dormida?

La habitación empezó a dar vueltas y a difuminarse. El

pulso se me aceleró a una velocidad de vértigo al ver la cama empapada de sangre y las salpicaduras en la pared formando un extraño cuadro abstracto. Unas manchas rojas y viscosas se habían incrustado en la madera blanca de la pequeña ventana.

¿Qué había pasado ahí?

Tuve la sensación de que algo me atenazaba todo el cuerpo, como si una mano me cubriera con fuerza la boca. Mi estómago revuelto dio un vuelco y no lo soportó. Corrí al cuarto de baño y vomité hasta que lo único que quedó fue bilis. Me miré en el espejo, que me devolvió una mirada aterrada. La melodía de mi móvil empezó a sonar desde algún lugar, seguramente desde el interior del bolso, de donde no lo había sacado anoche; su insistencia me sometió a un estrés que no podía soportar. Mi cabeza, a punto de estallar, empezó a funcionar a mil, pero me sentía incapaz de pensar con claridad. No sabía qué hacer o a quién pedir ayuda, y era consciente, pese al aturdimiento, de que mientras vives el presente no te das cuenta de su trascendencia. Solo cuando echas la vista atrás cobra sentido, aunque en ese momento nada lo tuviera. Salí del cuarto de baño y volví a la habitación con la esperanza de que nada de lo que mis ojos me habían mostrado fuera real. Pero la sangre seguía ahí amenazante, grotesca, dando muestras de que algo terrible había ocurrido mientras yo dormía.

¿Cómo era posible que no me hubiera enterado de nada?

Me apoyé en el quicio de la puerta sin apenas sostenerme en pie por lo insólito de la situación. Pensar que Charlotte, tan joven, tan llena de vida, podía estar muerta... Y sin saber qué había pasado en realidad. Me costaba asumirlo, pero obligué a mi cuerpo a reaccionar. Tenía que hacer algo antes de tomar una decisión que, acertada o no, pusiera fin a algo que sentía que me quedaba grande. Me entretuve un rato registrando la habitación. No quedaba nada de Charlotte. Ni su ropa, que intuía que era poca, ni su mochila negra, ni el teléfono móvil que jamás vi... Nada. Solo manchas de sangre, el color rojo predominando en la estancia; ninguna otra prueba de que, durante dos semanas, había vivido con una silenciosa y reservada compañera de piso.

—Joder... —balbuceé volviendo al pasillo después de mirar durante un largo rato la habitación que había pertenecido a la francesa—. Ha sido Adrián —confirmé temblando—. Adrián ha matado a Charlotte y se la ha llevado.

Barajé tantísimas hipótesis en cuestión de segundos... Tantas... La principal en ese momento, porque era la que más encajaba, consistía en que Charlotte y Adrián eran pareja. Él, años mayor, la maltrataba y ella huyó y, al ver mi anuncio buscando compañera de piso, se refugió en mi casa. De ahí que nunca quisiera salir, que fuera tan callada y evasiva, que no hablara de sí misma. Hasta que él la encontró y me engatusó para entrar, matarla y llevársela.

Pero ¿por qué llevársela?

¿Por qué conquistarme para entrar si podía haber forzado la cerradura o haberse colado en cualquier momento diciendo que traía un paquete?

No tenía sentido. Nada lo tenía.

Me equivoqué en todo, claro.

La verdad suele ser mucho más complicada.

Me dejé arrastrar por el pánico. Solo quería que la sangre desapareciera, no verla más. Me sentí desesperadamente sola, sin nadie a quien acudir. La posibilidad de llamar a la policía me daba pavor al pensar que podían acusarme de asesinato y sin ninguna prueba fehaciente que demostrara la presencia de la francesa en mi piso. No había ningún contrato de alquiler que mostrar. Ni siquiera le había pedido su documento de identidad. Solo tenía un nombre, Charlotte, y puede que hasta en eso me mintiera, deduje, y el sopor y la tristeza dio paso al enfado, no con ella, sino conmigo, por haber sido tan confiada.

Sopesé varias posibilidades, la de llamar a Natalia, por ejemplo, que quizá sabría qué hacer en una situación así, pero no me convencía, porque seguramente me diría lo que no quería oír: «Llama a la policía». No. No quería agentes merodeando en casa, no quería que me llevaran a comisaría a declarar. No quería problemas, siempre los había evitado y no iba a ser distinto ahora. Decidí no confiar en nadie, actuar sola, aunque eso me hiciera sentir una mala persona al mirar hacia otro lado y tratar de que nada de lo que hubiera pasado, fuera lo que fuera, me incumbiera. Y, aun así, sin que yo tuviera nada que ver en esa historia, o eso pensaba, me vi tan involucrada en ella como sus propios protagonistas y como los fantasmas que los acompañaban.

Impulsiva, al final decidí que limpiaría la sangre de la habitación. Cualquier otra opción me horrorizaba aún más. Hoy lo calificaría como espíritu de supervivencia, una manera de enfrentarme al miedo, de hacer desaparecer de un plumazo una situación digna de un mal sueño.

«Ten cuidado en el piso, Eva. Es un imán para las desdichas y para la oscuridad», me había advertido nana. Traté de olvidar sus palabras. Me sentí estafada. Frustrada. Y me cabreé, algo que facilitó la tarea de limpiar la sangre con más rapidez de la que esperaba, aunque las lágrimas derramadas mientras lo hacía me demostraban que aún quedaba humanidad en mí. Luego apliqué una capa de la poca pintura blanca que me había sobrado después de pintar el piso hacía unos meses. Estuve un buen rato entretenida tratando de dejar la habitación limpia como los chorros del oro y bien ventilada, dentro de lo que permitía la ventana que daba al patio de vecinos en lugar de a la calle.

Dos horas más tarde, las sábanas daban vueltas en la lavadora, la habitación aún olía a pintura, el rodillo se secaba en la bañera y las paredes y el marco de la ventana estaban perfectamente limpios, como si la sangre, que no había llegado a traspasar al colchón, jamás hubiera existido. Era consciente de que había encubierto un posible asesinato deshaciéndome de cualquier rastro de sangre, de que lo que había hecho era delito, y me sentí un ser despreciable. Visualicé una y otra vez en bucle lo que había podido pasar en esa habitación mientras yo dormía como un tronco, posiblemente debido a algo que Adrián había echado en la copa de vino que me dio.

Como para redimirme, después de cerrar la puerta de la habitación, me puse a llorar, escurriéndome hasta el suelo con la espalda apoyada en la pared del pasillo. Me abracé las piernas, las rodillas pegadas al pecho, los ojos fijos en la puerta de la habitación en la que había dormido la francesa. Chillé en silencio dentro de mi cabeza. ¿Qué más podía hacer? ¿Qué debería haber hecho? Pensaba que, al dejar la habitación limpia, me sentiría mejor, pero lo cierto era que, de la angustia, me costaba respirar. Ya no había vuelta atrás. Y el teléfono seguía sonando. Hasta que el timbre de la puerta me hizo dar un respingo. Del susto, me levanté de un impulso y el corazón me dio un vuelco con tanta fuerza que me mareé. Maldije no tener un interfono moderno que me mostrara quién estaba abajo.

¿Y si era la policía?

¿Y si el cadáver de Charlotte había aparecido en algún lugar y ahora venían aquí, a la escena del crimen, a la habitación donde, de alguna manera, sabían que se alojaba?

Empecé a sudar.

Odié a Adrián, que puede que ni siquiera se llamara así. Tenía que volcar todo mi odio en alguien y ese alguien era él. El asesino de Charlotte.

El timbre siguió sonando.

Yo seguí llorando.

Al final, contesté con un hilillo de voz.

—¿Sí?

—¡Joder, Eva! Llevo toda la mañana llamándote. ¡Ábreme! —me pidió Natalia a gritos.

No sé si lo que sentí fue alivio al saber que era ella, porque tardé un par de segundos en procesar la información y en abrirle la puerta. Natalia subió corriendo las escaleras y llegó a la tercera planta casi sin aliento. En cuanto se plantó delante de mí, no supe ver quién tenía peor cara, si ella o yo.

—Estás bien —saludó aliviada entrando en el piso.

—¿Qué dices? —traté de disimular mirando de reojo la puerta cerrada que daba a la habitación de la francesa.

—¿A qué huele? —olfateó extrañada—. ¿A pintura?

Me encogí de hombros, no dije nada.

—Cuando me presentaste a tu compañera de piso sabía que me sonaba de algo; su cara me resultaba conocida —empezó a decir tan nerviosa que la que parecía que acababa de deshacerse de la sangre de un crimen era ella. Hablaba muy deprisa—. Pues bien. Ni es francesa ni se llama Charlotte.

—No te entiendo —espeté con voz temblorosa.

—¡Que es una asesina, Eva! En cuanto he podido me he escapado de la residencia para venir a verte, estaba preocupada por ti. Charlotte, la chica con la que has estado viviendo estas semanas, es Nora Roy, la asesina del psiquiátrico —zanjó.

Me quedé mirándola un buen rato. Dos, tres minutos..., puede que más. O menos. No lo sé. Demasiada información que procesar. Demasiadas emociones desde que me había levantado del sofá hacía poco más de dos horas. Me sentía agotada, sin fuerzas ni para mover un dedo. Reconozcámoslo, no era una persona acostumbrada a los vaivenes ni a las emociones fuertes. Mi reacción fue ir hasta el salón con toda la calma de la que fui capaz, coger el paquete de tabaco y encender un cigarrillo. Me temblaban las manos y el labio inferior; las dos primeras caladas fueron torpes, imprecisas.

—El psiquiátrico —murmuré acordándome de Lola. Más tarde, comprobé que me había enviado varios wasaps preguntándome qué tal había ido la noche y diciéndome que era una desvergonzada por no haberme despedido de ellas, aunque, después de conocer en persona al adonis, se ponía en mi lugar y lo entendía. Sus mensajes iban acompañados de emoticonos de berenjenas y caritas sonrientes—. ¿Me estás diciendo que Charlotte es la que asesinó a ese psiquiatra y a la enfermera?

—O sea, que sabes de lo que te hablo —se sorprendió.

—Sí. Bueno, me lo comentó Lola, pero ya sabes que no estoy al día... —Natalia puso cara de fastidio—. No la reconocí.

—Bueno, no era fácil, a mí me llevó unas cuantas horas —expuso sacando el móvil del bolso y buscando algo—. Se ha teñido el pelo de negro y esas gafas grandes... —siguió diciendo mientras sacudía la cabeza al mismo tiempo que me tendía su teléfono.

En la pantalla aparecía una fotografía de Nora con el cabello rubio, lacio y largo, y unos ojos más grandes y azules de lo que parecía tras las gafas de pasta negras. Efectivamente, parecía otra persona. Había sabido camuflarse bien, pero yo estaba convencida de que si hubiera estado al día sobre su búsqueda, si hubiera estado mejor informada de lo que ocurría en el mundo, habría sabido quién era. Las palabras de Lola me taladraron el cerebro: «Pero yo sabré reconocer la cara de esta loca si me la cruzo por la calle y tú no».

No había reconocido la cara de esa asesina porque, como tantas otras noticias, aquella no me había interesado. Nunca crees que algo así vaya a influir en tu vida, como cuando pensamos que los accidentes o los asesinatos les ocurren siempre a otras personas. El caso es que no es que me cruzara con una asesina por la calle, es que había compartido piso con ella. Una asesina que supo ver, nada más presentarse en el umbral de la puerta, que no la había reconocido. Y que no lo haría al menos durante un tiempo.

Pero ¿cómo era posible que una chica tan dulce, que se había desvivido por mí cuando había llegado a casa con fiebre, hubiera sido capaz de matar a dos personas? Pese a la incomodidad y desconfianza iniciales por convivir con una persona que con todo su morro se había instalado sin preguntarme si me parecía bien, en ningún momento me había sentido acechada o en peligro.

—Ofrecen cincuenta mil euros a quien la encuentre... —leí con el corazón desbocado. Sentí una fuerte sacudida en el estómago y un nudo en la garganta que apenas me permitía seguir hablando.

En ese momento, en silencio y sin mirar a Natalia, pues creía que si la miraba sabría lo que había pasado, barajé otra posibilidad. Puede que Charlotte, Nora Roy en realidad, no conociera a Adrián. Puede que ella hubiera salido para ir a hacer la compra o cualquier otro recado y que él la hubiera visto, nos hubiera relacionado y, por conseguir el dinero, se la hubiera llevado. Pero la querían viva. La mujer del tal doctor Herranz quería justicia. Entonces, ¿por qué la había matado? Toda esa sangre derramada... Era imposible que Nora siguiera viva.

—¿Dónde está? —preguntó mi amiga sacándome de mi ensimismamiento.

—¿Eh?

—¿Dónde está Nora? —insistió arrebatándome su móvil de las manos.

—No está aquí. Cuando me he despertado, ya se había ido —contesté confusa al cabo de un rato.

En cierta forma, no le mentí. No del todo. Pero una verdad a medias tampoco consigue que te sientas mejor.

SEGUNDA PARTE

15 de abril de 2019

—

PERIÓDICO *BARCELONA AHORA*

Por Dídac Sáenz

El misterio de las desapariciones en el psiquiátrico Vera de la Cruz, al descubierto

El próximo libro de Alicia Bastán llevará por título *El psiquiatra*, y con él la periodista y escritora, que levantó una considerable polémica con su anterior obra, *Ángeles en el infierno*, en la que destapaba los horripilantes sucesos acaecidos en el Convento de Los Ángeles, promete volver a dar mucho que hablar. *El psiquiatra* se inspira en hechos reales, aunque desconocidos, que sucedieron en el Centro Vera de la Cruz, el psiquiátrico de Sitges que recientemente ha copado los titulares por haber sido el escenario de los asesinatos del psiquiatra Gabriel Herranz y la enfermera Ana Torrents, supuestamente a manos de una de sus pacientes, la interna Nora Roy.

Bastán dice haber recopilado información sobre las misteriosas desapariciones de otras tres internas; desapariciones que, según la periodista, no fueron denunciadas en su momento porque sus familias, personas de pocos recursos, recibieron amenazas para no hacerlo. Bastán atribuye estos hechos a supuestas malas prácticas del recientemente fallecido psiquiatra. Respecto a cuáles eran estas prácticas, y por qué han permanecido ocultas hasta ahora, la autora ha dicho que «Herranz tenía contactos hasta en el infierno», sin más explicaciones.

Los abogados de la viuda, Eulalia Valldosera, han solicitado en los tribunales el secuestro de la obra, que tiene prevista su salida al mercado el próximo 19 de abril.

Semana del 15 al 21 de abril de 2019

—

EVA

Dicen que la vida avanza constantemente, pero nadie menciona que a veces se detiene. El mundo deja de girar y de importarte en el momento en que temes enfrentarte a él. Y a mí me daba miedo todo. Salir de casa para ir a comprar, para cumplir con mi horario laboral o hasta para algo tan simple e inofensivo como bajar al Café del Sol a tomar café. Vivía con una insufrible opresión en el pecho y con la paranoia constante de que, en cualquier momento, me iban a detener. O, peor aún, de que Adrián aparecería para acabar también conmigo porque suponía un peligro para él. Lo extraño era que no me hubiera tocado un pelo cuando tuvo oportunidad, que me hubiera dejado dormida en el sofá. No dejaba de darle vueltas a eso. A eso y a su esmero en limpiar las dos copas de vino para luego dejar la habitación hecha un cristo. No tenía sentido. Nada lo tenía. Me rompí la cabeza con las múltiples posibilidades de lo que podría haber hecho y no hice. Podría haber ido a la policía, hubiera sido la reacción más lógica, lo normal, pero el miedo inicial a que sospecharan de mí me lo impidió y ya era demasiado tarde para recapitular. La culpabilidad por ocultar la sangre se impuso al miedo al pensar en que podría haberles descrito a Adrián con tanta precisión que hubieran sido capaces de realizar un retrato robot perfecto, dar con él y detenerlo. Sin embargo, no era a mí a quien buscaban, sino a una mujer que estaba muerta, y solo su verdugo y yo lo sabíamos.

Cuanto más evitaba pensar en ello, más me mortificaba. Pensamientos turbios me venían a visitar a todas horas. Estaba bloqueada. En punto muerto. Como si una parte de mí hubiera querido proteger a Adrián limpiando la sangre de Nora. Nora, que para mí todavía era Charlotte. No había vuelto a abrir la habitación en la que la asesina disfrazada de francesa adorable se había alojado durante dos semanas. Era incapaz. Parecía que esas cuatro paredes estuvieran malditas y pudiera ver a su fantasma sentado sobre el colchón desnudo esbozando la cara de un hombre que jamás llegué a ver bien. Ni siquiera me había molestado en hacer la cama. Había lavado las sábanas ensangrentadas y habían quedado un poco marrones, con aspecto sucio, ya que las manchas no salieron del todo; así que, al día siguiente, las metí en una gran bolsa de basura negra y las tiré en un contenedor lejano.

Lo ocurrido me hizo ver el piso de mi abuela de otra forma. Empecé a creer que sus palabras, que aseguraban que era un imán para las desdichas, eran ciertas y que me las había dicho en un breve momento de lucidez.

Dios.

Solo un par de copitas de whisky o de vino me ayudaban a conciliar el sueño por la noche y, a veces, ni con esas. Me despertaba siempre con dolor de cabeza. El día a día era insoportable. Vivir conmigo misma me resultaba insufrible. La culpa me consumía por dentro como si hubiera sido yo la encargada de hacer desaparecer de la faz de la Tierra a Nora Roy, hija de unos ricos empresarios residentes en Sitges que la encerraron en el centro psiquiátrico por una depresión severa. En ningún lugar se decía por qué una chica de veintitrés años, estudiante universitaria de Bellas Artes y con toda una vida aparentemente idílica por delante, sufría una depresión severa. Sentí curiosidad por saber qué le había pasado, en qué momento su vida se había torcido. Trataba de pensar lo menos posible en ella por el bien de mi salud mental, pero lo cierto era que, por la noche, al llegar del tanatorio, me sentaba en el sofá y revisaba en internet las noticias más recientes sobre el caso. También empecé a ver los informativos. Jamás en mi vida había estado tan al día de la actualidad. Y sí, Lola tenía razón: el mundo estaba loco. Daba miedo ver la de cosas que ocurrían. Yo era más feliz en la ficción.

Esa mañana soleada de abril, como tantas otras, me llevé la taza de café al balcón y encendí un cigarro. Solía mirar la terraza del Café del Sol durante media hora, cuarenta minutos..., a veces más, por si Adrián, como si no hubiera ocurrido nada, hacía acto de presencia. Pero después de lo que había hecho, era evidente que no iba a volver. A veces se me pasaba por la cabeza ir a comisaría y explicar lo ocurrido, lo paralizada que me había sentido al ver la sangre, cómo me había dejado llevar por el impulso de hacerla desaparecer; pero luego pensaba que sonaría raro y que terminarían deteniéndome. Porque, a ver, ¿quién en su sano juicio descubre una habitación repleta de sangre y se pasa una hora limpiándola en lugar de informar a la policía?

Tocaron al timbre. Como siempre hacía, incluso cuando esperaba algún paquete de Amazon, caminé despacio sin apenas hacer ruido para que quien estuviera al otro lado pensara que no estaba en casa. Acerqué el ojo a la mirilla y vi a una mujer alta y delgada de unos sesenta y tantos años mirando el móvil. Parecía impaciente.

—¿Quién es? —pregunté sin abrir la puerta.

—Hola, ¿Elena?

—¿Elena? No, te equivocas.

—¿Me equivoco? —preguntó confusa pestañeando varias veces y acercándose a la mirilla como si también pudiera verme—. Soy hija de Cecilia, la vecina de abajo —se presentó hablando alto para que la escuchara—. Me ha dicho que te llamas Elena. ¿Podrías abrirme, por favor? No me gusta hablar con puertas.

Abrí con una sonrisa de medio lado, recordando cada una de las veces en las que la señora Cecilia me había llamado Elena.

—No sé por qué tu madre se empeña en llamarme Elena. Me llamo Eva.

—Ay, la pobre, ya es mayor. Yo soy Laura, su hija —repitió más pendiente del móvil que de mí—, y tengo que salir cinco minutos. Me da miedo dejarla sola, no sé si sabes que hace unos días tropezó en la plaza y se cayó.

—Sí.

—Pues eso... ¿Te importaría...?

Quedarme con la vecina, aunque solo fueran cinco minutos, me daba pavor, pero su hija parecía desesperada por encontrar a alguien que le hiciera compañía un rato.

—Eh... vale —acepté más por obligación que por gusto.

Cogí las llaves y el móvil y bajé con Laura, que abrió la puerta del piso de su madre y cerró tras de mí sin tan siquiera entrar ni despedirse. No me dio ni las gracias. Me dejó sola en mitad del pasillo oscuro, silencioso, tan tétrico como su propietaria. Encendí la luz. El piso tenía la misma distribución que el mío, pero no había sido remodelado y la decoración era antigua, años sesenta, con las baldosas beis con rombos originales. Me detuve a contemplar las fotografías que había en la pared amarillenta del recibidor, dos de ellas en blanco y negro, que me mostraron a una Cecilia pequeña en medio de una mujer y un hombre jóvenes y sonrientes. Parecía mentira que la anciana de noventa años que me tenía atemorizada desde que era pequeña y con la que algunas noches mantenía conversaciones breves y extrañas en el rellano hubiera sido niña alguna vez. Una niña gris, sin gracia, pero niña al fin y al cabo. En las otras tres fotografías de color sepia, Cecilia aparecía con gesto serio y cansado con el que fue su marido, fallecido hacía tiempo, y con sus dos hijos, un niño y una niña que no debían de tener más de diez años en el momento en que la cámara pareció pillarlos por sorpresa.

—¿Señora Cecilia? —pregunté avanzando a tientas por el pasillo hasta llegar al salón. Las persianas estaban bajadas, y la luz, apagada; me apresuré a encenderla.

—Me molesta la luz, hija —musitó la anciana cansada, sentada en un desgastado sillón orejero de piel marrón. Me negaba a quedarme a solas con ella a oscuras.

—Lo siento. Soy Eva, la vecina de arriba.

Cecilia levantó la mirada, me repasó de arriba abajo y sacudió la cabeza componiendo un mohín de desaprobación. Llevaba la cabeza vendada y el brazo derecho escayolado y tenía medio rostro amoratado e hinchado. La pobre estaba hecha un cristo.

—Ha vuelto a pasar, ¿verdad?

Lo dijo tan bajito, con una voz tan susurrante y temblorosa, que me pareció no entenderla bien.

—¿Cómo ha dicho?

—Que ha vuelto a pasar. ¿A que sí?

—No sé a qué se refiere, señora Cecilia.

—Siéntate, Elena. Siéntate.

Señaló un sillón gemelo al suyo que había enfrente. Con los nervios, me di un golpe en la espinilla con el canto de la mesita de té cubierta por un mantel de ganchillo.

—Tu abuela me dijo que estaba preocupada por ti. Te lo dije. ¿Por qué dejaste que entrara un extraño, eh? ¿Por qué? Porque eso es lo que pasa cuando dejamos entrar a extraños. Yo vivía en tu piso. Fue hace muchos años.

—Perdón, con todo el respeto, creo que no...

—Me di un golpe en la cabeza, sí, pero a mí la cabeza me funciona de maravilla —espetó alterada señalándome con el dedo y provocándome un escalofrío. ¿Habían pasado cinco minutos ya? ¿Su hija estaría a punto de volver? Quería salir de allí. Me puse a temblar—. Dicen que mi padre apuñaló a mi madre y que luego se ahorcó, pero eso no fue lo que ocurrió. Entró un hombre, un hombre malo con sombrero y traje elegante que me encerró en la habitación. Era el demonio. Y luego, al cabo de mucho rato, cuando escuché el portazo y di por hecho que se había largado, fui hasta la habitación y descubrí a mi madre muerta. Por eso gritaba tanto, la pobre, como un cerdo al que destripan en una matanza, porque así la mataron. A cuchilladas. Estaba todo lleno de sangre..., había sangre por todas partes. Mi madre no estaba dormidita, no, estaba muerta. Y mi padre, ahorcado en el salón, justo aquí donde yo estoy sentada, pero en el piso de arriba. En tu piso. —Señaló al techo y asintió con los ojos entornados—. No hablé. Estuve años sin hablar. La policía sacó sus propias conclusiones, como hacen siempre, la gente va a lo fácil, y tacharon a mi padre, que era un buen hombre, de asesino —añadió con rabia—. Nunca supe por qué el hombre malo los mató. Ni quién lo dejó entrar en el piso. Nunca se sabrá, simplemente hay gente mala y ya está. Demonios, son demonios disfrazados de personas normales y corrientes. ¿Sabes cómo se llamaba mi madre? —Negué con la cabeza sin poder detener el tic nervioso que se había apoderado de mi pierna—. Elena, como tú.

Sonrió. Una sonrisa de satisfacción que me recordó a la del Joker.

—Y ahora ha vuelto a pasar. La oí gritar.

—¿A quién?

—A mi madre, claro, a quién va a ser. Ha vuelto a pasar. Un hombre malo ha vuelto a matar a mi madre. —Su voz sonaba como un graznido salido de su garganta. Mi cuerpo entero se estremeció al intuir a la mujer atrapada en el tiempo, viviendo en bucle el trauma de su infancia—. Tú aún eres muy joven y no lo entiendes, Elena, pero, en los sitios donde ha pasado algo malo, la historia se repite. Siempre se repite. Esos sitios están malditos y las cosas malas pasan una y otra vez, una y otra vez, una y otra vez, y así hasta que se destruyen.

—Señora Cecilia, debería dormir un poco.

—¡No me digas lo que tengo que hacer! —rugió enfurecida—. Hazme caso, Elena. No vuelvas a dejar que el hombre malo entre en tu casa. El demonio, cuanto más lejos, mejor.

Luego, la señora Cecilia se quedó en silencio, con la mirada perdida, desconectada del mundo y de mí. Y yo sentada, sin poder mover ni un solo músculo, mirando a la anciana fijamente y haciéndome mil preguntas que no me atreví a formular en voz alta. ¿Había oído algo? ¿A Nora gritando, a Adrián matándola, posiblemente de un disparo que debió de sonar? ¿Ningún otro vecino oyó nada? ¿Cecilia asomó la cabeza cuando salieron del piso como lo hacía cuando me oía llegar a mí? ¿Quizá Adrián cargó con el cadáver de Nora sobre su espalda como si fuera un saco de patatas? Mi abuela nunca me contó que la vecina del segundo había vivido en el tercero cuando era pequeña. En mi piso. Que era la hija de la mujer asesinada por su marido, aunque ahora resultara que no, que un hombre había entrado para apagarles la vida.

Al final, como ya me temía, los cinco minutos se convirtieron en media hora. Treinta minutos eternos en los que creí que el olor a naftalina colándose por mis fosas nasales era droga pura que me iba a matar. Laura entró en el piso de su madre exaltada, pidiéndome perdón por la tardanza. Era una mujer extravagante y nerviosa por naturaleza. Sus movimientos rápidos, como si siempre tuviera prisa, me irritaron.

—No pasa nada —dije contenida, con la mano alrededor del pomo de la puerta, dispuesta a abrirla y salir escopeteada de allí.

—Ya sé por qué te llama Elena —cayó en la cuenta Laura. Después de tanto tiempo intrigada, yo ya sabía también por qué la vecina me llamaba Elena, pero dejé que Laura me lo confirmara—. Así era como se llamaba mi abuela. Siento la confusión, la edad no perdona.

Pero si algo me quedó claro esa mañana sobre la vecina del segundo era que, aunque tuviera una edad avanzada, noventa años ni más ni menos, seguía conservando sus recuerdos. Recuerdos que la tenían trastornada, que no sé qué es peor. Porque así debía de ser desde que sus ojos de niña vieron algo que nadie debería ver. De ahí su oscuridad y sus desvaríos, que puede que fueran, en realidad, advertencias procedentes de la intuición de una mente más consciente de lo que nadie podía imaginar.

17 de abril de 2019

—

DOS DÍAS ANTES DE LA PUBLICACIÓN DEL LIBRO *EL PSIQUIATRA*

Entrevista a la escritora Alicia Bastán en televisión

—Alicia Bastán, es un placer tenerte esta noche con nosotros.

—Muchas gracias, el placer es mío.

—Bueno, antes de nada, debo decir que soy una de las pocas privilegiadas que ya han leído tu próxima novela, *El psiquiatra,* a la venta el próximo 19 de abril, y que... bueno, Alicia, todavía estoy impactada. ¿Cómo es posible que algo así no se haya descubierto antes? El libro es duro de digerir, sobre todo porque relata un caso real, como ya nos tienes acostumbrados. Además, tiene un final sorpresa sobrecogedor que nos revela la principal incógnita, que es cómo llegaste a estas historias ocurridas en un lugar que, curiosamente, ha dado mucho de que hablar este último mes. ¿Qué puedes decirnos del centro psiquiátrico Vera de la Cruz y del doble asesinato supuestamente cometido por Nora Roy, a quien todavía están buscando?

—Puedo decirte que es posible que Nora Roy tuviera motivos para asesinar al psiquiatra Gabriel Herranz y a la enfermera Ana Torrents.

—Lo que dices es muy fuerte, Alicia.

—Fuerte es que, en 1994, en 1998 y en 2005 desaparecieran tres jóvenes internadas en el centro, todas ellas pacientes del doctor Herranz. Fuerte es que amenazaran a sus familias, que apenas tenían recursos, y que confiaban ciegamente en el psiquiatra, con matar a sus otros hijos si denunciaban lo ocurrido. Fuerte es que Vanesa Costa, Magda Serrano y Susana Hernández, tres chicas jóvenes de entre dieciocho y veinte años, pacientes del centro por motivos que ahora no vienen al caso, desaparecieran de la noche a la mañana, sin dejar rastro. Me temo que ninguna llegó a salir de allí con vida.

—Yo ya sé qué ocurrió, Alicia, porque ya te he leído. Pero ¿qué les puedes contar a nuestros espectadores?

—Que para averiguarlo tendrán que leer el libro...

—Claro, claro. Os aseguro que, una vez lo empecéis, no podréis dejar de leer. Es adictivo, Alicia.

—Gracias.

—Pero ¿qué crees que ocurrió con Nora? ¿Dónde puede estar?

—Quizá, de no haber hecho Nora lo que hizo, y no estoy diciendo que lo que hizo estuviera bien, habría acabado como Vanesa, Magda y Susana, o como otras pacientes que llevan años encerradas en ese centro y están ahora mucho peor que cuando entraron. El doctor Herranz le destrozó la vida a mucha gente; no solo a las víctimas, también a sus familias. Y respecto al paradero de Nora, creo que o se ha escondido muy bien o la está ayudando alguien que sabe lo que hace.

—Nora Roy ha matado a dos personas, Alicia.

—Repito. Un homicidio nunca es el camino correcto, y Nora tendrá que pagar por lo que hizo. Pero muerto el perro, se acabó la rabia.

—Debo suponer que el perro es el doctor Herranz.

—Supones bien.

—Su mujer, Eulalia Valldosera, ha hecho todo lo posible por impedir la publicación de tu libro. ¿Crees que lo conseguirá?

—En este asunto está involucrada gente muy importante. Pero no me dan miedo. Todo lo que cuento es verdad, incluidas las conversaciones que mantuve con las familias de las tres pacientes.

—Dejas en muy mal lugar al centro psiquiátrico.

—Son ellos los que tienen miedo, y el miedo siempre esconde un motivo. Estoy segura de que Eulalia Valldosera estaba al corriente de las atrocidades que cometía su marido, y eso no la deja en buen lugar. Pero, desde aquí, os confirmo que *El psiquiatra* se va a publicar, y que dentro de dos días conoceréis la verdad. La triste verdad que empujó a Nora Roy a cometer el doble asesinato del que no se para de hablar desde hace un mes.

EVA

No había leído ningún libro de Alicia Bastán, cuyo éxito residía en destapar mafias, redes de explotación sexual, abusos contra menores, bebés robados, religiosas, doctores y obispos más cerca del diablo que de Dios... La polémica estaba servida. Historias reales, crudas, que, aun presentadas a modo de ficción, lograban su propósito: dar caza a los malos. La novela negra, de misterio, el *thriller* o comoquiera que se llame, no era el tipo de lectura por la que solía decantarme, y mucho menos si estaba inspirada en un caso real. Sentía aprensión. En cuanto leí la primera página de *El psiquiatra*, entendí por qué huía del género y, aunque Nora no aparecía como tal en esa trama que parecía haberse adelantado a los hechos acontecidos hacía un mes, sí me alegré de que Gabriel Herranz estuviera muerto. Él y la enfermera que lo había encubierto durante años.

Eran un par de monstruos.

Pero me estoy adelantando a los acontecimientos.

Después de todo lo ocurrido, que era un granito de arena ínfimo en comparación con lo que aún tenía que pasar, me encerré en mí misma. Mi lugar de trabajo no era el mejor lugar del mundo, pero no me apetecía nada salir del frío cuarto de paredes blancas y revestimiento lavable, con suelo impermeable e inclinado para que las aguas corrieran por el sumidero, donde me dedicaba a mejorar el aspecto de los muertos con el rostro de Nora siempre presente. En cada chica joven sobre la camilla la veía a ella. Era inevitable. Y doloroso. Un infierno. Porque ¿cómo aceptas la muerte de alguien si no has visto su cadáver? No era más que una suposición, pero a mi mente le entretenía crear escenarios que nadie debería visitar. Cada escena que imaginaba era peor que la anterior.

Lola, cansada de que la evitara, entró una tarde sin llamar. Traía café.

—Estoy preocupada por ti, Eva. Desde la noche que salimos no has vuelto a ser la misma. Te fuiste con el tío ese y... no sé.

Dejó de llamarlo «adonis». De mofarse y de enviarme wasaps con berenjenas y caritas sonrientes.

—Eva, ¿te hizo algo? —preguntó componiendo un mohín de preocupación.

—No, Lola, no me hizo nada.

Absolutamente nada.

—Entonces, ¿qué te pasa? —insistió mirando el cadáver que había sobre la camilla, un anciano a quien la muerte lo había pillado sereno, durmiendo plácidamente en la cama. La muerte perfecta, indolora, pacífica, la que todos deseamos. Así fue como había muerto también mi abuela. Dormidita. Tuve que parpadear repetidas veces para luchar contra las lágrimas que querían aflorar.

—Estoy triste, Lola —confesé con voz entrecortada mientras masajeaba las articulaciones del difunto para luchar contra el *rigor mortis*—. Solo eso. Déjame estar triste.

—¿Por tu abuela? ¿Por tu ex? Es este trabajo, ¿verdad? —concluyó señalando el cadáver.

Respiré hondo y estuve a punto de confesárselo todo. De principio a fin. De soltar toda la mierda que llevaba demasiados días guardando, de quitarme el peso de una mochila cargada de piedras que cada vez me costaba más soportar sola sobre mi espalda. Siempre tan sola... Aunque si pudiera volver atrás en el tiempo, estoy convencida de que hubiera hecho lo mismo, porque la impulsividad me dominaba. Limpiar la sangre, pintar las paredes y poner en orden la habitación. Ventilarla. Y luego vivir con miedo por saber que lo que había hecho no era lo correcto. Lo que me convenía sí, pero no lo correcto.

—Por todo en general. —Entorné los ojos y sonreí—. La vida, Lola, la vida..., que no es fácil.

—Bueno, está bien tener días complicados. Eso nos hace apreciar más y mejor los buenos momentos, los detalles más insignificantes, que al final son los más valiosos, ¿no? —empezó a filosofar—. Pero, por favor, sea lo que sea, supéralo. Necesito una amiga. Los quince minutos de descanso no son iguales sin ti. Puedes confiar en mí, de verdad. Y si necesitas salir una noche, ir a cenar, a comer, lo que quieras, lo que quieras, Eva, estoy aquí.

Me tendió el vasito de cartón de café. Se lo agradecí con un gesto, me retiré la mascarilla y le di un sorbo.

—Dos de azúcar, como te gusta.

—Gracias, Lola.

—Y ese tío...

—Ha pasado a mejor vida —zanjé sin querer hablar de Adrián, a quien, junto con Nora, tenía metido en la cabeza las veinticuatro horas del día. Hay pensamientos de los que es imposible huir y personas que se quedan grabadas en ti.

Para no preocupar tanto a mi compañera y quitarle un poco de hierro al asunto, volví a sonreír. Aunque si Lola hubiera sabido ver en lugar de solo mirar, habría intuido que, tras mi sonrisa, había un sinfín de matices difíciles de justificar.

Sin cuerpo no hay delito. No supe ver quién era en realidad Adrián. Pero ¿cómo identificas a un asesino? Las apariencias engañan. En este jodido mundo, la sinceridad es un bien preciado y escaso. Pero no podemos ir por la vida desconfiando de la gente, pensando que, tras esa fachada normal, atractiva, se esconde un depredador. No. Porque nos volveríamos locos. Porque hasta el tipo más interesante del mundo, trajeado y con olor a perfume caro, puede ser un monstruo. O un demonio, como diría la señora Cecilia. Y porque es imposible adelantarte a los sucesos, meterte de lleno en el pensamiento de alguien y descubrir con incredulidad que hay algo oscuro, difícil de comprender, que puede golpearte fuerte y jugar en tu contra.

—Estaba buenísimo —rememoró Lola al cabo de un rato mirando con los ojos achinados el armario frigorífico con cuatro puertas, que relucía bajo la luz de los fluorescentes—. Por eso yo solo me fijo en los feos —soltó con gracia y emitiendo un suspiro de resignación—, porque traen menos problemas.

Esa noche, mientras esperaba a que terminara de hornearse una pizza Tarradellas de jamón y queso, vi a Alicia Bastán en televisión. Cuando la fotografía de Nora mostrando una mejor apariencia que cuando la conocí apareció en pantalla, tuve sentimientos contradictorios y, sin conocer aún las truculentas historias que escondían las paredes del centro psiquiátrico Vera de la Cruz, estuve de acuerdo con la escritora que, contundente, afirmaba que Nora debió de tener motivos para asesinar al psiquiatra.

Algo en mi cabeza hizo clic. Fue como si hubiera logrado ubicarme tras despertar de una pesadilla. Una parte de mí quería olvidarlo todo y seguir adelante. Dejar de pensar de una maldita vez que, tarde o temprano, me encontrarían y me detendrían por obstrucción a la justicia, ocultación de pruebas o algo así. Pero mi lado más obstinado necesitaba saber qué había pasado en la habitación de al lado.

EVA

Todos y cada uno de los sucesos de la novela *El psiquiatra*, con una periodista como protagonista que destapaba la cara oculta de un monstruo disfrazado de prestigioso psiquiatra con contactos en las más altas esferas, eran aterradores. Parecía mentira que algo así hubiera ocurrido de verdad en un lugar concebido para sanar a las personas, no para destrozarlas. Pero, como se suele decir, la realidad supera a la ficción y Alicia Bastán la había plasmado crudamente, sin miramientos y con una sinceridad aplastante. Me pareció una genialidad.

Pocas horas antes de ir a la librería a comprar un ejemplar, quedé con Natalia en el Café del Sol.

—¿Qué vais a tomar, guapas? —nos preguntó Félix, atento como siempre.

—Café con hielo —pidió Natalia.

—Lo mismo, Félix —dije yo.

—¿Cómo estás? —preguntó Natalia cuando Félix se fue—. Últimamente te noto muy rara.

—¿Sabes quién es Alicia Bastán? —sondeé para cambiar de tema.

—Me suena —contestó pensativa arqueando las cejas.

—Una escritora.

—Ah.

No demostró interés alguno.

—Sí. Ha escrito un libro sobre el centro en el que Nora mató a ese médico y a la enfermera. Se titula *El psiquiatra.*

—Algo me suena, sí.

Podía confiar en Natalia, nadie tenía tanta capacidad de escucha como ella, que había aparecido en el peor momento de mi vida para quedarse; aun así, había detalles que prefería seguir omitiendo para que no influyeran en mis decisiones. Cuanto menos supiera, mejor. Al fin y al cabo, había sido ella quien había reconocido a Nora, la única que sabía que yo había convivido con la asesina del psiquiátrico.

—¿Vendrás conmigo en Sant Jordi para que me lo firme? —propuse—. Estará firmando en las Ramblas y en Paseo de Gracia, según la hora...

—¿Qué te ha dado ahora, Eva? —inquirió bruscamente—. Si tú sueles leer novela romántica —rio. En realidad, me pareció una burla hacia mi persona—. A ver, que maquillas muertos, pero siempre dices que ese tipo de lecturas te provocan pesadillas, como los programas que hablan de sucesos paranormales.

Callamos cuando Félix nos trajo los dos cafés con hielo y se quedó mirando a Natalia más rato del necesario. Ella lo ignoró.

—Quiero conocer a esa escritora, solo eso... —murmuré con la mirada fija en los cubitos de hielo—. A lo mejor...

—Sé lo que estás pensando, Eva —me interrumpió contundente, casi agresiva—. No vas a ir solo a que te firme el libro, vas a ir a contarle a esa escritora que Nora Roy vivió contigo dos semanas —adivinó adelantándose un paso y demostrándome que me conocía más de lo que yo pensaba.

—Más o menos...

—Pero ¿qué es lo que te ha afectado tanto? Hay algo que no me estás contando —dedujo cambiando su tono de voz ligeramente. Volcó el café en el vaso con hielo—. ¿Por qué no lo has denunciado a la policía? Es decir, aún estás a tiempo, es reciente. Podrías ir a comisaría y decirles que ahora va teñida de negro, que tiene el pelo más corto, que usa gafas de pasta negras...

—No creo que sea lo mejor —alegué tragando saliva, pensando en la sangre, en que con toda seguridad Nora debía de estar muerta.

—Eva, soy tu mejor amiga, ¿no? La que siempre está ahí... Si no confías en mí, ¿en quién vas a confiar? ¿En esa escritora? Dime qué pasa.

—No puedo —negué con voz temblorosa.

—Vale, como quieras —repuso indignada dándole un sorbo al café—. En Sant Jordi no puedo quedar.

—¿Álvaro?

—Más o menos.

Sabía que al final caería.

—¿No me vas a contar nada?

—¿Y tú? Tú no me cuentas nada a mí, yo no te cuento nada a ti —alegó entre dientes, adoptando una actitud infantil.

—Natalia, no te enfades, por favor.

—Sí, sí me enfado. No soporto verte así, Eva —añadió alzando la voz—. No soporto verte triste, hundida, rallada, dándole vueltas a vete tú a saber qué porque no me cuentas nada. No has vuelto a mencionar a Adrián, el entrenador ese. ¿Qué ha pasado? —insistió.

—Nada. No ha pasado nada, ¿vale? —respondí esquiva—. Déjame.

Sí, quizá ese «déjame» sonó borde y sobró. Natalia, sin mirarme, tensó la mandíbula y asintió despacio. Bebió de un trago el café y dejó tres euros sobre la mesa.

Se largó sin decirme adiós. Conociéndola, sabía que volveríamos a estar días sin hablar.

Cuando llegué a la pequeña librería del barrio, solo quedaba un ejemplar de *El psiquiatra*, el que habían colocado en el escaparate como novedad destacada del día. Solo ver su portada, oscura, tétrica, con un edificio al fondo similar al psiquiátrico Vera de la Cruz, de estilo modernista y con tintes góticos, protegido por muros de piedra y rodeado de un amplio jardín repleto de encinas y cipreses típicos de cementerios, me entró un escalofrío.

—Qué éxito va a tener esta novela —presagió la librera mientras pasaba mi tarjeta por el datáfono—. Los veinte ejemplares que pedí ya se han agotado. Debería haber pedido más.

—La gente es muy morbosa —comenté.

—Puede que sea eso. Pero creo que esta escritora —añadió tendiéndome el libro dentro de una bolsita de tela con el logo de la librería— se ha metido una vez más en la boca del lobo.

—¿Una vez más?

—Y la que más —zanjó convencida de sus palabras sin que yo las comprendiera; en ese momento, aún no conocía la trayectoria de la escritora que, más tarde, buscaría en Google.

Pero sí, la librera tenía razón. Alicia Bastán se había metido en la boca del lobo de nuevo y no tardaría en hacer públicas las amenazas anónimas que había recibido por la publicación de su controvertido libro, echándole así más leña al fuego.

19 de abril de 2019

—

DÍA DE LA PUBLICACIÓN DEL LIBRO *EL PSIQUIATRA*

Entrevista a la escritora Alicia Bastán en la radio

—Alicia, hoy es el día en que *El psiquiatra* ve al fin la luz. ¿Nerviosa?

—Siempre hay nervios, claro.

—Nada por lo que no hayas pasado ya. Todo el mundo se pregunta cuánto tiempo te ha llevado escribir esta novela, y si es casualidad que se publique justo ahora, un mes después del asesinato del psiquiatra Gabriel Herranz y una enfermera a manos de la paciente Nora Roy.

—Cuando eso ocurrió, yo aún no tenía terminada la novela, pero hacía tiempo que trabajaba en ella. Cuando tuve noticia del doble asesinato, pensé que era el momento de dar a conocer estas historias y hacer así justicia, por fin, a las tres pacientes desaparecidas. Y también a Nora Roy. Nadie sabe por lo que habrá tenido que pasar esa pobre chica. Solo ella sabe con exactitud lo que hacía con ella el doctor Herranz; aunque, con la lectura del libro, el lector puede hacerse una idea. Me reuní con los padres de Vanesa, Magda y Susana. Me mostraron las cartas cargadas de amenazas que habían recibido. Y me contaron las amenazas que les habían lanzado por teléfono, aunque de esas, claro, no queda constancia, porque no grabaron las conversaciones. Descubrí cómo habían explotado sus miedos, cómo los habían hecho sentir culpables de lo ocurrido. Pude ver con mis propios ojos lo acobardados que siguen estando, el miedo que aún tienen a lo que les puedan hacer a sus otros hijos... Las últimas semanas han sido caóticas, de poco dormir y de trabajar a contrarreloj para que este libro llegara a imprenta a tiempo. Para que a ese psiquiatra no se le siga considerando una víctima, porque está muy lejos de serlo.

—*El psiquiatra* consta de tres partes, tres vidas rotas por culpa de Gabriel Herranz. Al final de cada parte se incluye documentación real, e incluso fotografías, además de transcripciones de las conversaciones con los padres de las muchachas... Parece que queda bastante probado que las tres chicas no escaparon del centro por propia voluntad, como quisieron hacerles creer a sus padres. Pero entonces, Alicia, ¿dónde están los cuerpos?

—No puedo responderte a eso aún. Está en manos de la justicia, pero estoy segura de que pronto se descubrirá. De lo que poca gente es consciente es de que en España, hoy por hoy, en pleno siglo XXI, se practican alrededor de unos tres mil *electroshocks* al año, aun sabiendo los graves efectos secundarios que provocan. El doctor Herranz, a pesar de no reconocerlo públicamente ni habérselo consultado a las familias, que tendrían que haber dado su consentimiento para que se aplicara este tratamiento, innecesario en los tres casos, era un gran admirador de esta técnica, y la consideraba idónea para mitigar episodios depresivos graves. En *petit comité* solía asegurar que así curaba al noventa por ciento de los pacientes. Pero en el caso de Magda Serrano se le fue la mano a propósito. Quería matarla, sin duda.

—Así como con la medicación de Vanesa Costa, que terminó suicidándose en un momento de lucidez.

—Y con la rabia que sintió hacia Susana Hernández tras un episodio violento, sí.

—El doctor Herranz ya no puede defenderse de estas acusaciones, Alicia.

—No se puede defender lo indefendible. Existen pruebas de sus atrocidades. Pero no estaba solo. Hay más culpables. Martín Rivas, por ejemplo, fallecido en un accidente de tráfico en 2016, era quien firmaba los informes médicos que recomendaban el internamiento en el centro psiquiátrico. Todo el papeleo, incluidas las solicitudes de ingreso con la firma de los padres, desapareció misteriosamente. En el historial clínico de las pacientes no consta ninguna enfermedad mental. La maquinaria que manipulaba el doctor Herranz salió indemne porque, a efectos legales, esas chicas jamás pisaron Vera de la Cruz. Sus padres se quedaron sin nada con lo que poder demostrarlo.

—Alicia, toda esta información..., lo que ocurrió en el centro..., ¿de dónde la has sacado?

—Al final del libro sabréis quién me puso sobre la pista de lo que pasaba en el psiquiátrico desde que Gabriel Herranz entró allí a trabajar, en el año 92. Por supuesto, tengo la autorización de esta persona para mencionarla.

EVA

A medida que más lectores iban conociendo la retorcida historia que el centro psiquiátrico Vera de la Cruz había escondido durante años, Nora Roy ganaba adeptos que aseguraban en las redes sociales, especialmente en Twitter, que no la entregarían a la policía ni por un millón de euros. El mundo entero, conmocionado, quería encontrarla, pero no para acusarla de nada, sino para salvarla.

#JusticiaParaNoraRoy fue tendencia durante días, seguido del *hashtag*: #PsiquiatraArdeEnElInfierno.

—El mundo está loco, Eva. ¡Que la ayudarán a escapar, dicen! —se escandalizó Lola, que también había traído un ejemplar de *El psiquiatra* para entretenerse en las horas muertas. Al finalizarlo, su opinión al respecto sería muy distinta—. Por cierto, que como hace días que no vienes por aquí a tomar café conmigo, no te he vuelto a preguntar por tu compañera de piso —cayó en la cuenta.

«Muy oportuna», pensé.

—Se fue.

—¿Cómo que se fue?

—Sí. Un día me desperté y ya no estaba.

—¿Y no te dejó ninguna nota ni nada?

—Nada —confirmé sorprendida de que no me temblara la voz como cuando esa misma mañana Natalia había querido sonsacarme información. La mentira es una droga: en cuanto permites que se apodere de tu día a día, te va pareciendo de lo más normal; adictiva y cero mortífera.

—Habrá vuelto a París —dedujo con indiferencia, y le dio un largo sorbo al café.

—Seguramente.

—Me encantaría ir a París —expuso soñadora—. Los franceses están bastante buenos, ¿no crees?

—Habrá de todo, como en todas partes —reí.

—Ya, es que yo soy muy de generalizar. Bienvenida a estos ratitos, Eva.

Se levantó y me dio un abrazo. No sé por qué, pero casi se me saltaron las lágrimas de la emoción. Hacía tiempo que nadie me daba un abrazo sincero, amistoso. Últimamente era una experta en sentirme culpable por todo; en ese momento, por mentir. Mi vida se había convertido en una mentira y ya no sabía por qué ni a quién estaba protegiendo, si a un asesino o a una prófuga de la justicia que había pasado a mejor vida.

De noche, en casa, tranquila, con el ruido de la plaza de fondo, sentía envidia de la gente ajena a mi suplicio. Saqué la silla de mimbre al balcón y, cigarrillo en mano acompañado de una copita de vino tinto en honor a mi excompañera de piso, continué con la lectura de *El psiquiatra.*

Vanesa Costa, una chica de cabello lacio de color castaño y ojos verdes tristes, tenía dieciocho años cuando sus padres la ingresaron en el hospital psiquiátrico Vera de la Cruz en 1994, cansados de que no hubiera manera de hacerla comer. Era un saco de huesos sin energía que se negaba a estudiar y a salir a la calle. Se le diagnosticó trastorno de la alimentación y de la personalidad, una bomba explosiva. Gabriel Herranz, que por aquel entonces era un joven y prometedor psiquiatra de veintiocho años, les prometió a unos padres desesperados que en sus manos se pondría bien en tiempo récord. Tiempo récord, algo que un facultativo jamás debería decir, porque nunca sabe con qué problemas se va a enfrentar. Las falsas esperanzas son dañinas como el veneno. Pero los padres de Vanesa confiaron en él y en el doctor Martín Rivas, quien los derivó a Vera de la Cruz. Visitaban a Vanesa una vez a la semana. Durante los tres primeros meses, no notaron cambios ni progresos. Al contrario, la veían cada vez peor. La última vez que la fueron a visitar no fue capaz de decir una sola palabra, ni siquiera los miró a la cara. Pensaron que estaba resentida con ellos por haberla encerrado en un psiquiátrico. Gabriel decidió que no le convenían las visitas, que perjudicaban el avance del tratamiento cuando lo que de verdad la tenía en ese estado era la excesiva medicación.

Vanesa parecía una muerta en vida.

«Pensábamos que quería protegerla, aunque fuera de nosotros, sus padres», le confesaron a Alicia Bastán en un salón, tal y como ella describió en el libro, tan triste como las miradas de esos padres ancianos que habían perdido a una hija, no sabían cómo ni cuándo. «La perdimos en el momento en que tomamos la decisión de confiar en ese monstruo.»

«Monstruo» era la palabra que más aparecía en un libro desgarrador escrito sin filtros.

En la primera parte, se hablaba con dureza de los abusos sexuales que cometió el psiquiatra contra pacientes jóvenes como Vanesa, a quienes sedaba o aislaba de sus familias para que no contaran nada. Siempre ocurría de noche, cuando el personal en el centro era escaso.

Años 90.

Gabriel Herranz se creía el rey del mambo.

Pero, a medida que avanzaba la lectura, la trama iba volviéndose más truculenta.

Según las averiguaciones de la escritora, que desvelaba

quién le había contado todo al final del libro, Vanesa Costa se suicidó, aunque habría muerto de todas maneras por el exceso de medicación, una mezcla de pastillas que no le hacían falta administradas sin ningún tipo de control. El psiquiatra convirtió a Vanesa en un zombi que, en un momento de lucidez en el que no pudo soportar todas las vejaciones a las que la habían sometido, escondió un cuchillo a la hora de la comida para más tarde cortarse las venas en su habitación. La encontró Gabriel, cómo no. La chica había estado padeciendo los abusos del psiquiatra embaucador que prometía vírgenes y orgías a poderosos empresarios, políticos, jueces, policías corruptos, banqueros y hasta eclesiásticos que guardarían silencio y lo protegerían pasase lo que pasase.

Los restos de Vanesa fueron los primeros que hallaron bajo el sauce llorón centenario ubicado en una zona boscosa perteneciente al recinto, pero alejada para pasar desapercibida. En cuanto el relato de Alicia Bastán se materializó debido al hallazgo, Sitges se vistió de luto. Ocurrió catorce días después de la publicación del libro. Tal y como pensaban los padres de la chica, Vanesa Costa jamás llegó a salir del centro. Murió allí, entre las cuatro paredes de su austera habitación con una ventana estrecha con barrotes y con vistas a un trozo de mar. Intentaron hacerles creer que se había fugado para, al cabo de unos días, contradecirse y asegurar que Vanesa jamás había pisado el centro. Los volvieron locos, manejándolos a su antojo, jugando con sus miedos. Ellos no supieron qué hacer, intentaron denunciar, pero fue inútil. Sintieron que había ojos por todas partes acechándolos. El doctor Martín Rivas se desentendió del asunto asegurando que no había firmado ningún informe médico, como si Vanesa nunca hubiera estado en su consulta. Los padres, desprovistos de la documentación, que había desaparecido como por arte de magia como ocurriría años más tarde con las de Magda y Susana, trataron de hallar la manera de demostrar que su hija había estado interna en Vera de la Cruz, el último lugar donde la vieron con vida. Pero fue en vano. La chica se evaporó como la niebla. La policía no hizo nada por encontrarla y, antes de que llegaran las amenazas, contactaron con la prensa para darle a Vanesa la importancia que tenía. También fue inútil. Parecía haber una mano negra manipulando hasta el más ínfimo detalle.

Vanesa se convirtió en un fantasma anclado en la memoria de sus más allegados, que envejecerían limitándose solo a respirar en lugar de vivir, sin saber qué había sido de ella. Gabriel Herranz, con ayuda de su inseparable enfermera Ana Torrents, del silencio de los empleados del centro, incluido el director, y de la protección de altos cargos, enterró el cadáver de la joven y el trágico suceso durante veinticinco años.

Pero la segunda parte, la que hablaba de Magda Serrano, encerrada en el centro psiquiátrico entre 1996 y 1998, año en el que la tierra se la tragó, era aún peor. Muchísimo peor.

EXTRACTO DEL FINAL DE LA SEGUNDA PARTE DE LA NOVELA DE ALICIA BASTÁN, *EL PSIQUIATRA*

Magda Serrano tenía dieciocho años cuando, en 1996, ingresó en el centro psiquiátrico Vera de la Cruz gracias a un informe médico firmado por el colegiado Martín Rivas, quien consideró inaplazable su internamiento. La última vez que sus padres la vieron era lunes, 14 de septiembre de 1998, el día de su vigésimo cumpleaños. Una fecha difícil de olvidar. Como tantas otras veces, Magda tenía un ojo amoratado, un pómulo inflamado y la piel del escote roja y repleta de sarpullidos. Solía pelearse con otras pacientes. Se caía a menudo. Eso decían. La verdad era muy distinta. A Magda la torturaron a diario durante dos años. El psiquiatra Gabriel Herranz permitió que, casi cada noche, entraran en su habitación hombres depravados y adinerados que abusaban de ella y que la violaron en incontables ocasiones como si se tratara solo de un juego, mientras la paciente estaba sedada.

Ya está en manos de la justicia un vídeo en el que cuatro hombres mantienen relaciones sexuales no consentidas con la joven, la cual se encontraba en estado de inconsciencia debido a las drogas que le suministraban. Los individuos aún no han sido identificados, puesto que la imagen del vídeo, VHS, es antigua, granulada, de muy mala calidad. Tampoco se escucha ningún sonido o voz reconocibles.

Magda ingresó porque sufría delirios y alucinaciones, algo que sus padres, al principio, creyeron que se debía a una imaginación desbordante que había demostrado desde su niñez. Magda soñaba con ser actriz. Magda soñaba con ser muchas cosas.

Sus sueños se verían truncados demasiado pronto.

«Tenía muchos pajaritos en la cabeza», se lamentaría su madre, la primera en investigar a qué podía deberse que su hija asegurara ver fantasmas, demonios vestidos de negro deambulando como sombras por su habitación.

Dejaron a su hija en malas manos sin tan siquiera sospecharlo, pensando que una rebaja de hasta el ochenta por ciento en la cuota mensual era un regalo de Gabriel Herranz, un tipo alto, atractivo, de aspecto serio y sereno y profundos ojos azules que transmitía confianza nada más conocerlo.

«El dinero no es importante. Lo que deseo es que su hija se cure», les había dicho la primera vez que acudieron al centro tras la insistente recomendación del doctor Rivas.

El psiquiatra diagnosticó que Magda padecía de esquizofrenia y, al igual que el doctor Martín Rivas, les aseguró que su ingreso era urgente. Sí, efectivamente, la joven sufría de esquizofrenia, una enfermedad mental grave que afecta algunas funciones cerebrales como el pensamiento, la percepción, la conducta y las emociones, que hace perder el contacto con la realidad a quienes la padecen. Pero el trato y la medicación recibidos no fueron los adecuados. Enseguida, como tantas otras jóvenes ingresadas en el centro y atendidas por Herranz, Magda dejó de hablar. Era algo común en las pacientes de las que abusaban que, lejos de mejorar, empeoraran.

«No debimos dejarla tanto tiempo. Dos años... Al primer cardenal tendríamos que haberla sacado de allí», declaró su padre, que no se vio con fuerzas de denunciar la desaparición de su hija debido a las amenazas recibidas. No sospechó todo lo que había sufrido hasta que tuvo que ver con sus propios ojos las imágenes del vídeo que el propio psiquiatra había registrado para su disfrute privado y su seguridad. «Llamadas a altas horas de la noche, voces susurrantes, risas, y luego notas. Notas que colaban por la ranura de la puerta o en el buzón. A veces iban acompañadas de fotografías de nuestros otros dos hijos a la salida del colegio o con sus amigos. Nos sometieron a una constante vigilancia. Una noche, se presentaron en casa dos matones. Nos dijeron que, si intentábamos descubrir algo, si denunciábamos la desaparición de Magda, quien nunca había constado en los registros del centro, nos quedaríamos solos. Que matarían a nuestros hijos sin piedad. Y estoy seguro de que hubieran cumplido con la amenaza. Martín Rivas, el médico de cabecera, era solo un peón. Era quien tenía la oportunidad de conocer de cerca la situación económica y familiar de las pacientes y de remitirlas a un especialista para que las tratara, en este caso al psiquiatra Gabriel Herranz. Sabían bien a qué familias torturar. Familias sin recursos a quienes hacían un favor, o eso nos hacían creer, y con más hijos por los que temer. Se aprovecharon de nuestro miedo. El miedo era su aliado y nuestro peor enemigo.»

El día que el psiquiatra se cansó de Magda y que sus amigos dejaron de pagarle cantidades indecentes de dinero para entrar de madrugada en su habitación porque ya tenían otra víctima «menos usada» con la que divertirse, el psiquiatra decidió terminar con su vida en lugar de dejarla libre, por el peligro que eso suponía. Aunque lo más probable fuera que Magda no recordara nada ni volviera a decir una sola palabra en lo que le quedaba de vida, Gabriel no quiso arriesgar su rentable negocio.

De madrugada, cuando apenas había empleados en el

centro psiquiátrico, Gabriel y la enfermera Ana Torrents pusieron en práctica lo que llevaban planeando desde hacía meses. Magda Serrano falleció con veinte años de un paro cardíaco causado por los excesivos amperios utilizados durante un tratamiento con *electroshock*.

EVA

Con lágrimas en los ojos, maquillé a Verónica, una adolescente de quince años que había terminado con su vida en la soledad de su dormitorio por culpa del acoso escolar que sufría desde hacía tiempo. Fue una tarde de trabajo horrible, como casi todas. Estaba empezando a dudar de mi profesionalidad, pues cada cadáver joven era como una herida en mi corazón, que parecía estar resquebrajándose cada día un poco más.

—No era tu hora, Verónica —le susurré aplicándole un poco de colorete rosa en las mejillas, insuflándole un ligero rubor.

En ese instante, entró Lola. También lloraba.

—¿Qué pasa, Lola?

Lola miró a Verónica, negó compungida con la cabeza y empezó a hablar con rabia.

—Es por Nora Roy.

Me dio un vuelco el corazón.

—La madre que parió a ese psiquiatra y a la enfermera del demonio, Eva. Yo también los hubiera matado, joder.

—Tranquila, Lola.

—Es que es tan..., es tan injusto.

—Entonces, ¿ya has terminado el libro?

—Sí. Un día me ha durado, me dormí a las cuatro de la madrugada para acabarlo. ¿Tú no?

—Me quedé en el final de la segunda parte. Me caía de sueño.

Me sorprendía la facilidad con la que podía quedarme dormida. Después de todo, pensaba que me perseguirían los fantasmas, pero lo cierto era que dormía bien, mejor que nunca. Las tres o cuatro copitas de vino que ingería cada noche también ayudaban, la verdad.

—Pues espérate a leer la tercera parte... —gimoteó—. Y a descubrir quién le ha contado toda esa mierda a la escritora.

—¿Quién fue?

—No te voy a hacer *spoiler*. Y, ya sabes, prohibido mirar la página final, eh, que te veo venir. Tú termina de leer la novela esta noche y mañana la comentamos.

—Ah, por cierto, ¿qué haces en Sant Jordi? Había pensado en ir a ver a Alicia Bastán para que me firmara el libro.

—¡Oh, me encanta el plan! ¿Le llevarás mi libro para que me lo dedique? —preguntó emocionada enjugándose una lágrima—. Es que trabajo todo el día. Mati me ha pedido que le cubra por la mañana y, como no tengo novio, pues qué más me da. Total, para pasear sola como la solterona que soy por las Ramblas, mejor vengo a trabajar.

La tercera parte no era menos dura ni menos triste que las dos anteriores. Susana Hernández *desapareció* en 2005, también con veinte años. Tenía el cabello largo, negro, era alta y exuberante, con unos grandes ojos castaños que llamaban la atención. Igual que Vanesa y Magda, jamás llegó a salir del centro psiquiátrico donde estuvo nueve meses ingresada tras varios intentos de suicidio por una ruptura sentimental.

«Era muy sensible —le dijo la madre de Susana a Alicia Bastán—. Imprevisible, inestable y con tendencia a la depresión. La gente hablaba maravillas del centro psiquiátrico... El doctor Martín Rivas, que trató a nuestros hijos desde que eran bebés, fue quien nos lo recomendó, asegurándonos que era el único lugar en el que Susana volvería a ser ella misma. Estaba bien ubicado y tenía unas instalaciones excelentes. Al recorrer sus pasillos, no parecía que estuvieras en un manicomio, sino en un lugar seguro, bonito, con luz a raudales entrando por los ventanales y con pacientes tranquilas haciendo un sinfín de actividades. Parecían tan felices...

»Todo eran elogios para el psiquiatra Gabriel Herranz, una eminencia que había dado infinidad de conferencias y charlas por toda Europa. Escucharlo era motivador, te hacía creer que todo iba a ir bien, que todo tenía solución. Imbéciles de nosotros, le estuvimos muy agradecidos al doctor Rivas por habérnoslo presentado. Ahora sé que la desgracia solo estaba pensada para las elegidas, para las que tenían hermanos, familias vulnerables que no podían permitirse el lujo de encerrar a sus hijos en un centro que cuesta más de tres mil euros al mes. Familias a las que era fácil engañar y amenazar para que tuvieran el pico cerrado y no denunciaran a las autoridades, aunque estoy segura de que estas también estaban compradas. A pesar de que tuvimos que hacer números y nuestro esfuerzo nos costó, nos cobraban una cantidad irrisoria para un lugar así. Nadie regala duros a cuatro pesetas, como se suele decir. Cuando el psiquiatra decidió que nos cobrarían cuatrocientos euros al mes por sanar a nuestra hija, tendríamos que habernos dado cuenta de que era una trampa. Que las intenciones de ese hombre eran distintas a las que nosotros creímos, que quería algo más. Mucho más.»

Las tres familias habían acudido al centro cuando vieron que algo no iba bien, habían llamado a dirección y habían intentado hablar sin éxito con el psiquiatra. Todo eran excusas; al principio, aseguraban que la paciente seguía progresando, cuando en realidad ya estaba muerta; luego decían que la paciente no constaba en el registro, como si jamás hubiera existido, y empezaban las amenazas. Los pagos mensuales tampoco constaban en ninguna parte, las familias parecían haber hecho las transferencias a una cuenta fantasma. Se comprobó que, por aquella época, las cuentas de Gabriel Herranz mermaron de forma considerable para sufragar la protección que todo monstruo requiere cuando comete actos atroces. Pero los números, igual que bajaban, volvían a subir milagrosamente, pues ya tenía otras víctimas preparadas para servir en bandeja de plata a sus camaradas.

Dinero. Poder. Corrupción. Depravación. Mentes enfermas.

A Susana, cuya mejoría no se notaba con el paso del tiempo, también la aislaron. Sus padres lo permitieron creyendo que era lo mejor para que el tratamiento evolucionara favorablemente. El procedimiento era siempre el mismo. Culpabilidad de por vida. En octubre de 2005, se produjo un cambio en la dirección del centro psiquiátrico tras el fallecimiento en extrañas circunstancias de Alejandro Marisma, gerente de Vera de la Cruz desde el año 83. Susana se esfumó sin dejar rastro. La joven fue la única que se encaró con el psiquiatra. Gabriel entró en su habitación en mitad de la noche para abusar de ella. Él no participaba en las orgías grupales, le repugnaban. Cuando entraba en las habitaciones de algunas pacientes, de «las elegidas», las quería solo para él. Al principio, Susana fingió que dormía, pero al cabo de pocos minutos, lo empujó, se abalanzó sobre él y le arañó la cara. El doctor se rebeló, con tan mala suerte que Susana cayó y se golpeó la cabeza. Un mal golpe que le provocó la muerte en el acto. Se deshicieron del cuerpo. Los padres de Susana insistieron en saber qué había ocurrido con su hija, en por qué nadie les decía nada.

«Nadie desaparece así como así.»

La nueva directora, Marina Herrera, ajena al complejo negocio orquestado por Gabriel, quien desde el principio se mostró contrario a la nueva gestión de Vera de la Cruz, alegó que Susana Hernández no constaba en el registro. Y era cierto. Marina Herrera no llegó a conocerla. Como a las otras dos chicas, la hicieron desaparecer, y, como a tantas otras que aún dormían entre esas paredes infernales, le hicieron la vida imposible. Una noche, tres tipos vestidos con chupa de cuero y pasamontañas le dieron una paliza de muerte al hermano de Susana, de diecisiete años por aquel entonces. Lo dejaron en coma, pero logró salir sin secuelas al cabo de dos meses. «Y siguió con su vida. En la actualidad es programador informático y vive en Londres», relató la madre de Susana para el libro de Alicia. Pero esa paliza que casi le cuesta la vida a su hijo no fue suficiente. Siguieron recibiendo amenazas. Los obligaron a olvidarse del asunto. Los obligaron a olvidarse de su propia hija.

¿Cómo se aprende a vivir con algo así?

«Hasta hoy», finalizaba la tercera parte dejándome con la boca abierta al leer que esas historias, aunque tras las monstruosidades de Gabriel Herranz se escondían más, formaban parte del diario personal de la enfermera Ana Torrents, quien siempre lo había encubierto y lo había ayudado a deshacerse de los cadáveres de las chicas.

«Tengo cáncer. De páncreas —confesó—. Dos, tres meses a lo sumo... Estoy sentenciada. Y no quiero ir al infierno. Te lo cuento todo, te entrego mis diarios y esta cinta, la única que he podido conseguir, porque no quiero ir al infierno y porque necesito que se haga justicia, aunque algunos implicados ya estén muertos. El psiquiatra Gabriel Herranz, quien ya me ha encontrado sustituta sin importarle lo más mínimo lo enferma que estoy, debe pagar por todo lo que ha hecho en la sombra durante tantos años. El karma ya se ha encargado de mí.»

Al cerrar el libro experimenté cierta sensación de claustrofobia, como si las paredes se me fueran a caer encima. A Nora no se la nombraba, pero debía de haberse anticipado a los hechos porque sabía que su vida corría peligro como las de Vanesa, Magda y Susana. Las tres jóvenes estaban siempre tan drogadas que no tuvieron la oportunidad de defenderse ni de hablar durante las pocas visitas que recibían. Eso dedujeron los lectores del polémico libro de Alicia, quien también lo insinuó en varias entrevistas y reconoció que la publicación se había adelantado por los recientes acontecimientos. Al final, el cáncer de páncreas avanzado no se llevó a la fuente fiable de la escritora, sino que fue Nora quien, a su manera, hizo justicia antes de que el libro viera la luz. Ana Torrents creía que estaría muerta para cuando el mundo conociera la tétrica historia del centro psiquiátrico Vera de la Cruz. Y así fue. Ana Torrents, que, pese a los terribles dolores, seguía yendo a trabajar unas pocas horas al día, estaba muerta. Pero de un modo distinto al que esperaba.

22 de abril de 2019

—

PERIÓDICO *BARCELONA AHORA*

Por Dídac Sáenz

El doctor Herranz: de víctima a monstruo

En solo tres días, *El psiquiatra*, la última obra de la escritora y periodista Alicia Bastán, lleva vendidos más de diez mil ejemplares. El libro arroja una nueva luz, y por cierto nada halagüeña, sobre la vida y las actividades del psiquiatra Gabriel Herranz, quien, junto con su colaboradora la enfermera Ana Torrents, fue encontrado muerto, en misteriosas circunstancias, en el sótano del Centro Psiquiátrico Vera de la Cruz de Sitges, donde ambos desempeñaban su labor profesional.

Recordemos que el doble crimen fue supuestamente perpetrado por Nora Roy, paciente interna en el centro, y actualmente en paradero desconocido. Según afirma Bastán en su libro, la enfermera fallecida, sabiéndose próxima a morir por un cáncer terminal, le había entregado en vida un diario en el que confesaba las supuestas prácticas ilegales que cometía con el doctor Herranz, así como una cinta de vídeo con valor probatorio sobre ellas. Ambos documentos están ahora en manos de la policía.

Según el citado diario, el doctor Herranz, quien empezó a trabajar en Vera de la Cruz en 1992, administró, con la ayuda del también difunto médico de cabecera Martín Rivas, determinados tratamientos ilegales a varias muchachas jóvenes, internadas en el centro. Todas las víctimas eran de extracción humilde, y sus familias estaban desesperadas porque no se podían permitir pagar los elevados costes del ingreso en el prestigioso centro psiquiátrico, siendo así fáciles de presionar.

El Centro Psiquiátrico Vera de la Cruz ocupa un edificio modernista de Sitges, que en los años veinte del pasado siglo fue la vivienda de una distinguida familia de la alta burguesía catalana. Convertida en centro psiquiátrico en el año 78, estuvo dirigido por Alejandro Marisma desde 1983 hasta 2005, año en el que falleció, en extrañas circunstancias, en una habitación de hotel. Su muerte coincidió con la desaparición de Susana Hernández, la última de las supuestas víctimas de Herranz que Bastán menciona en el libro.

El centro psiquiátrico está siendo objeto de una investigación de la policía, y se rumorea que su cierre es inminente. Son rumores que su actual directora, Marina Herrera, ni corrobora ni desmiente; aunque ha declarado a los medios que no tiene «nada que ver» con las prácticas «ilegales e inmundas» del doctor Herranz, que le parecen «repulsivas». Herrera afirma no haber llegado a conocer a Alejandro Marisma, el anterior director, ni a ninguna de las pacientes fallecidas.

Las revelaciones contenidas en *El psiquiatra* han provocado un cambio radical en la percepción pública que se tenía, tanto del doctor Herranz como de su supuesta asesina, Nora Roy. En las redes sociales, muchos no dudan en calificar a esta última de heroína. Otros especulan con que su supuesto crimen no fuera más que un acto de supervivencia.

Semana del 22 al 28 de abril de 2019

—

EVA

Para comprender los actos de una persona, por muy atroces que parezcan, hay que conocer su historia. Y yo la conocía. Al menos, una parte de ella, la que una escritora había decidido desvelar. No me era difícil imaginar que Nora había pasado por el mismo tormento que Vanesa, Magda y Susana, que desde hacía tantos años descansaban. Y la sola idea de imaginarlo me horrorizó y me indignó a partes iguales.

¿Qué hubiera hecho yo?

¿Qué hubiera hecho cualquiera?

¿Quién ayudó a Nora a conseguir un arma y a escapar?

De haber tenido una pistola, seguramente habría apretado el gatillo. Sí, yo, incapaz de aplastar de manera voluntaria a un ejército de hormiguitas campando a sus anchas por la cocina, también habría matado al monstruo. Nunca digas nunca. Y como yo, cientos de usuarios anónimos de Twitter, la red social del odio, que, escandalizados con la historia real que había contado Alicia en su libro, se preguntaban cómo era posible que el centro psiquiátrico continuara abierto como si nada.

Se desató una especie de revolución, gente con pancartas se agolpaba tras los muros de piedra que protegían la propiedad exigiendo justicia para las tres chicas muertas. No tardarían en cerrar el psiquiátrico, a pesar de que la actual dirección del centro no tuviera nada que ver con un pasado que, tras la sospechosa muerte del anterior director, se suponía olvidado. Las crueldades del retorcido psiquiatra eran, desde 2005, sutiles, sin más cadáveres que contabilizar en el terreno en el que se escarbó hasta dar con los restos de Vanesa, Magda y Susana. Sus familias al fin tendrían un lugar al que llevarles flores. Pero Gabriel Herranz jamás tendría que responder ante la justicia, que, pese a sus contactos, no hubiera sido benévola debido a la fuerte presión social y a las pruebas evidentes. Aunque, en vista de los acontecimientos posteriores al cierre del centro, quién sabe.

Durante esos días, antes de conocer en persona a Alicia, empecé a barajar otra posibilidad sobre quién era Adrián y, por ende, sobre qué había podido ocurrir con Nora, mi única conexión con un libro que estaba en boca de todo el mundo. Era posible que el hombre al que yo había conocido por el nombre de Adrián estuviera de parte de la mujer de Herranz, cuyo poder no había conseguido detener a la escritora pese a las amenazas. Puede que fuera un simple lacayo enviado a mi piso para aniquilarla. Sonaba absurdo, lo sé, pero era una posibilidad y, después de todo, no tan descabellada. Por eso se llevó su cuerpo, divagué, para demostrar que estaba muerta y para no convertirse en el cazador de Blancanieves, que en lugar del corazón de la muchacha, le entrega a la bruja el de un ciervo. Me parecía escabroso, pero, tras leer *El psiquiatra*, creía que no había nada que pudiera sorprenderme ya. Ay, criatura. Bendita inocencia. Qué feliz desidia la del desconocimiento.

Ojos que no ven...

Sin embargo, el hecho de no saber qué había ocurrido en mi piso mientras yo dormía como un bebé me tenía obsesionada. Y cuando las dudas asaltan, no es fácil detenerlas hasta que se disipan del todo.

—Conclusión al terminar el libro —expuso Lola sacando un café de la máquina durante nuestro ratito de descanso—. El mundo está loco. Lo está ahora y lo ha estado siempre. Puto psiquiatra del demonio. Hasta me he abierto una cuenta en Twitter, que no sé ni cómo funciona, para dejar comentarios sobre el libro y desfogarme. Sígueme, anda, que no me sigue nadie. @Malaguenade40. No me dejaba poner la eñe. Tampoco digo muchas barbaridades, a ver si me van a detener, que hoy en día hay que ir con ojo.

—No uso Twitter, tampoco me aclaro con su funcionamiento, pero te seguiré.

—¿Dónde crees que puede estar Nora? —preguntó curiosa—. Porque mira lo que te digo, esa chica se merece un monumento. Si hace falta, yo la escondo en mi piso.

—¿Ahora estás a favor de lo que hizo?

—Pues sí —afirmó tajante—. Claro que sí. Pero lo que yo creo es que no lo hizo sola.

—¿Cómo?

La conversación tomó un cariz interesante, pero no duraría mucho debido al carácter disperso de Lola.

—A ver, tampoco soy ninguna experta, pero me he tragado *CSI* enterito y yo creo, fíjate lo que creo, que alguien de dentro le dio una pistola a Nora. Vamos, lo que te dije al principio: mercado negro. O alguien de fuera, en alguna visita, no sé. ¿Sus padres? ¿Algún hermano o hermana? Total, que no lo hizo sola, alguien debió de ayudarla a encerrar en el sótano a esos dos psicópatas. A lo mejor alguien de seguridad, de ahí que lo tuviera tan fácil para escapar sin ser vista y que el circuito de cámaras fallara.

—Pero ¿quién? —pregunté más para mí misma que para Lola, que tampoco tenía la respuesta.

Pensé que su suposición era buena, razonable. En ese momento, también yo empecé a creer que alguien había empujado a Nora a hacer lo que hizo, puede que alguien de dentro, alguien cercano al psiquiatra y a la enfermera. Después de haber vivido con ella, aquello tenía sentido. Ni su delicada apariencia ni su comportamiento daban pie a sospechar que se trataba de una despiadada asesina. Pero nunca se sabe, claro. Nunca se sabe...

—Uy, eso pregúntaselo a una adivina —contestó encogiéndose de hombros y bebiendo café—. Por cierto, te he traído el libro para que me lo firme la Bastán. Qué pena no poder ir y conocerla en persona. Pero ármate de paciencia, porque auguro que va a tener una cola kilométrica —dijo simulando tener una bola mágica de cristal entre las manos.

—Bueno, tampoco tengo nada que hacer, me he pedido el día libre, así que... —alegué resignada, sin saber exactamente qué le diría a la escritora, la primera persona a la que, a pesar del riesgo, estaba dispuesta a confesarle mi secreto. Solo Natalia sabía que Nora Roy, la asesina del psiquiátrico convertida en mártir y heroína, había vivido en mi piso, pero era demasiado difícil explicarle a mi mejor amiga que un hombre con el que medio me había liado la había herido o matado mientras yo dormía en el sofá y que, al despertar y ver la sangre, yo la había limpiado en lugar de denunciar. Si alguien podía encontrar una respuesta clara esa era la escritora, y por eso estaba dispuesta a arriesgarme—. Iré a la firma de las doce del mediodía en rambla Cataluña —añadí pensativa.

—Qué guay, qué envidia. Ponte crema solar, que el astro rey está muy malo.

Martes 23 de abril de 2019

—

EVA

Apenas había podido pegar ojo de los nervios, como si fuera a conocer al elenco completo de *This is us*. Ni la botella de vino que me pimplé por la noche me ayudó a conciliar el sueño. Era mi primer Sant Jordi sin pareja en muchísimos años y no pude evitar echar un poquito de menos a Miguel, que solía regalarme no solo una rosa, sino un ramo entero. Se gastaba un dineral; tendría que haberme dado cuenta de que lo nuestro se estaba enfriando cuando el año pasado rompió la tradición. En lugar de despertarme por la mañana con un ramo precioso de rosas rojas frescas, me regaló una sola rosa marchita por la noche, cuando llegué de trabajar. Debía de ser la única rosa que quedaba en el puesto de la esquina, esperando a un comprador tardío, despistado o, como era el caso, desenamorado.

Esa mañana, me desperté más triste y cansada de lo que esperaba. Deseé vivir en otro lugar, uno en el que solo se celebrara el Día del Libro para conmemorar de manera entusiasta la muerte del soldado mártir Jorge el 23 de abril del año 303, pero donde el rollo romántico de que el hombre le regalara una rosa a la mujer no tuviera tanta importancia.

Bajé a por café y me quedé un rato charlando con Félix. Era temprano, aún no había mucha gente en la plaza, pero ya estaban levantando varias paradas con rosas que yo miraba de reojo, como si las temiera.

—No ha vuelto por aquí —comentó Félix distraído mientras me cobraba el café.

—¿Quién no ha vuelto?

—El hombre con el que hablaste un par de veces, el que te gustaba —volvió a recordarme.

No sé a cuento de qué me puse roja como un tomate.

—Pues no sé...

—¿No os disteis el teléfono? ¿Nada? Parecía haber conexión.

—No saques el tema un día como hoy, amigo —reí disimulando, porque no era capaz de quitarme de la cabeza a Adrián, aunque por motivos muy distintos a los que pensaba Félix.

—Precisamente porque es el día que es saco el tema, Eva —comentó serio con el ceño fruncido—. Pero te prometo que, si nadie te ha regalado una rosa al final del día, te la regalaré yo.

«Qué majo», pensé con una sonrisa boba en los labios. Me guiñó un ojo divertido y se fue al otro extremo de la barra a atender a otro cliente madrugador. Salí con mi café en vaso de cartón, me senté a una de las mesas de la terraza y encendí un cigarrillo. Me quede allí observando con toda la tranquilidad del mundo, como si nada me preocupara y las agujas del reloj no importaran, cómo el barrio de Gracia se iba desperezando poco a poco. Hombres solos que se detenían a comprar una o más rosas, algunos de ellos con bolsitas en cuyo interior no costaba imaginarse un bollo o un cruasán, parejas cogidas de la mano mirándose embelesadas antes de separarse para ir a trabajar... En el momento en que vi que era contraproducente para mi corazón seguir allí sentada, comprobando cómo el mundo seguía girando sin importarle lo más mínimo mi insignificante existencia, subí a casa, cogí los dos ejemplares de la novela *El psiquiatra*, el mío y el de Lola, y me fui paseando hasta las Ramblas.

Verifiqué en la cuenta de Instagram de la escritora que a las doce iba a estar en la caseta de la librería Casa del Libro, en rambla Cataluña, número 37, y, a pesar de que llegué cuarenta minutos antes de la hora prevista, ya se había formado una cola larguísima. Me llevé la mano a la cabeza, las multitudes me agobian; suerte que no hacía mucho calor, el cielo de Barcelona se había despertado nublado, triste. Por otro lado, si quería conocer a la escritora del sobrecogedor libro, me tocaba apechugar y esperar lo que hiciera falta. También pensé que Lola me mataría si le devolvía el ejemplar de su libro sin firmar.

Me entretuve escuchando la conversación de las dos chicas que tenía delante. De unos veinte años, se las veía inmaduras, pero eran divertidas. Me costó un mundo recordar cómo era yo a esa edad, aunque no fuera mucho más mayor que ellas. Agucé el oído cuando el nombre de Nora salió a relucir.

—Pues qué quieres que te diga, ojalá no la encuentren —opinó una, la bajita con gafas.

—Ya ves —asintió la alta—. La bruja de la mujer del tío ese que pague lo que le dé la gana, que cualquiera con dos dedos de frente va a proteger a la chica. Lo que ha tenido que pasar, la pobre.

—Hombre, no sé, por cincuenta mil euros... cualquiera la traicionaría, ¿no? Vamos, que si fuera mi hermana, pues vale, pero no la conocemos de nada.

—Ya. Pobre... Pues espero que se esconda bien.

Luego callaron. No sé por qué, pero sentí cierto orgullo por haber compartido dos semanas con Nora, como si fuera una celebridad a la que admirar, pero también noté que algo me oprimía el corazón. Culpabilidad tal vez. No haberla reconocido a tiempo, no haberla podido ayudar.

Si bien era cierto que no consideraba que la hubiera conocido de verdad, pocas veces alguien me había hecho cambiar de opinión respecto a su persona en tan poco tiempo. Nora Roy había pasado de ser la rara que se había colado en la habitación de mi piso sin pedir mi opinión y que no había salido ni se había relacionado conmigo durante días a la chica entregada y generosa que me había cuidado y me había preparado sopa de cebolla cuando llegué con fiebre. Luego cabía destacar su discreción, no parecía gustarle hablar de sí misma. Y ahora había pasado de ser una asesina psicópata despiadada con depresión a convertirse en una heroína justiciera que había hecho lo que debía hacer.

Disparar. Salvarse. Huir.

«Sí, ojalá haya sabido esconderse bien», cavilé por un momento que fue del todo irreal, pues a los dos segundos visualicé las manchas de sangre por toda la habitación.

Una hora y media más tarde de llovizna intermitente, me planté delante de Alicia Bastán, que parecía cansada de tanto firmar, sacarse fotos con sus lectores y hablar con ellos. Si la cola había tardado tanto en avanzar, y aún quedaba mucha gente detrás de mí, era porque les había dedicado un ratito a todos dando muestra de su amabilidad y agradecimiento con sus lectores. Las fotografías que había visto de ella en internet y en su Instagram no le hacían justicia. Mucho más guapa e imponente en persona, Alicia destilaba seguridad en sí misma y, aunque tuviera a sus espaldas una carrera meteórica, solo tenía treinta y tres años.

—Hola —saludé tímidamente tendiéndole los dos libros—. Este es para Lola —le dije.

Me sonrió y empezó a firmar.

—¿Y este? —preguntó.

—Mío. —Le devolví la sonrisa—. Me llamo Eva.

—Eva —repitió distraída.

A su lado, una mujer le susurró algo y miró el reloj. La escritora asintió con gesto preocupado y me devolvió los dos libros.

—Esto... Alicia...

—Dime.

—Eh... —titubeé—. Me gustaría comentarte algo —empecé a decir insegura, consciente de que esa era mi única oportunidad de poder hablar con ella. Y ya se sabe lo que ocurre con las oportunidades, ¿no? Aférrate a una y, con todas sus consecuencias, ve a muerte a por ella.

—Lo siento, Alicia tiene prisa —intervino la mujer.

—Ya, pero es... es importante —insistí.

Por un momento, de tan extraña que me pareció mi propia voz, creí que era otra persona la que estaba hablando. Alicia me miró con curiosidad. Ya no sonreía. Me agaché para quedar cerca de ella pese al gesto de desaprobación que me dedicó la mujer de al lado. Debía hablar en un susurro si no quería que nadie se enterase de lo que le iba a decir. Lo había ensayado varias veces delante del espejo, pero estar ahí, delante de la escritora y con tantas prisas, intimidaba.

—Es sobre Nora Roy —le dije.

—¿Qué sabes? —preguntó Alicia interesada e inclinándose hacia mí y adoptando el mismo tono bajito que yo.

—Bastante... Estuvo escondida en mi piso dos semanas —confesé.

—Alicia, por favor... —volvió a intervenir la mujer, tensa e inquieta, con la mirada puesta en la cola kilométrica.

—Mira, te doy mi número de teléfono y, cuando puedas, llámame —propuse no muy convencida de que fuera a hacerlo.

—Vale —aceptó la escritora con urgencia. Me dio su bolígrafo y un marca páginas. Señaló un espacio en blanco donde escribí con manos temblorosas el número de mi móvil y mi nombre—. Te llamaré en cuanto pueda —prometió.

—Gracias.

—Gracias a ti, Eva.

Con los dos libros bajo el brazo, emprendí el camino de vuelta a casa. El cielo auguraba tormenta; en breve empezaría a llover con fuerza. Si hubiera sabido lo que me esperaba, me habría quedado un ratito más entre la multitud oliendo a libros, a rosas y a lluvia inminente, perdiéndome rambla arriba, rambla abajo, donde el montón de cabezas parecía no tener fin.

13:35 NATALIA
¿Qué tal? Hace días que no hablamos.
¿Ya te ha firmado el libro esa escritora?

Leí el wasap de Natalia, de quien no tenía noticias desde hacía días, con cierto estupor. Era típico de ella enfadarse por cualquier tontería y, al cabo de un tiempo, no demasiado, dar señales de vida como si no hubiera pasado nada o como si fuera yo quien tuviera la culpa de nuestra desconexión. Así que esa vez no contesté al momento. Una tiene un poquito de orgullo y que la otra mañana se fuera sin decirme ni adiós dejándome plantada en la terraza del bar me había sentado mal. Cuando me detuve en un semáforo, respiré hondo y entonces sí, contesté.

13:50 EVA
Sí, ya tengo el libro firmado.
La escritora, muy maja.
¿Tú dónde estás? ¿Qué haces?

14:00 NATALIA
Estoy con Álvaro, a punto de comer.
Hemos estado paseando por las
Ramblas,
qué pena no habernos visto,
pero esto está a reventar de gente.
Por cierto, ¿no se te habrá ocurrido
decirle nada de Nora Roy, no?

Natalia, a falta de hijos, solía poner en práctica su faceta de madre conmigo. Siempre dirigiéndome, siempre, y con sutileza diciéndome qué era lo que más me convenía. Si había alojado a Nora en mi casa fue porque ella había insistido mil veces en que una compañera de piso me iría bien. Y, claro, le hice caso, aunque después me arrepintiera. Cuando Miguel me dejó, lo primero que me soltó fue que era lo mejor que me podía pasar, que llevaba demasiado tiempo atada a una relación atascada. Sí, puede que tuviera razón, siempre la solía tener, pero no creo que fuera el momento adecuado para sincerarse tanto. Desde que conocía a Natalia, me había aliviado muchas cargas con sus consejos y su confianza ciega en mí, que me recordaba a nana. Me agarré a su amistad por eso, y por lo bien que se portó con mi abuela en la residencia, aunque ella dijera que solo hacía su trabajo, que para eso había estudiado enfermería, para ayudar.

14:03 EVA
No, claro que no le he dicho nada.
Que lo paséis bien.

Minutos más tarde, entré en casa pensando en qué iba a preparar de comer si, como de costumbre, tenía la nevera vacía. Con reservas más que suficientes de vino y tabaco, no pensaba volver a salir en todo el día. No tenía que volver a trabajar hasta el día siguiente, pero estuve a punto de cambiar de idea cuando, al dejar los dos ejemplares de *El psiquiatra* sobre la mesa, lo primero que vi fue una rosa repleta de espinas. A su lado, un *pendrive* que hizo saltar todas mis alarmas.

Con el corazón en un puño, encendí el ordenador portátil, introduje el lápiz de memoria en la ranura y me di de bruces con una carpeta con el nombre «Nora». En su interior me aguardaba un vídeo con una duración de solo treinta segundos. Cliqué dos veces y entonces surgió Nora, tumbada en posición fetal en un cuartucho oscuro con el suelo de cemento. Al fondo, en lugar de una pared, había una lona de color azul oscuro. A un lado, la portada de un periódico con la fecha del día anterior, 22 de abril. Y nada más. Detuve la imagen y me acerqué a la pantalla para contemplar a la chica a la que todo el mundo seguía buscando, la chica que yo había deducido que había muerto de una forma violenta en la habitación contigua a la mía.

Nora Roy, estuviera donde estuviera, seguía viva.

Casi respiré aliviada al saber que, fuera lo que fuera lo que había limpiado en la habitación, no era sangre. No la de Nora. Por lo tanto, no había cometido ningún delito.

Pero tenía la copia de las llaves de mi piso.

Eso me enfureció. Me hizo sentir estúpida.

Adrián o ella, aliados, en ese momento no tuve la menor duda, habían entrado para darme un susto. Debía de tratarse de una advertencia para que dejara de buscar. Ni idea de lo que pasaba por esas mentes retorcidas. En cualquier caso, no había nada escrito, ninguna amenaza, pero ¿no era suficiente amenaza una rosa con espinas?

Nora era la rosa. Las espinas su defensa.

Con el *pendrive* en la mano y la imagen del vídeo en mi memoria, pensé en la última vez que había visto a Nora y en lo último que me había dicho con ese acento francés que, en ese momento, recordé artificial, exagerado. Ocurrió cuando conoció a Natalia. No pude ver la expresión de mi amiga, que estaba sentada en el sofá y me dio la espalda cuando se giró para mirar a Nora, pero tuve claro que esta intuyó que la reconocería. Entonces se sintió acorralada, en peligro. Por eso se fue, ayudada por Adrián, y me hizo creer que estaba muerta.

Pero ¿por qué contradecirse mostrándome un vídeo en el que estaba viva?

¿Para qué? ¿Para asustarme?

Porque habían logrado el efecto contrario.

Sin embargo, como con todas las opciones que había barajado hasta el momento, sí, así es..., volví a equivocarme. Aún no atisbaba la luz al final del túnel. Para eso, debía tener paciencia; y la paciencia, debo decirlo, nunca ha sido mi mejor virtud.

Al caer la noche, llamaron al timbre. Llevaba horas releyendo el libro *El psiquiatra* en ese extraño día de Sant Jordi de constante llovizna. Quería ver si, en alguno de los tres casos que relataba la escritora, encontraba alguna relación con Nora. No quería pasar nada por alto. Necesitaba estar cerca de ella y esa era mi manera, aunque, en un principio, no hubiera ninguna conexión con las anteriores pacientes. La rosa con espinas había terminado en la basura. La cogí por los pétalos para no pincharme y la lancé con rabia, con miedo y frustración, y sabiendo que tendría que llamar a un cerrajero para que cambiara la cerradura. Me maldije por no haberlo pensado antes.

—¿Sí? —pregunté al telefonillo.

—¡Soy Félix! —saludó con su característica energía y simpatía—. ¿Puedes bajar un momento?

—Claro, dame un minuto.

Me quité los pantalones de chándal viejos con restos de pintura, me puse unos tejanos, me calcé las Converse verdes, las que encontré más a mano, y corrí escaleras abajo haciendo tintinear las llaves, lo único que había cogido. Al abrir la puerta del portal, Félix, empapado, pasándose una mano por el pelo revuelto y mojado, me sonrió.

—¿Alguien te ha regalado una rosa hoy? —preguntó.

—Pues... eh... no —contesté confundida.

No hacía falta ser un lumbreras para saber qué escondía Félix tras su espalda. Extendió el brazo derecho y me entregó una preciosa rosa comprada en una de las cinco paradas que se habían instalado en la plaza.

—Félix, cuando esta mañana me has dicho que me regalarías una rosa, no imaginaba que ibas a hacerlo de verdad —reí.

—Lo que sea por mi clienta favorita.

—No sé qué decir... —Me ruboricé. Lo miré fijamente como si lo viera por primera vez.

Félix, pese a tener unos ojos azul cielo alucinantes, no era mi tipo. Demasiado desgreñado para mi gusto, bajito, delgado y con los brazos repletos de tatuajes pequeños con significados ocultos. No obstante, con lo sensible que estaba y con lo sola que me sentía, hasta me apeteció invitarlo a subir y si surgía algo, pues que me quitaran lo *bailao*, pensé en un breve momento de debilidad.

—Muchas gracias, Félix.

—De nada, Eva. ¡Nos vemos!

Con una mano sostenía la rosa; del papel de celofán en el que iba envuelta caían gotitas. Con la otra, sujetaba la puerta. Me quedé como un pasmarote mirando a Félix mientras se alejaba corriendo, como si hubiera adivinado mis pensamientos y huyera de mí, de la tía desesperada que se hubiera ido con el primer tío que pasara. Esbocé una sonrisa, sacudí la cabeza para quitarme ideas que en otro momento ni se me hubieran ocurrido y subí las escaleras de regreso a mi piso.

—Elena, Elena, Elena, ¡rápido!

La voz susurrante de la señora Cecilia no me sorprendió. En el fondo, la había echado de menos.

—¿Sí, señora Cecilia? —pregunté solícita mirando a la anciana, cuya cabeza enjuta sobresalía por el hueco de la puerta entreabierta—. ¿Se encuentra mejor?

La vecina aún llevaba en la cabeza la venda, que había adquirido un color amarillento. Tenía el rostro más desinflado, aunque con algunos moretones dispersos en la mejilla que recordaban el accidente.

—El hombre malo ha vuelto a entrar. Lo he visto esta mañana, Elena, ten cuidado.

—¿Qué?

La rosa que me acababa de regalar Félix casi se me escurre de la mano y termina en el suelo del susto. Se me heló la sangre de repente.

—Sí, sí —me aseguró cerrando los párpados con fuerza y asintiendo enérgicamente—. El hombre malo ha vuelto a entrar en nuestro piso, Elena. Yo lo he visto —me aseguró insistente, nerviosa—. Llevaba una sudadera negra con capucha.

—El hombre malo... —murmuré. Y no me costó nada imaginar a Adrián entrando en el edificio, subiendo hasta el tercer piso sin reparar en la vecina cotilla del segundo observándolo con miedo por la mirilla.

—¡¿Mamá?! ¡Mamá, por favor! ¿Qué haces? —Desde algún punto del pasillo, la voz de su hija Laura nos interrumpió—. Eva —me saludó con gesto preocupado abriendo la puerta del todo y apartando a su madre, un poco ida, que en ningún momento dejó de mirarme con inquietud—. Eva, disculpa, no puedo dejarla sola ni un minuto. ¡Ni un minuto, mamá! —se enfadó.

—No pasa nada, no te enfades con ella.

—¿Todo bien? —quiso saber Laura mirando alternativamente a su madre y a mí, como si fuéramos cómplices de una travesura.

La anciana guardó silencio. Me escudriñaba con los ojos entornados y el cuello ligeramente torcido hacia el lado izquierdo. Yo me limité a asentir.

—Todo bien —mentí—. Buenas noches.

Esa noche dejé las llaves puestas en la cerradura para impedir que desde fuera pudieran abrir. Entré en la habitación en la que se había alojado Nora, me senté sobre el colchón mullido e incliné la cabeza hacia atrás hasta que sentí la pared contra el cráneo.

—En los sitios donde ha pasado algo malo la historia se repite. Siempre se repite. Esos sitios están malditos y las cosas malas pasan una y otra vez, una y otra vez, una y otra vez, y así hasta que se destruyen —le hablé a la nada, una nada densa, asfixiante, como si de verdad pudieran crearse realidades con los pensamientos, repitiendo las perturbadoras palabras de la vecina del segundo.

26 de abril de 2019

—

PERIÓDICO *BARCELONA AHORA*

Por Dídac Sáenz

El inquietante pasado de Gabriel Herranz, el psiquiatra

Semanas después de su muerte, el doctor Gabriel Herranz sigue siendo noticia a causa, sobre todo, de las acusaciones que sobre él vierte la escritora y periodista Alicia Bastán en su novela *El psiquiatra.* Según esta, el tristemente célebre doctor Gabriel Herranz habría sufrido abusos por parte de su progenitor, un ex boxeador alcohólico, fallecido a causa de una fatal caída por las escaleras de su austero domicilio en Sant Boi del Llobregat. Una muerte supuestamente accidental sobre la cual Bastán insinúa que Herranz, quien entonces contaba dieciséis años, algo tuvo que ver.

Quizá el maltrato que padeció en su niñez le dejó secuelas. El caso es que, siempre según la novela, desde muy joven Herranz estaba obsesionado con alcanzar un alto nivel de vida y un elevado poder adquisitivo. Ambas cosas se las proporcionó, andando el tiempo, su condición de médico psiquiatra de elevado prestigio.

Pero su afán por comprender la mente humana y su entrada, como médico interno, en el Centro Vera de la Cruz habrían despertado a los demonios de su infancia. En su condición de psiquiatra titular del centro tenía bajo su control a mujeres jóvenes con las que, supuestamente, experimentó, sometiéndolas mediante drogas, y de las que, supuestamente, abusó. Supuestamente, también, Herranz abrió las puertas del centro a hombres poderosos y depravados para que abusaran de esas pacientes, que se habrían convertido así en moneda de cambio para conseguir poder e influencia. «Al psiquiatra lo cegaron el poder y la corrupción», declaró la autora en una entrevista reciente.

Bastán asegura haber recibido amenazas anónimas, que la policía está investigando, a raíz de la publicación del libro. Eulalia Valldosera, la viuda del doctor Herranz, que en su momento interpuso una solicitud de secuestro judicial sobre la obra, ha rechazado hacer declaraciones al respecto.

Mientras tanto Nora Roy, la presunta asesina del doctor, sigue en paradero desconocido.

Semana del 29 de abril al 5 de mayo de 2019

—

EVA

Lunes, martes, miércoles... Los días transcurrían despacio, como si el aire a mi alrededor estuviera hecho de melaza. Seguía pendiente de todo cuanto se dijera del libro de Alicia, del centro Vera de la Cruz, del pasado triste del psiquiatra que, por todo lo que hizo, no me provocaba ninguna pena, y de la infructuosa búsqueda de Nora Roy. Nora Roy, que quiso hacerme creer que estaba muerta salpicando mi habitación de sangre artificial y enviando un matón a mi piso. Así veía a Adrián; ahora era un espejismo, un recuerdo fugaz.

—Con eso no se juega, ¿verdad? —le dije a uno de los muertos mientras lo acicalaba para presentarlo en unas horas a sus seres queridos.

Lo primero que hacía al terminar mi jornada era mirar el móvil. Pese a esperar la llamada de Alicia, lo tenía en silencio por respeto a los muertos. Tenía dos llamadas de un número que no estaba guardado en la agenda, una a las cinco de la tarde, la otra a las ocho, una hora después de mi descanso con Lola, que había dejado de hablar de lo loco que estaba el mundo. Ahora tenía un tema más interesante de conversación. La mañana de Sant Jordi, en el turno en que suplió a Mati, sintió una especie de flechazo correspondido por un sobrino nieto de un difunto. Habían quedado ese viernes por la noche. Mi amiga no podía hablar de otra cosa, estaba eufórica.

—¡El destino, Eva! —exclamó con entusiasmo—. A lo mejor sustituir a Mati ha provocado que conozca a mi futuro marido. Y nada menos que en Sant Jordi, fíjate.

—Y nada menos que en un tanatorio.

—Coño, qué manera de romper la magia.

Reí. Con Lola era imposible no hacerlo a pesar de los demonios que pululaban a su antojo por mi mente. El hombre malo vestido con sudadera negra y capucha subiendo las escaleras de mi edificio, entrando en mi piso sabiendo que yo no estaba, dejándome una rosa con espinas y un *pendrive* con un vídeo de Nora Roy durmiendo sobre un incómodo suelo de cemento como si, además, quisieran hacerme creer que era una víctima de secuestro y no una asesina. Esos, esos eran mis demonios, los que la vecina de abajo había fabricado y compartido conmigo, los que me producían escalofríos, como un ser velado que pasara por mi lado y me soplara en la nuca. Cuando los demonios se te meten tan adentro, es complicado, por no decir imposible, liberarlos.

Esperé a llegar a casa para devolver la llamada. Una vez más, al abrir la puerta, pensé en llamar a un cerrajero. Aún no lo había hecho. Nunca lo llegué a hacer. Qué inconsciente.

—¿Sí? —contestó la voz de Alicia al otro lado del teléfono. La reconocí al instante.

—Hola, ¿Alicia? Soy Eva. Me has llamado.

—Sí, soy Alicia. Mencionaste a Nora Roy y despertaste mi curiosidad —me recordó, aunque no hiciera falta, yendo directa al grano—. Siento no haberte podido llamar antes, la promoción está siendo una locura y luego está el tema de... —Se detuvo y suspiró—. Bah, no importa. ¿Me dijiste que Nora vivió contigo dos semanas?

—Sí. No la reconocí. No estoy al día de las noticias, aunque sí sabía lo que había pasado en el psiquiátrico por una compañera de trabajo. Se hizo pasar por una francesa llamada Charlotte. A mí me pareció rara al principio, pero luego..., no sé, luego me cayó bien. Hasta podríamos haber sido amigas. Está diferente. —En vista de que Alicia permanecía callada escuchando con atención, quizá tomando apuntes, continué hablando—: Se ha teñido el cabello de negro y usa gafas de pasta negras.

—Ajá. Imagino que ya no vive contigo.

—No. Un día..., un día desapareció.

—Hay algo más, ¿verdad? —inquirió perspicaz.

—Sí. En realidad, mucho más.

Se lo conté todo. Todo, de principio a fin, y me di cuenta de que tampoco era mucho. Me regodeé en la que parecía una prometedora y romántica noche con el hombre ideal, Adrián, al que ahora veía como el enemigo, «el hombre malo». Fui consciente del estremecimiento que, pese a todo, el recuerdo de su contacto me provocaba. Obviamente, el encuentro en la discoteca había sido intencionado. Había aprendido la lección. Casi nada en esta vida ocurre de manera accidental.

Alicia siguió escuchando con atención sin interrumpirme en ningún momento. No pareció muy sorprendida. Imaginé que estaba curada de espanto, que a lo largo de su carrera como periodista y escritora había tenido que escuchar todo tipo de testimonios. Era agradable hablar con ella y su voz sonaba relajante, pausada, al contrario que la mía, nerviosa, apresurada, porque me sabía mal robarle mucho tiempo. Me liberé de la pesada carga de esconder un secreto —o varios, según se mire— solo para mí. No obstante, al terminar, se produjo un silencio y sentí miedo. Miedo porque, en realidad, no conocía de nada a la escritora.

¿Y si me delataba?

¿Y si al día siguiente aparecía la policía para interrogarme?

—Me gustaría ver ese vídeo —dijo al fin—. Y la habitación donde estuvo Nora. ¿Cuándo te iría bien que pasara por tu casa?

—Cualquier mañana me va bien.

—¿Mañana a las once?

—Perfecto —contesté sorprendida por su urgencia e interés—. Vivo en la plaza del Sol, en Gracia. Número 16, tercera planta.

—¡En la plaza del Sol! Viví unos años cerca, en la calle Alegre de Dalt. La de cañas que me he tomado en esa plaza... —recordó nostálgica—. ¿Llevas mucho viviendo ahí? —se interesó adoptando un tono de voz jovial y cercano.

—Desde siempre. Viví un tiempo con mi novio en el barrio de Hostafrancs, pero lo dejamos, mi abuela murió y he vuelto aquí —le resumí con hastío—. El piso es mío.

—Un barrio genial para vivir. Adoro Gracia.

—Yo también —sonreí.

—Bueno, Eva, pues nos vemos mañana a las once. Gracias por confiar en mí.

—A ti.

—Ah, y no te preocupes, nada de esto aparecerá en ninguna parte —finalizó dejándome mucho más tranquila en el acto—. Es solo... solo tengo curiosidad, como tú.

Alicia fue puntual como un reloj suizo. A las once de la mañana sonó el timbre. Abrí con los nervios a flor de piel. Cuando llegó arriba, los nervios se convirtieron en pánico al verla en compañía de un hombre alto de aspecto tosco y serio. Me había levantado temprano para limpiar y ordenar un poco el piso. También había bajado al Café del Sol a por un café. Félix, distraído, se había mostrado esquivo conmigo.

—¿Un mal día? —le pregunté.

Sonrió, se encogió de hombros y no contestó. No le di importancia, tenía mucho trabajo en el bar, clientes necesitados de cafeína agolpados en la barra.

—Hola, Alicia —saludé mirando de reojo al hombre.

Para mi sorpresa, Alicia me dio un cariñoso abrazo y luego, al separarse, apoyó las manos en mis hombros, me guiñó un ojo y dijo:

—¡Cuánto tiempo, Eva! Ya tenía ganas de verte. —Se giró para mirar al hombre—. Dame media hora. Puedes esperarme abajo —ordenó.

El hombre asintió y fue Alicia quien cerró la puerta resoplando.

—Por seguridad me han puesto a un tío que parece mi sombra, ¿te lo puedes creer? Le he dicho que venía a ver a una buena amiga.

—He leído que estás recibiendo amenazas.

—Sí, pero en peores me he visto. Ya estoy acostumbrada. Se cansarán, como siempre —alegó restándole importancia y mirando a su alrededor. De estar en su piel, yo estaría cagada de miedo, no sería capaz de salir de casa; sin embargo, Alicia no me pareció de las que se acobardaban con facilidad—. Tienes un piso monísimo.

—Gracias.

—¿Dónde durmió Nora?

Abrí la puerta mostrándole a Alicia la sencilla habitación donde Nora se había alojado durante dos semanas. Me dio por imaginármela allí, sentada al estilo indio, como casi siempre la veía, con la espalda apoyada en la pared y la cabeza hundida en la libreta en la que dibujaba. Recordé una frase del gran Van Gogh: «El arte es para consolar a aquellos que están rotos en la vida». Habría sido más fácil darle la espalda a lo ocurrido, seguir con mi vida sin sobresaltos, cambiar la maldita cerradura, pero la curiosidad me empujó a cometer la locura de meterme de lleno en historias ajenas. Alicia, sin conocerme de nada, supo ver eso en mí antes de que yo fuera consciente.

—¿Dices que había salpicaduras de lo que te pareció sangre por la pared?

—Sí, y en la ventana —le conté.

—Debiste de asustarte mucho.

—¿Crees que hice bien limpiándola y pintando la habitación? O sea, ahora creo que no era sangre de verdad, que quisieron engañarme, hacerme creer que Nora estaba muerta. Pero en ese momento los nervios pudieron conmigo.

—A veces, en situaciones insólitas, reaccionamos de forma extraña, Eva, no te sientas culpable por eso. De todas maneras, me parece tan raro... ¿Por qué ese tal Adrián y Nora querrían hacerte creer que estaba muerta para luego enviarte una prueba de que no lo está?

Salimos de la habitación y avanzamos por el pasillo hasta llegar al salón, donde tenía el vídeo a punto en el ordenador. Alicia se acercó a la pantalla y, con semblante imperturbable, vio en bucle el vídeo. Al final, sacudió la cabeza y me preguntó:

—¿Qué vas a hacer?

—No lo sé —contesté—. Ni siquiera sé por qué la ingresaron en Vera de la Cruz.

—Depresión severa.

—Ya, sí, pero ¿por qué? ¿Y por qué me han enviado esto?

—¿Quieres saber la verdad? —preguntó muy seria mirando con gesto sombrío la pantalla del ordenador, que mostraba la imagen congelada de Nora aparentemente dormida—. ¿Quieres saber por qué, de alguna forma, te han hecho partícipe de todo esto y por qué Nora terminó en ese centro y mató al psiquiatra y a la enfermera?

Asentí con temor. Sí, quería. Quería encontrarla, volver a verla. Quería saberlo todo, de principio a fin. Necesitaba saber por qué yo, por qué mi piso para esconderse de la policía. Sentía la misma curiosidad que ante el libro *El psiquiatra*. Quería, por extraño que parezca, asegurarme de que Nora estaba bien, a salvo, de que no me veía como una enemiga pese a haberme engañado con una falsa identidad. Pero también temía dar con la verdad, porque hay verdades que están más seguras en las sombras. Alicia hurgó en su bolso sin dejar de mirarme y sacó un papel arrugado en el que había anotado con letra apresurada una dirección.

—Aquí viven los padres de Nora, en Sitges. Aquí es donde vivía Nora Roy —me aclaró tendiéndome el papelito—. Siento no poder ayudarte ni acompañarte. Amenaza de muerte si el libro no se retira —rio restándole dramatismo al asunto—. Pero espero que encuentres lo que estás buscando.

—Yo no... no soy poli ni periodista, Alicia, soy una simple tanatopractora. No tengo ni idea de cómo se hacen estas cosas.

—Pero sientes curiosidad, Eva. Quieres descubrir la verdad, quieres volver a ver a Nora. ¿Me equivoco? —Negué con la cabeza—. Creo, después de ver este vídeo, que alguien la tiene retenida contra su voluntad —opinó señalando el ordenador, la imagen congelada, en pausa—. Nora no tiene nada que ver con que alguien entrara en tu piso para dejarte una rosa y el *pendrive*. Así que, a lo mejor, lo importante no es descubrir la verdad, sino encontrar a Nora.

—Pero ¿qué significado tiene? Es como una contradicción, ¿no? Alguien quiso hacerme creer que estaba muerta y ahora este vídeo, donde aparece dormida... —insistí.

Alicia negó con la cabeza y dejó escapar un suspiro.

—Está claro que esto no es cosa de Nora —terció pertinaz, tan insegura como lo estaba yo—. Pero, por algún motivo, quien la tiene también quiere involucrarte a ti.

«Quien la tiene..., Adrián», pensé agobiada, sintiendo como si una cinta de hierro me constriñera el pecho. Las palabras de Alicia se me quedaron grabadas. Que Nora pudiera estar en peligro no había figurado entre mis elucubraciones al recibir la rosa y el *pendrive*. El enfado por haberme engañado me había cegado y los asesinatos que Nora había cometido en el centro psiquiátrico me impidieron contemplar esa posibilidad, la de que siguiera siendo una víctima aun habiendo logrado escapar de allí. Había supuesto que verla dormida en el vídeo formaba parte de un extraño juego, pero pronto descubriría que las suposiciones no sirven de nada si no te acercan a la verdad.

—Lo mejor será que pase de todo. Esto..., no sé, la rosa con espinas es como una advertencia. No había ninguna nota de amenaza, nada. No... —murmuré indecisa—. No quiero correr riesgos, tengo una vida muy tranquila, ¿sabes?

—Entonces, tira el *pendrive* a la basura —me planteó con voz severa—. Destrúyelo y deshazte de él.

No podía. Algo me decía que no iba a ser capaz de hacerlo. Con la rosa había sido fácil, pero con el *pendrive*... No, con el *pendrive* no.

—Me gustaba —dije de repente sin pensar, y hasta a mí me sorprendió.

—¿Cómo?

—Adrián me gustaba —reconocí—. Debo de parecerte patética.

—No, para nada. Esas cosas pasan, entiendo que te sientas frustrada o engañada.

—¿Tú qué harías?

—Bueno... Tiendo a obsesionarme con estas cosas, con lo que no comprendo, con hacer justicia y atrapar a los malos —rio mirando al suelo—. Si quieres encontrar respuestas, Eva, si te intriga saber por qué Nora terminó en un psiquiátrico, puedes visitar a sus padres —sugirió—. Ellos tienen la respuesta.

—¿Y qué les digo? —inquirí desesperada, con el corazón latiéndome a mil solo con imaginarme la incómoda situación.

—Que eras amiga de Nora —resolvió haciéndome creer que podía ser fácil—. Que estás preocupada por ella. Lo que se te ocurra. Mírame, yo he venido hasta aquí. Eres más convincente de lo que crees. Confía.

«Confía.»

Una simple palabra de solo seis letras, pero con tanto significado pronunciada por una persona que no sabía nada de mí.

Así fue como el viernes 3 de mayo, el mismo día en que desenterraron los restos de Vanesa Costa, Magda Serrano y Susana Hernández en los alrededores del centro psiquiátrico Vera de la Cruz, emprendería un camino sin retorno con la única intención de decirles adiós a mis obsesivos demonios liberados por la chica que había dormido durante dos semanas en la habitación de al lado. Al final, resultó que esos demonios estaban más cerca de lo que jamás habría imaginado.

TERCERA PARTE

NORA

«Sin riesgo no hay gloria.»

Era su frase favorita. La repetía varias veces al día.

Perdió la poquita cordura que le quedaba.

Y lo entendí.

Yo, más que nadie, entendía el sufrimiento que produce una pérdida en circunstancias incomprensibles, pero nunca se me hubiera ocurrido llegar tan lejos. Provocar tanto daño.

—¡No te quejes, Nora! Intento ayudarte, joder —replicó después de que me quejara de la sopa fría que me había traído a la habitación, al zulo cerrado con llave del que me era imposible escapar. Eso no era mejor que Vera de la Cruz.

—¿Qué pretendes? ¿Qué plan tienes? —Me temblaba la voz. Su mirada esquiva me dio miedo. Estaba aturdida y me notaba el cuerpo extraño y desconectado—. ¿Por qué no me trajiste aquí desde el principio, por qué involucrar a Mateo y a esa chica? Eva no es tonta.

Sabía que Eva no caería en la trampa, que se daría cuenta de que algo extraño había pasado, pero también dudaba de que sintiera algún tipo de interés o preocupación por mí.

—Esa tía es imbécil —escupió con desprecio—. Y esto un juego, Nora. Un simple juego... Eva es apática, su vida es triste, la he estado observando durante mucho tiempo como para no saberlo, y por eso tiene que formar parte del juego, involucrarse. Ella no lo sabe, tú no lo sabes, pero también forma parte de esto —insistió haciendo rechinar los dientes de pura rabia—. Solo es cuestión de tiempo. Lo acabará descubriendo. Espera y verás. Luego, si la justicia pone de su parte, por fin podrás ser libre, Nora; yo me encargaré de todo. Te voy a ayudar a ser libre.

«Libre.»

De veras parecía valorar esa palabra mucho más de lo que, a esas alturas, la valoraba yo, y eso me transmitía confianza, aunque puede que para mí tuviera un significado distinto. No quería hacerme daño; en realidad, estaba cuidando de mí no del todo mal, pese a tenerme encerrada y no dejarme salir. Pero ¿hasta cuándo? Daba la sensación de ser un pitbull adiestrado cuya naturaleza agresiva podía dejarse ver en cualquier momento. Se notaba que no estaba bien de la cabeza, era impredecible hasta en la forma de mirar. Había dirigido mis pasos y los de Mateo y Eva de tal forma que apenas dormía ni comía atormentándome al pensar en el siguiente movimiento de su juego macabro. Me había ayudado a escapar de Vera de la Cruz y me había llevado hasta el piso de Eva para tenerme cerca y volver a atraparme.

—¿Quién eres en realidad? —le pregunté en varias ocasiones cuando la confusión me venía a visitar. Una sonrisa burlona como respuesta. Nada más.

Supe desde el principio que era quien había guiado a Mateo haciéndole creer que estaba de nuestro lado. Que nos iba a ayudar. Le dije que no confiara en nadie, y mucho menos en desconocidos, pero Mateo necesitaba hacerlo, necesitaba no estar solo. Le venía demasiado grande. Terminar en el piso de Eva no fue casualidad. Nada lo fue. Todo estaba relacionado, estábamos pagando los errores del pasado, un pasado que ni siquiera nos pertenecía y del que aún no sabíamos nada. Cada paso que daba estaba estudiado al milímetro, había tenido tiempo suficiente de preparación, pero ya era tarde cuando lo supimos ver.

Abrí la puerta creyendo inocentemente que quien venía a buscarme era Mateo, pero no me defendí. Debería haberlo hecho, pero el miedo me suspendió en una neblina de confusión. Metida en ese cuartucho oscuro, con demasiados ratos muertos para darle vueltas al coco, había visualizado cientos de posibilidades que jamás podrían hacerse realidad. El pasado en el pasado se queda. De nada servía pensar en que debería haber gritado pese al riesgo que eso hubiera supuesto de que me descubrieran. Hubiera sido el final. Pero es que una parte de mí seguía ansiando que llegara el final.

—¡Acaba conmigo! —le grité.

Pero no me hizo caso.

Ya llevaba demasiado tiempo huyendo. O eso me parecía. El tiempo es relativo. Estar en esa habitación con goteras no era mejor que estar en la celda de una cárcel, donde supongo que era donde merecía estar desde que apreté el gatillo con su voz susurrante presionándome detrás.

—¿Por qué quieres ayudarme? —le pregunté en el momento en que me sacó de la habitación para acompañarme al cuarto de baño. Rememoré cómo me había ayudado a escapar del centro sin levantar sospechas, con inteligencia y premeditación, y cómo me había llevado al piso de Mateo, el lugar que nunca debió conocer.

Sus ojos claros se iluminaron, su cuerpo menudo se estremeció. Esbozó una sonrisa triste y contestó:

—Porque yo te metí en este lío —resolvió sin un atisbo de duda en la voz—. Y porque es la única manera en la que podré enmendar lo que hice, lo que aún, hoy por hoy, me pesa y me sigue mortificando. Todos en esta historia, Nora, todos, somos culpables. Fui yo quien lo inició todo y seré yo quien escriba el punto final.

Viernes 3 de mayo de 2019

—

EVA

Cogí un tren rumbo a Sitges. A medida que fuimos dejando atrás la ciudad, el paisaje fue haciéndose montañoso, y el mar, brillante, como si cientos de cristalitos le hubieran caído encima, se abrió a una gran extensión de cálida luz azul. Le había pedido a Ruiz, el tanatopractor de los fines de semana, que me sustituyera ese día. Necesitaba centrarme y no tener la responsabilidad de cumplir con un horario. Además, hacía tiempo que no iba a la playa y pensaba hacerlo después de visitar a los padres de Nora, si es que al final me atrevía a tocar el timbre. Hasta me apetecía sentarme a la mesa de una de las terracitas del paseo marítimo a comer una paella. Sitges siempre me había parecido un lugar especial en el que perderte por sus callejuelas estrechas de casitas blancas que desembocan en el mar. Pero algunos planes se van al traste cuando encuentras lo que buscas sin haberlo pretendido.

Llegué a Sitges alrededor de las once de la mañana. Alicia me dijo que los padres de Nora no salían mucho por miedo a la prensa, que había estado agolpada en la puerta de su casa durante semanas. Sin embargo, ya no había tanto interés por Nora y sí por el psiquiatra fallecido, en el punto de mira por la novela de Alicia. Ese día, yo aún no lo sabía, la prensa tenía otro lugar al que ir: Vera de la Cruz, cuyo cierre era inminente, por lo que había enviado a los pocos pacientes que aún quedaban a otros centros psiquiátricos.

Me pareció irónico que Nora viviera en una calle llamada Doctor Bartomeu Robert. Un doctor le había destrozado la vida, a ella y a muchas otras chicas y a sus familias. Caminé durante media hora hasta llegar a mi destino, deleitándome con el olor a salitre que me llegaba del mar, no muy lejos de esas calles tranquilas con resaltos en el pavimento para que los coches no superaran la velocidad máxima permitida. Las casas eran amplias, algunas protegidas por vallas cubiertas de hiedra, otras, por setos de alheña podados a la perfección; no me hubiera podido permitir una casa así ni en cinco vidas. Al fin llegué al número 5. Respiré hondo mientras ensayaba internamente un discurso que parecía de lo más convincente. El problema era que no me veía capaz de soltarlo aunque fuera de lo más simple. Eva, amiga de Nora, la conocí en la Universidad...

¿A qué Universidad iba?

Mierda.

Con la duda revoloteando en mi cabeza como un mosquito insistente, me quedé quieta en la acera contraria y admiré la casa esquinera. Tres plantas, fachada blanca impoluta de arquitectura moderna, amplio jardín repleto de palmeras. Armándome de valor, avancé un par de pasos, pero frené en seco cuando vi quién salía por la puerta.

No podía ser.

Tenía que tratarse de una broma.

Viernes 3 de mayo de 2019
12:30 horas

—

TELEVISIÓN

Centro psiquiátrico Vera de la Cruz

Varios periodistas se agolpaban en las puertas de hierro forjado de principios del siglo XX del centro psiquiátrico Vera de la Cruz, cuyo interior no albergaba ya a ninguna de las almas atormentadas que, durante tantos años, habían encontrado cobijo bajo sus techos altos con filigranas florales talladas con esmero en una época lejana. Los ostentosos mosaicos de las vidrieras acumulaban más polvo que antaño, pues la dirección había dado por perdido el lugar desde que la escalofriante verdad había salido a la luz con la precipitada muerte del psiquiatra Gabriel Herranz. Cientos de personas con pancartas exigiendo justicia para la desaparecida Nora Roy respondían con efusividad a las preguntas de los reporteros, que trabajaban a destajo para conseguir *la* exclusiva y la imagen más morbosa del día. Había policías apostados tanto en el exterior como en el interior del jardín, donde ya habían desenterrado los restos de Vanesa Costa, Magda Serrano y Susana Hernández. Debajo de un majestuoso sauce llorón, cuyas largas ramas desnudas caían hasta el suelo, yacían las tres víctimas de las artimañas de un psiquiatra traumatizado desde su infancia, ávido de poder, cegado por la corrupción y con contactos, tal y como había recalcado la escritora Alicia Bastán. En cuestión de minutos, lo poco que quedaba de esas tres jóvenes saldría al fin de Vera de la Cruz, lugar siniestro en el que nunca deberían haber entrado. Las tres dejaban atrás una familia acobardada por las amenazas y atormentada por la culpa de no haber hecho lo correcto.

EVA

Creía que Adrián, que parecía tan conmocionado como yo por el inesperado encuentro, daría media vuelta y se precipitaría corriendo al interior de la casa. Pero no lo hizo. Se detuvo a una distancia prudencial de mí y su rostro dibujó una sonrisa. ¿Qué significado tenía? ¿Se estaba burlando de mí? Por un momento me inquieté, se me antojó que su sonrisa era frívola, maquiavélica, pero solo fue fruto de mi desatada imaginación. En realidad, a los pocos minutos me di cuenta de que se trataba de una sonrisa sincera.

—Eva —saludó en un susurro—. ¿Qué haces aquí?

No supe qué responder. Me quedé muda, notaba un ligero temblor nervioso bajo las costillas y tenía la sensación de que una mano fría me oprimía el corazón. Era incapaz de articular palabra. ¿Qué hacía él ahí? De entre todos los escenarios posibles, ese no era en el que esperaba encontrarlo.

—Tenemos que hablar —dijo con un tono de voz urgente ocupando el silencio—. Vamos a otro sitio, ¿te parece? Será mejor que no entres aquí.

—¿Quién eres?

Mi voz sonó un tanto aguda por los nervios.

—Esperaba esa pregunta. Creo que los dos estamos preocupados por la misma persona. ¿Has descubierto quién era Charlotte? —preguntó adoptando un gesto inexpresivo y rígido—. Vale, supongo que sí. No sé qué le ha pasado, Eva —añadió sin ocultar su desesperación—. No sé dónde está, si está bien, si alguien la tiene retenida... Le di un teléfono móvil de prepago para estar en contacto con ella, pero está apagado. Y no tengo ni idea de a quién pedir ayuda. No puedo denunciar su desaparición, la están buscando por asesinato.

«Como si no lo supiera», pensé.

Adrián señaló la casa. Miré hacia allí y vi a una mujer de cabello color ceniza asomada a la terraza. Debido a la distancia, no pude verle bien la cara, pero me devolvió la mirada, seguramente preguntándose quién era yo.

—¿Y por qué te tengo que creer? —lo reté.

—Porque es la verdad —dijo. Su voz me llegó suave y lenta.

—No me voy a ir a ningún lado contigo —le advertí tragando saliva.

—Lo entiendo. Pero te prometo que no..., joder, no te voy a hacer nada, Eva.

—Me drogaste. Me dormiste. ¿Para qué?

—Para llevarme a Nora. Era peligroso que continuara en tu piso, cualquiera haría lo que fuera por los cincuenta mil euros que ha ofrecido la mujer del psiquiatra. Ella creía que acabarías reconociéndola, que no podría engañarte por más tiempo. Pero abrí la habitación y... —respiró profundo, le tembló el mentón—. Había sangre en las paredes. No he podido quitarme esa imagen de la cabeza. ¿Qué hiciste a la mañana siguiente? ¿Fuiste a la policía?

—No. Limpié la sangre y pinté las paredes.

—¿Qué? ¿Por qué? —se extrañó mirándome como si estuviera loca.

—No era sangre.

—¿No?

Un rayito de esperanza pareció abrirse paso en su interior.

—No —confirmé—. Hace seis días entraron en mi piso, supongo que con la copia de las llaves que le di a Nora. Me dejaron una rosa con espinas y un *pendrive.* Contenía un vídeo de treinta segundos que mostraba a Nora durmiendo en un cuarto oscuro y la portada de un periódico del 22 de abril. Así que no, Nora no está muerta —le aseguré. Su semblante cambió—. Pensé que habías sido tú quien había entrado en mi piso, quien... —titubeé confusa—. Quien lo había hecho todo, pero...

—¿Y por qué han hecho eso? —preguntó sin dejar que terminara de hablar—. No lo entiendo.

Por qué habían hecho eso... La de veces que me lo había preguntado. Adrián era sincero. Eso me pareció. La intuición ya me había engañado demasiadas veces y no quería volver a llevarme un palo, pero parecía no tener ni idea de dónde estaba Nora, se le notaba la preocupación. Una preocupación así es imposible de fingir y, si fingía, de veras merecía ganar un Goya por su magistral interpretación. Pero ¿qué relación tenían? ¿Eran hermanos? ¿Novios? Me acuerdo de la sacudida que me produjo pensar en esa posibilidad. Algo dentro de mí se encabronó y, cuando eso sucede, cuando alguien te provoca ese cosquilleo que no se puede explicar, únicamente quien lo siente lo sabe, fabricas una especie de armadura para protegerte y transformas esa energía en excitación, amor u odio. Para mí, en ese instante, lo más fácil fue odiarlo. Y por eso me fui. O al menos lo intenté. Enseguida noté su mano cálida y firme alrededor de mi muñeca. Un temblor se apoderó de todo mi cuerpo.

—¡Suéltame! —le grité con rabia zafándome de él.

Asintió y me soltó al momento, mostrándose indefenso. Luego me miró con los ojos rojos a punto de estallar en llanto, algo que me dejó en *shock* porque nunca había visto llorar a un hombre salvo en funerales, y soltó suplicante:

—Por favor, ayúdame. Necesito tu ayuda, no tengo a nadie más... A nadie —recalcó con la voz quebrada.

Sabía lo que era no tener a nadie. El trauma por que mi madre me abandonara me acompañaría de por vida. Y también sabía lo mucho que dolía perder a la persona que más quieres, la única que lo daría todo por verte feliz. Era evidente que Nora, cuya relación con Adrián todavía desconocía, era importante para él. Recordé las palabras de Alicia: «A lo mejor, lo importante no es descubrir la verdad, sino encontrar a Nora».

Ayudar a Nora. Encontrarla. Adrián, en ese momento lo supe, no era el enemigo.

Hostia, pero ¿qué habían hecho? ¿Qué papel jugaba Adrián en toda esa historia? ¿Por qué debía meterme yo en ese lío? ¿No era más fácil que Nora, en vista de todo lo malo que había hecho el psiquiatra, se entregara a la policía? Yo solo la había alojado durante dos semanas en mi piso sin saber quién era en realidad, aunque empezaba a pensar que eso tampoco había ocurrido por azar. A no ser que en ese momento alguien la tuviera retenida contra su voluntad, como pensaba la escritora y como empecé a creer yo. Si Adrián no era «el hombre malo» de la sudadera negra con capucha que había visto la vecina subiendo a mi piso, ¿quién era?

—Vale —me rendí dejándome arrastrar por la necesidad que tenía de dar respuesta a cada una de mis numerosas preguntas—. No era esto lo que pensaba que pasaría. Tampoco sé cómo puedo ayudarte, Adrián.

—No me llamo Adrián.

—Claro —asentí sintiéndome idiota—. Lo suponía.

—Me llamo Mateo.

—Mateo —repetí mirándolo fijamente. Traté de apartar los recuerdos de la noche en la que estuvimos juntos. Ahora estaba aún más intrigada si cabe por lo que podía contarme sobre Nora.

Una vocecilla sensata no paraba de repetirme: «Vete. Vete, que aún estás a tiempo. Vuelve a tu vida de siempre carente de emociones y de intrigas y no te metas en esto. No te incumbe. No tiene nada que ver contigo. No abras puertas si no sabes lo que te vas a encontrar tras ellas». Pero Adrián, no, perdón, Mateo —aún tenía que acostumbrarme a su verdadero nombre— me convenció con la promesa de contármelo todo tomando un café en una terraza con vistas al mar. El plan era tentador.

Así fue cómo me enteré de la triste historia que llevó a la famosa Nora Roy a sumirse en el pozo oscuro y sin fondo de una depresión severa con varios intentos de suicidio de la que parecía que solo el psiquiatra Gabriel Herranz, considerado entonces una eminencia y no un monstruo, podía salvarla. Pero hubo algo que desde el comienzo no me encajó. La pieza que no se acopla en un rompecabezas perfectamente planeado desde el comienzo. Me di cuenta al echar un último vistazo a la casa de sus padres antes de subir a la moto de Mateo. Nora no tenía el mismo perfil que las otras víctimas de Vera de la Cruz —así se las empezó a llamar desde ese día—. Su familia tenía dinero, podía permitirse pagar la elevada mensualidad para tenerla interna en el centro. Además, según el libro de Alicia, Gabriel Herranz había dejado de matar en 2005, año en que el director, tan culpable como él, había fallecido. Según la enfermera, el psiquiatra había seguido cometiendo abusos, permitiendo que hombres influyentes se colaran en las habitaciones de las internas a cambio de sumas estratosféricas de dinero, delinquiendo con más cuidado, sin que la nueva dirección del centro lo sospechara siquiera. Pero aquello no tenía nada que ver con el infierno que habían padecido Vanesa, Magda y Susana. No podía arriesgarse a ocultar más cadáveres en el jardín. Muchos de sus protectores, depredadores como él, eran ya mayores; algunos estaban jubilados y otros habían muerto. Y la dirección del centro no era corrupta como la de los noventa. Los tiempos habían cambiado.

Entonces, ¿por qué Nora lo había matado con tanta frialdad si ella no era el tipo de chica con las que el psiquiatra se arriesgaba a cometer los abusos a los que lo arrastraba su mente perturbada?

MATEO

El hermano de Nora se llamaba Adrián. Era mi mejor amigo, nos conocíamos desde el parvulario. Nora y él se llevaban siete años. Cuando Nora nació, Adrián echaba humo porque decía que sus padres lo habían sustituido por una bola fea y calva que se pasaba el día durmiendo, llorando y mamando. Luego, cuando Nora empezó a decir sus primeras palabras, hubo un cambio en mi amigo. Y cuando Nora dio sus primeros pasos, Adrián, con solo ocho años, me hizo prometerle que, si le pasaba algo, si, por lo que fuera, él tenía que irse, yo la cuidaría tanto como la cuidaba él. Éramos críos, qué íbamos a saber lo que nos depararía el futuro. Pero Adrián era de ese tipo de personas que se convierten en adultas antes de tiempo.

Años más tarde, en la universidad, me refrescó la memoria hablándome del día en que, con ocho años, le había hecho la promesa de cuidar a Nora si él no estaba. Le volví a decir que sí. Y esa vez no la olvidaría.

A medida que Nora crecía, la preocupación de Adrián por ella iba en aumento. No fue una adolescente fácil, y a los veinte fue a peor. Se empeñó en estudiar Bellas Artes. Sus padres, que querían que estudiara Empresariales como Adrián, no lo vieron con buenos ojos, pero aceptaron. Era la princesa de la casa, sus deseos siempre se veían cumplidos. Empezó a fumar, a beber sin control, a salir demasiado... y a liarse con tíos de dudosa reputación. Suele ocurrir cuando te sobreprotegen en exceso. Te rebelas, te desatas..., te atrae lo prohibido. A veces, sus amigas, que no eran muchas, no le seguían el ritmo y Nora salía sola o nos convencía a Adrián y a mí para que fuéramos con ella. Adrián no soportaba la idea de que su hermana estuviera sola en una discoteca, así que una noche la acompañamos a Pachá Sitges. Había buen ambiente, sobre todo en verano. Nada hacía presagiar la tragedia.

Sábado, 16 de junio de 2018, calor, noche estrellada. Nunca olvidaré esa fecha.

Adrián entró en la discoteca de mal humor. Yo iba a su lado, delante caminaba Nora.

—¿Has visto cómo va vestida? Se le ven las bragas.

Sacudí la cabeza y me reí.

—No seas troglodita, Adrián.

—Joder, todos los tíos se giran para mirarla, Mateo —replicó celoso como el niño que no quiere compartir sus golosinas en el patio del colegio.

Fuimos hasta la barra y perdimos de vista a Nora que, nada más llegar, nos advirtió:

—No sois mis niñeras. Vosotros a lo vuestro y yo a lo mío, ¿entendido?

Adrián torció el gesto, desvió la mirada y asintió compungido. Yo me limité a mirar a Nora divertido, no sentía la responsabilidad que Adrián cargaba en su espalda desde que ella era una niña. En cierto modo, hasta la entendía. Todos hemos tenido veintidós años, todos hemos creído que lo sabíamos todo cuando, en realidad, no teníamos ni idea de nada. Incluido Adrián. Él también había cometido errores y había hecho excesos y yo siempre había estado delante para verlo, aunque entonces no lo reconociera. Pero él ponía la excusa de la experiencia para darle lecciones a su hermana. Lecciones que ella no quería escuchar.

Adrián tenía un buen cargo, más que merecido, en la empresa hotelera de su padre, acababa de comprar una casa en Sitges y había sentado cabeza. Pero cada vez que le sacaban el tema de las mujeres, de que ya iba siendo hora de echarse novia, de comprometerse de verdad... Bueno, ahí cambiaba la historia. Adrián se ponía tenso, en alerta, y asentía en silencio aguantándose las ganas de gritar a los cuatro vientos que no le gustaban las mujeres. Solo yo lo sabía. Era a mí a quien más temía cuando me lo confesó; me aseguró más veces de las necesarias que nunca se había sentido atraído por mí.

—Ey, me da igual —le dije colocando la mano en su hombro, obligándolo a levantar la mirada. No tenía nada de qué avergonzarse—. Nos conocemos desde críos, eres mi mejor amigo y siempre lo vas a ser.

Ese día fue la primera vez que lo vi llorar. Teníamos veinticuatro años. Nora debía de intuirlo, pero nunca dijo nada; todo lo que no le concernía parecía darle igual.

Hasta esa noche.

Esa noche todo cambió.

—No veo a Nora por ningún lado —me dijo alarmado mirando como un loco a su alrededor.

—Déjala, estará bien.

Le di un sorbo lento a la copa con despreocupación. A mí me divertía la situación, pero se notaba que Adrián tenía una opresión instalada en el pecho.

—Da igual, voy a buscarla —decidió.

Y se fue. Me dejó solo en la barra sin otra cosa mejor que hacer que beber y mover el pie al ritmo de la música. A los pocos minutos, en el momento en que le di la espalda a la pista de baile para pedir otra copa, alguien tocó mi hombro. Al girarme, me encontré con Nora. Estaba achispada, con el rímel corrido y los ojos entornados como si abrir los párpados le supusiera un gran esfuerzo. Olía a porro y a whisky barato.

—Estoy un poco mareada —dijo riéndose y abalanzándose sobre mí.

—¿Qué te has fumado? —quise saber. La sujeté por los codos porque apenas podía tenerse en pie.

—Un porrito.

Me guiñó un ojo y se separó de mí, pero no dejó de mirarme.

—Oye, tú y yo... —empezó a decir arrastrando las palabras. Le costaba vocalizar, le temblaba el labio inferior—. ¿Crees que algún día, cuando el coñazo de mi hermano no nos interrumpa, podríamos...?

Respiré hondo antes de contestar que eso era imposible porque yo no la veía de esa manera. Nunca ocurriría, para mí era como la hermana pequeña que nunca tuve. No era la primera vez que Nora me tiraba los trastos, directa y descarada como solía ser, pero esa noche se acercó demasiado, me pilló desprevenido y con la espalda tan encajada en la barra que no tenía manera de huir. Sentí su aliento en mi boca y luego sus labios contra los míos presionando suavemente, con ternura. La aparté lo más rápido que pude, pero ya era tarde. Adrián nos había visto. Avanzó furioso hasta plantarse delante de nosotros; Nora, al verlo, se echó a reír.

—¿Qué te has fumado, Nora?

—Eso le he preguntado, no...

—¡Tú cállate! —soltó irascible señalándome con el dedo—. ¿Qué coño hacíais?

—¿Qué pasa, Adrián? —lo retó Nora—. ¿Que ahora también vas a decidir con quién puedo acostarme? —añadió mirándome de reojo y riendo. No paraba de reír. La mierda que se había fumado debía de ser buena.

No estoy seguro de lo que pasó después.

Adrián, sin dejar que me explicara, salió como alma que lleva el diablo, dando codazos a diestro y siniestro para abrirse paso entre la multitud. Fui tras él dejando a Nora sola en la barra, pero había tanta gente que enseguida lo perdí de vista. Seguí avanzando hasta que, de pronto, reconocí a mi amigo tirado en el suelo cerca de la entrada.

«¿Qué hace? —me pregunté sin alarmarme todavía—. Qué manera más ridícula de llamar la atención.»

Entonces descubrí la sangre derramada en el suelo. Salía a borbotones de su vientre, no había manera de pararla. Mis pensamientos se esfumaron, me quedé completamente ido, en blanco. La gente que se dio cuenta de lo ocurrido se asustó y, en lugar de socorrerlo, se apartaba de él como si tuviera la peste.

—¡Lo han apuñalado! —gritó alguien.

Se oían voces, había mucho ruido, todo era un caos que no supe gestionar. Se me paralizó el corazón.

—¡Llamad a una ambulancia! —les grité cuando fui capaz de reaccionar.

Parecía un mal sueño. Era imposible que algo así estuviera ocurriendo. Tuve la sensación de que el mundo entero se me echaba encima. Me arrodillé junto a Adrián, que presionaba con la mano su vientre con la intención de detener la sangre o el dolor, quién sabe.

—Duele —gimió.

En su mirada pude ver el reflejo de la muerte acechando. Fue lo último que dijo mi amigo, a quien la vida se le escapó en un abrir y cerrar de ojos. Todo fue inútil. Minutos más tarde, no sé cuántos exactamente, murió en mis brazos. Impotente, grité, lo zarandeé, como si así pudiera revivirlo... Levanté la mirada y me percaté de que Nora llevaba rato frente a nosotros y que lo había presenciado todo. Y pude ver cómo se rompía en ese mismo instante.

La ambulancia llegó en medio de todo el alboroto. Fueron los minutos más largos de toda mi vida. Lo único que pudo hacer el facultativo fue certificar el fallecimiento de Adrián. Días más tarde, la policía revisó las cintas de las cámaras de seguridad de la discoteca. Solo una de las cámaras, situada en el techo, captó cómo un tipo con sudadera negra y capucha se detenía frente a Adrián y, con una rapidez pasmosa, lo apuñalaba con saña. Nadie lo vio. Nadie supo decir nada, ni siquiera los porteros de la discoteca, que no habían reparado en él. Simplemente era uno más. Pero en las grabaciones se veía que, quienquiera que fuese, iba directo a por Adrián. Lo tenía en el punto de mira desde que entramos en la discoteca, lo encontró en una buena posición, avanzando a tientas entre la gente, y aprovechó la ocasión. Hoy por hoy, el asesino de mi amigo, a quien no se le conocían cuentas pendientes con nadie ni estaba metido en asuntos turbios, sigue en la calle.

EVA

Cuando Mateo, afectado, terminó de relatar el suceso por el que Nora acabó internada en Vera de la Cruz, me quedé en silencio intentando procesar tanta información. Pero si algo tenía claro era que el hombre que apuñaló a Adrián era el mismo que había entrado en mi piso y, probablemente, el que tenía retenida a Nora. ¿Contra su voluntad? Sudadera negra con capucha. «El hombre malo» que había visto la señora Cecilia. El demonio.

No podía ser una coincidencia.

Guardé para más adelante ese detalle que me empezaba a corroer por dentro. La conversación iba para largo.

—Nora se hundió —continuó Mateo con la mirada perdida en una pareja de mediana edad que paseaba tranquilamente por la playa—. Dejó de comer, de salir..., se encerró en sí misma. Se autolesionó en varias ocasiones y estuvo a punto de tirarse por la ventana de su habitación, suerte que su madre la vigilaba de cerca. No sé si la caída la hubiera matado, pero, aun así, la preocupación por ella era constante. Decidieron ingresarla en Vera de la Cruz en noviembre del año pasado, cinco meses después de la muerte de Adrián. El psiquiatra les recomendó a sus padres que fueran a verla solo una vez a la semana.

—Como hizo con las demás...

—Sí.

—Pero Nora no era como las demás —rumié—. ¿Has leído el libro de Alicia Bastán?

—No. Ni lo voy a hacer —negó contundente y con disgusto—. Desde que no sé nada de Nora no he vuelto a encender la tele —añadió—. No hay nada peor que no saber dónde está, con quién...

—Eran chicas procedentes de familias sin recursos que no podían permitirse pagar la mensualidad del centro —le expliqué tratando de buscar una razón por la que Nora había matado a esos dos individuos—. Además, todas tenían hermanos con los que poder amenazar a sus padres si se iban de la lengua o denunciaban la desaparición a la policía. Ni siquiera constaban como pacientes del centro, así que a la dirección anterior de Vera de la Cruz no le costó hacer como si nada, pues, a efectos legales, nunca estuvieron allí.

—Lo único que sé es que alguien ayudó a Nora a escapar del centro, ella misma me lo dijo cuando vino a mi piso. Y puede que sea la misma persona que me llevó hasta ti —rememoró pensativo.

—¿Hasta mí? —me extrañé—. ¿Qué tengo que ver yo en todo esto? —quise saber; un nudo en la garganta me asfixiaba.

—Esto es un jodido lío, Eva. —Mateo rebufó—. No sé ni por dónde empezar.

—Por el principio, por favor —le pedí entre dientes. Estaba completamente perdida y atemorizada; tenía la sensación de que algo malo me acechaba. Por primera vez, me sentí partícipe de la historia cuando, hasta entonces, creía que era ajena a mí.

—Horas más tarde de que aparentemente Nora matara al psiquiatra y a la enfermera, se presentó en mi casa. Eran las diez y pico de la noche. Su presencia me inquietó. Lo primero que le pregunté fue si se había escapado. Asintió, y su respuesta, con una voz distinta a la que recordaba, un susurro lento y frágil, fue: «Me han ayudado a escapar». No llegué a preguntarle quién o quiénes, todo era demasiado confuso. Le propuse llamar a sus padres. Aterrorizada, me suplicó llorando que no lo hiciera. Se dio una ducha, le presté una camiseta y se fue a dormir. Cuando recogí la bata del psiquiátrico que había dejado tirada en el suelo del cuarto de baño, vi que estaba manchada de sangre. Eran restos de sangre seca. Nora se había esforzado en ocultar las manchas con un chaquetón que le quedaba grande.

»Me alarmé, pero ¿cómo no iba a hacerlo? No le había visto ninguna herida. Entré en la habitación para hablar con ella, para pedirle explicaciones porque todo me parecía muy raro y no entendía nada, pero ya se había quedado dormida. Parecía agotada, no quise molestarla. Entonces, encendí la televisión y vi la noticia. Habían encontrado los cuerpos del psiquiatra y de la enfermera en el sótano del centro psiquiátrico en el que Nora estaba interna. El sistema de seguridad había fallado y las cámaras solo habían grabado unos pocos segundos durante todo ese día. Estoy seguro de que alguien lo manipuló y no pudo ser Nora, la pobre no sabe ni instalar un ordenador. En la televisión retransmitieron la grabación en la que se veía a Nora, con la misma ropa ensangrentada que tenía dando vueltas en mi lavadora, salir del sótano. Así que todo apuntaba a ella. Era evidente. Demasiado evidente... En el vídeo no aparecía nadie más con ella; quienquiera que fuese, lo tenía todo muy bien planeado. La buscaban por un doble asesinato.

»No pegué ojo en toda la noche y a la mañana siguiente no fui a trabajar. Esperé a que se despertara, no lo hizo hasta el mediodía, y le dije que teníamos que hablar, que sabía lo que había hecho, que su cara salía en todas partes, televisión, periódicos, portales de internet... Sin mirarme, confesó con un escueto: "Sí, lo hice". Pero no la creí. Había algo raro en todo aquello, Nora no es capaz de matar una mosca. ¿Cómo había podido con un psiquiatra que le sacaba dos cabezas y una enfermera que parecía tener la fuerza de un toro? ¿De dónde había sacado el arma? No, era imposible. Alguien la ayudó a escapar y ese alguien debió de ayudarla a disparar. O la obligó. Eso pensé, así que decidí ayudarla pese a saber que estaba escondiendo a una prófuga. Le dije que se quedara en mi piso y le di un móvil de prepago que tenía guardado para emergencias con mi número apuntado en la agenda. Fui a comprar tinte negro, unas gafas de pasta de pega y ropa. Fue lo primero que se me ocurrió.

»Mientras le teñía el cabello, contemplé su reflejo en el espejo. Volví a ver cómo se rompía, tenía la misma expresión que cuando vio morir a su hermano. Al día siguiente, cuando desperté, no estaba. Con el móvil que le di me había enviado un mensaje. En él decía que no quería causarme problemas, que en mi piso terminarían encontrándola y que me iría escribiendo. También se disculpó por haberme robado dinero, unos quinientos euros que había encontrado en mi despacho y que al principio no eché en falta. Nos escribimos cada día durante una semana. Sufrí por ella; sabía que dormía en la calle o en cualquier hostal de mala muerte, cada día en uno distinto. Hasta que recibí un *mail* en el que alguien, desde una dirección inventada, me enviaba el anuncio que subiste buscando compañera de piso. Venía con un mensaje: "Ahí estará segura. No la reconocerá. Un amigo".

»No tenía nada más. Yo estaba completamente solo, y Nora, perdida, de un lado a otro, asumiendo riesgos innecesarios. Tenía que encontrarle un lugar seguro y eso era lo que prometía ese *mail*. Quien me había escrito parecía querer ayudarnos, aunque yo sospeché desde el principio que era la misma persona que había sacado a Nora del psiquiátrico, la que la había metido en todo ese lío. Porque ¿qué otra persona podía ser? Aun así, no la había dejado en la estacada, la había traído hasta mí, así que eso tenía que significar algo, pensé. Entonces te llamé diciendo que me interesaba la habitación para mi hermana, que venía de Estados Unidos, ¿te acuerdas?

—Sí... —asentí con fastidio—. Quedamos abajo, en el portal.

—Así fue como supe la dirección de tu piso. Te observé esperándome, bueno, esperando a mi hermana ficticia durante diez minutos. Hablaste con el camarero, que, por cierto, parece estar bastante interesado en ti...

—¿Félix? ¡No!

—¿No? Bueno, eso me pareció. Da igual. El caso es que me transmitiste confianza, Eva. Me pareciste buena gente. Fui al Café del Sol más veces de las que crees para ver si quien me había enviado el *mail* estaba en lo cierto y eras de fiar. Nunca reparaste en mí. Supe que Nora iba a estar bien contigo, en tu piso, mejor que en la calle, por donde anduvo deambulando durante días sin rumbo. Hizo bien en irse de mi casa. Fui la primera persona a la que acudió, pero es fácil relacionarla conmigo, era el mejor amigo de su hermano y, tal y como ella suponía, recibí la visita de la policía a los dos días. Me preguntaron si sabía algo de ella. Resulta que se me da mejor mentir de lo que pensaba, porque no me han vuelto a molestar.

—Sí, se te da genial mentir —lo interrumpí con rencor.

Mateo suspiró, miró al cielo, recordando, y continuó sin ofrecerme ninguna disculpa. Tampoco la esperaba.

—Le mandé un mensaje a Nora. Le di tu número de teléfono, le dije que te llamara, que buscabas compañera de piso y que contigo estaría bien. Nadie os podía relacionar, así que no darían con ella. Aceptó. No está hecha para vivir en la calle. Además, trabajas de una a nueve y no llegas a casa hasta las diez de la noche, un horario que le permitiría no coincidir apenas contigo. No me costó convencerla.

—Pues sí que me tienes controlada.

—No podía fallarle —argumentó—. Le había hecho una promesa a su hermano y tenía que cumplirla. Tenía que seguir cuidando de Nora, aunque no pudiera quedarse conmigo. El mismo día que se instaló en tu piso haciéndose pasar por una francesa, me dijo que tenías la nevera vacía. Hice la compra y después fui un par veces más a tu casa, cuando ya te habías ido a trabajar. Vi a Nora mejor, preocupada pero algo más relajada que la noche que apareció en mi piso tras fugarse del psiquiátrico.

»Hasta que dos semanas más tarde, la mujer del psiquiatra ofreció cincuenta mil euros a quien diera con su paradero. Entró en pánico, me llamó desesperada aunque con la cabeza fría, centrada. No era la Nora que conocía, se había despertado su espíritu de supervivencia. Trazó un plan para esa misma noche. Pero algo salió mal. No me voy a poder perdonar en la vida si Nora está...

—No, Mateo —negué. Me sentí extraña al llamarle así porque para mí seguía siendo Adrián, como durante días Nora fue Charlotte. Era obvio por qué Mateo había elegido ese nombre, un nombre que lo perseguiría de por vida. Un nombre que, para él, era imposible olvidar—. Nora no está muerta —afirmé rotunda visualizando mentalmente el vídeo que había dejado en mi piso «el hombre malo». Mi mano cobró vida propia y acarició la de Mateo. Fue un gesto rápido de apenas un segundo; en cuanto me di cuenta de lo que estaba haciendo, la retiré. Avergonzada, miré hacia otro lado y pregunté—: ¿A qué te refieres con que algo salió mal?

Se aclaró la garganta y continuó:

—Sabía a qué discoteca irías ese viernes. Nora me lo dijo, la habías invitado. Creo que le hizo ilusión que lo hicieras. Le caías bien. Así que el plan era estar contigo, un encuentro casual. Que me llevaras a tu piso, dormirte y llevármela. Iríamos en moto lejos, hasta una aldea de cuatro habitantes en Tarragona, donde mi padre tiene una casa familiar que se empeñó en conservar aunque dejó de ir hace años. Nadie, ni siquiera la gente de nuestro entorno, conoce el lugar. No dejo de romperme la cabeza pensando que hubiera sido mejor no ir a la discoteca, no encontrarme contigo esa noche. Tenía que haber ido directamente al piso, aunque fuera arriesgado. Podías haber vuelto justo en ese momento; el horario laboral tienes que cumplirlo, pero en una cena, una fiesta..., nunca se sabe. Pero alguien más sabía que esa noche no estarías en casa. Llegó antes que yo, ella le abrió y se la llevó. He llegado a pensar que en realidad Nora no huía de la policía, sino de la persona que la llevó hasta mi piso después de matar al psiquiatra y a la enfermera. Por eso me dijo que no me fiara de nadie. Lo he hecho todo mal, Eva. Todo mal —se lamentó llevándose las manos a la cara.

El hecho de saber que, aparte de Mateo, un desconocido que olía a peligro me tenía controlada y conocía mis horarios y mis escasas salidas nocturnas me alteró. Dicen que cuando te observan, aunque sea desde lejos, lo notas. Es una sensación un tanto paranoica, pero la mayoría de las veces la gente acierta. Yo no había notado un carajo.

—¿Y por qué no te la llevaste directamente a ese pueblo? ¿Por qué pasar por mi piso sin saber nada de mí, por qué confiar en alguien que te escribe un *mail* desde vete a saber dónde y al que no conoces de nada?

—Necesitábamos tiempo. Tiempo para pensar... Creía que viajar con ella era peligroso; podíamos toparnos con un control policial, podían reconocerla y detenerla. Pero luego decidimos arriesgar. Ya habían pasado unas cuantas semanas y, aunque seguían hablando de ella, pensamos que la búsqueda en carreteras no sería tan intensa como al principio.

Era el momento de contarle que quien lo había traído hasta mí y, en consecuencia, me había metido en un embrollo en el que pintaba menos que El Fary en *Melrose Place*, no era un amigo, tal y como le escribió en el *mail*. Era, probablemente, el dueño de una simple prenda que me tenía en un sinvivir, el mismo que había matado a Adrián, a quien ni siquiera ponía cara, aunque deduje que era el hombre que Nora esbozaba encerrada en la habitación. Comprendí que Mateo sintiera la necesidad de pensar que alguien estaba ahí para ayudarlos. Aunque fuera mentira. Aunque formara parte de un juego macabro que había llevado a Nora hasta mi piso para involucrarme a mí también. Aún no conocía los motivos.

El asunto se estaba poniendo cada vez más feo.

—Antes te he dicho que alguien entró en mi piso el día de Sant Jordi y me dejó una rosa con espinas y un *pendrive*. Creía que habías sido tú. —Expectante, Mateo asintió escuchándome con atención. Le dio un sorbo a la Coca-Cola y me animó con un gesto de cabeza a que continuase hablando—. La vecina del segundo me dijo que había visto subir a un hombre con sudadera negra y capucha.

Paralizado, Mateo abrió mucho los ojos, enarcó las cejas y, seguidamente, dio un golpe seco contra la mesa que me hizo dar un respingo y asustó a los clientes de al lado.

—Joder. —La vena en su sien palpitaba—. He sido un gilipollas —masculló cuando la mesa dejó de vibrar tras el golpe.

—¿Cómo averiguó tu *mail*?

—Es fácil si sabes quién soy y dónde trabajo.

—Claro, porque tampoco eres entrenador —deduje con sarcasmo.

—No. Bueno, sí, lo fui. Y lo sigo siendo a veces. Soy propietario de una cadena de gimnasios.

Abrí la boca sorprendida, indignada por haberme creído tantas mentiras.

—Nada, lo mismito —aprecié sin mirarlo.

Si cuando lo esperaba cada mañana en el Café del Sol con la ilusión de una niña en Navidad, pensaba que nuestros estilos de vida eran incompatibles, en ese momento supe que Mateo pertenecía a otro mundo. No teníamos nada que ver.

—Me escribió al correo electrónico del gimnasio, es fácil encontrarlo en la web. Y teniendo en cuenta que debió de ser quien sacó a Nora del psiquiátrico y la llevó hasta mi piso, sabía quién era. Y dónde vivo —añadió con preocupación.

¿Quién era «el hombre malo» que vio la vecina del segundo? Ahí estaba la clave. Aun así...

—Bueno, pues no sé qué más puedo hacer por ti.

Someter a un interrogatorio a la señora Cecilia era misión imposible. La pobre mujer creía que quien había gritado la noche del viernes en la que Nora desapareció había sido su madre muerta en el año 35. Por lo tanto, ¿Nora había gritado? En el edificio somos cinco vecinos, un piso por planta. ¡¿Nadie más que la anciana la escuchó?!

Indiferente, con la mirada fija en las olas que arrastraban las conchas hasta la orilla, me terminé mi café con hielo. Una parte de mí quería irse, olvidarlo todo y sentarme en la terraza de otro restaurante a disfrutar en soledad de una paella. Pero miraba a Mateo y no podía. Todo lo que había elucubrado había resultado no ser cierto. Desde luego, como investigadora privada no hubiera tenido futuro, me la colarían hasta en la bolsa del Mercadona. Mateo no era el malo que había imaginado. Era un buen hombre. Una víctima perdida e impotente que no sabía qué paso dar para encontrar sana y salva a Nora, a quien, ya no me cabía la menor duda, tenían secuestrada.

—Está en peligro —reaccionó Mateo al cabo de un rato—. Nora está en peligro y no sé cómo puedo ayudarla esta vez.

Me quedé un rato en silencio luchando contra mis pensamientos, a cada cual más enrevesado. Tenía que asimilar, analizar la situación como si me hubiera dedicado a ello toda la vida. Mateo había respondido algunas de mis preguntas, especialmente la del motivo que había llevado a Nora a Vera de la Cruz. Sin embargo, como quien no se sacia con una sola tableta de chocolate, necesitaba más. Y esas respuestas no me las podía facilitar el hombre deshecho y cabreado que tenía al lado. Lo intuí tan perdido como yo, incluso más, porque sus sentimientos hacia los implicados eran fuertes, mientras que los míos eran inexistentes.

¿Por qué Nora? Podían haberla utilizado como cabeza de turco, pero ¿por qué llevársela? ¿Por qué esconderla? ¿Por qué no dejar que la policía la detuviera? ¿Y qué tenía que ver su hermano con el psiquiatra y la enfermera? Entendía que había motivos para que alguien quisiera terminar con ese par de monstruos, pero el puzle seguía incompleto. Las piezas no encajaban por más que me exprimiese los sesos.

—El *mail* con mi anuncio —murmuré perdiéndome en la transformación de mi cubito de hielo en agua—, llevarte hasta mí, arrastrar a Nora a mi piso, querer hacerme creer que está muerta con las salpicaduras de sangre artificial en las paredes, para luego implicarme con la rosa y el *pendrive* que demuestra que la tienen secuestrada... Es como un juego... Y si es un juego...

—Tendremos que esperar a que mueva ficha —acertó a decir Mateo terminando la frase por mí—. Pero, mientras tanto, tiene a Nora. Y ya sabemos lo que es capaz de hacer.

Apartamos la mirada el uno del otro, como si quemara, como si no pudiéramos soportar mirarnos durante mucho rato a los ojos. No iba a ser yo quien sacara a relucir el tema de la noche en la discoteca porque no venía a cuento en ese momento.

—Vale... No es por angustiarte, pero recuerda que quien la tiene es el asesino de su hermano. Puede que me esté volviendo loca, así que córtame si desvarío, pero también es quien la ha utilizado como cabeza de turco haciéndole creer al mundo que fue ella quien mató al psiquiatra y a la enfermera. Por algún motivo, no ha querido ensuciarse las manos esta vez —zanjé imaginando el apuñalamiento inesperado en mitad de una discoteca abarrotada de gente en verano. La imagen en mi cabeza era horrible, impensable para cualquiera tener que pasar por una situación así.

—Lo sé. No quiero pensar en eso, pero lo sé. Pero entonces, ¿por qué llevar a Nora hasta mi piso? ¿Por qué no se la llevó antes, cuando la sacó del psiquiátrico?

Buena pregunta.

—Para meterme en esto a mí —contesté temblorosa. Y, por una vez, acerté, aunque no era algo de lo que jactarse—. Mateo, ¿no sería más fácil denunciar su desaparición a la policía? Explicar lo que sabemos.

—No, lo que sabemos no, Eva. No tenemos ni idea de nada. Solo son suposiciones. La policía necesita pruebas y no las tenemos. Parece que no entiendes la situación. La policía ya la está buscando —atajó con énfasis—. A lo mejor, con un poco de suerte, dan con ella antes que nosotros.

—Y sería lo mejor —di por sentado. Estaba alucinada por estar manteniendo una conversación que a cada minuto que pasaba resultaba más estrambótica con el que, hasta hacía hora y media, era mi principal sospechoso.

—Aunque Nora terminara en la cárcel, al menos no estaría con un asesino —espetó con rabia dando otro golpe en la mesa que espantó del todo a los clientes de al lado. Se levantaron como si les hubieran metido un petardo en el culo.

—¿El asesinato de Adrián sigue investigándose?

—Es un expediente más. Está en punto muerto, olvidado. No tienen nada.

—Pero si yo lo cuento todo..., todo lo que me ha pasado, al menos podrán relacionar un suceso con otro. Tengo el vídeo de Nora durmiendo en una especie de zulo, eso es una prueba. Y tiene que tratarse de la misma persona, ¿no? No son casos aislados, tienen que relacionarlos, eso puede facilitar su búsqueda. Ahora lo que nos interesa, Mateo, es que la encuentren —recalqué.

«Pero ¿de qué manera podían estar relacionados?», seguí atormentándome en silencio.

Angustiado, Mateo se frotó la cara. Se levantó y entró en el bar. Pensé que iba a pagar la cuenta y que ahí terminaba todo, que volvería a casa y no lo vería más. Desentenderme era, en ese momento, mi opción favorita. Volver a mi vida aburrida de siempre, sin sobresaltos ni quebraderos de cabeza, era lo mejor. Pero Mateo volvió a los pocos minutos. Se sentó a la mesa y dijo:

—He pedido paella.

—Vale —acepté resignada revolviéndome en la silla.

—Luego te llevaré a casa. Si quieres.

—¿En moto hasta Barcelona? No, iré en tren —decidí.

—Sobre el plan... —empezó a decir inseguro—. Nora le abrió la puerta a quien no debía pensando que era yo. Tendría que haber sido así, tendría que haber aprovechado tu ausencia como los dos días en los que le hice la compra, pero me empeñé en ir a la discoteca, en llevarte al piso, en dormirte y llevármela. En realidad... —Se llevó la mano a la nuca, se rascó nervioso y, cuando me miró, volví a sentir que podía atravesarme—. En realidad quería verte. Aunque fuera por última vez.

—No quiero hablar de eso —tercié. Pero fue el orgullo el que habló. Un orgullo herido que me impedía ver más allá de mi ombligo.

Volví a sentirme una mala persona, como cuando limpié lo que creía que era sangre, como cuando me preocupé por mí y por la intromisión en mi piso más que por Nora. Sin duda alguna, estaba metida en problemas, retenida por un psicópata. En esa ocasión, no había sido una fuga voluntaria; aquel día, Nora esperaba a Mateo y se encontró frente a frente con el peligro, o con quien creyó que la volvería a ayudar como la ayudó a escapar del psiquiátrico. Qué dolor de cabeza; parecíamos piezas de ajedrez en continuo movimiento que acaban llegando a un mismo lugar bajo la voluntad de alguien a quien creíamos no conocer.

—Tengo que procesar toda la información.

—Claro —aceptó con el ego herido—. Tienes razón.

Y punto. No volvió a sacar el tema, cuando la verdad era que una parte de mí estaba dando saltitos de alegría por lo que me acababa de decir. Quería verme. Aunque fuera por última vez. Romanticismo en un momento inadecuado. Una atracción contra la que era difícil luchar. No, el destino no estaba de nuestra parte, el destino nos estaba jodiendo a base de bien.

Un camarero desgreñado con aspecto de surfista que me recordó a Félix nos trajo la mejor paella que había probado en mi vida. Mateo y yo continuamos hablando, haciéndonos preguntas sin respuestas, dudando de todo, sin tener ni idea de quién podía ser el hombre de la sudadera negra, el asesino de Adrián, ni de qué relación tenía con

Vera de la Cruz y con Nora. Mateo se mostró especialmente afligido por el paradero de Nora y atormentado por el recuerdo del asesinato de su mejor amigo.

—Dentro de dos meses se cumplirá un año.

—El tiempo es cruel.

Eso decía siempre Lola cuando se miraba en el espejo y se encontraba una nueva arruga o una cana.

—¿Qué sentido tiene? —cuestionó más para sí mismo que para mí.

Ninguno. Nada tenía sentido.

—Todo está relacionado con Vera de la Cruz, eso seguro. Lo que no entiendo es qué pinto yo en todo esto. Por qué alguien creyó que mi piso era un lugar seguro para Nora. Por qué llevarla hasta mí.

—¿Conocías el psiquiátrico? ¿Tienes relación con el lugar?

—¿Con un psiquiátrico? No, gracias. No, no había oído hablar del centro hasta que me lo mencionó una compañera de trabajo cuando salió la noticia del doble asesinato.

—Yo tampoco entiendo por qué me enviaron el *mail* con tu anuncio —repuso él inquieto—. ¿Por qué de entre tantos anuncios como hay en la web eligieron el tuyo? ¿Por qué tú?

—¿Desde qué dirección recibiste mi anuncio?

Mateo sacó el móvil, lo buscó y me lo mostró. Cualquiera podía compartir un anuncio desde esa web preservando su intimidad y la dirección de su correo electrónico real. En el asunto del mensaje ponía «unamigo@gmail.com quiere que veas este inmueble». Efectivamente, cualquiera podía haber compartido el anuncio sin ser descubierto, no hacía falta ser un *hacker*. De los nervios, me dio por reír para, acto seguido, recordar la gravedad de la situación. La tensión volvió a mí como un tsunami.

—Yo tampoco sé por qué le hice caso a Natalia y me

puse a buscar compañera de piso —alegué cansada—. Si hubiera ido a mi bola, si no le hubiera hecho caso a los consejos que siempre se empeña en darme creándome la necesidad de pedirle permiso para todo, esto no hubiera ocurrido. Yo no estaría aquí.

De pronto, sentí una rabia insólita contra mi amiga. Ella debía de estar tranquila trabajando, ocupada como siempre o de mal humor por las malditas reformas y por los chapuzas a los que había contratado. O tal vez había quedado con Álvaro, quien, por lo visto, había dejado a su mujer, pues lo último que sabía de ella era que habían pasado el día de Sant Jordi juntos. Su vida se había vuelto tan perfecta que ya no necesitaba a una amiga como yo a la que manipular y guiar a su antojo.

—¿Tan malo es estar aquí conmigo?

Mateo torció el gesto.

—Sabes que no me refiero a eso —titubeé sin entrar al trapo.

—Nunca nos hubiéramos conocido —reflexionó.

—O sí. A lo mejor en alguno de tus gimnasios, en una clase de zumba —repuse con retintín.

Me miró de reojo y sonrió por primera vez desde que nos habíamos visto. Me gustaban su sonrisa y los hoyuelos que se le formaban en las mejillas. Me atraían sus ojos color aceituna que se volvían verdes con los reflejos del sol. Me volvía loca su manera de mirarme por el rabillo del ojo, reflexivo, con esa presión en el pecho que lo acompañaba en todo momento por lo raro de la situación, una vieja conocida mía desde que Miguel me dejó y la abuela murió. Me cautivaba que no tuviera reparo en mostrarse débil pese a su fuerte apariencia, una simple fachada para protegerse de lo que de verdad anidaba en su interior.

A las cinco de la tarde, tras una sobremesa que duró más de lo previsto, me ablandé y acepté que Mateo me llevara en moto de vuelta a Barcelona.

—Me cae de paso —insistió.

—Vale... Pero no corras.

Creí conocerlo lo suficiente como para no intuir ningún peligro en él. Le había hablado de mi trabajo y de Lola y Natalia, las únicas amigas que tenía. De mi vida triste del trabajo a casa y de casa al trabajo, de los cafés de Félix, de mi refugio en la ficción. Me escuchaba con interés, en silencio, asintiendo de vez en cuando, comprendiendo. Él me habló de sus estudios de Empresariales y de cómo, con la ayuda de su padre, fallecido hacía tres años de un infarto fulminante, había fundado el primer gimnasio. Fue tan bien que al cabo de un año abrió otro, y luego otro, y otro... Así hasta crear una cadena, un imperio a mi parecer. Cinco en Barcelona, uno en Zaragoza, un par en Bilbao y otros tres en Madrid. Le iba bien, pero no era presuntuoso. De buena familia, como Nora, el tener dinero no podía subírsele a la cabeza; siempre lo había tenido. Tampoco tenía muchos amigos; desde que Adrián murió, no había vuelto a ser el mismo.

—Y ahora todo esto... me sobrepasa —reconoció pellizcándose el puente de la nariz y cerrando los ojos como si de repente tuviese un terrible dolor de cabeza—. No dejo de pensar en Nora y en que he fallado a la promesa que le hice a Adrián.

—Puedes contar conmigo —le dije con sinceridad. Pareció aliviarle. Yo seguía sin tenerlas todas conmigo—. Pero, por favor, no hagas caso de *mails* de desconocidos que dicen querer ayudarte ni de nada que puedas recibir a lo largo de estos días. No confíes en nadie.

—Ya... —suspiró—. He aprendido la lección.

En el momento en que nos adentramos con la moto en las callejuelas de Gracia en dirección a la plaza del Sol, oímos un aullido de sirenas. Eran las seis y media de la tarde cuando distinguimos el humo que ascendía en un nubarrón negro tras los edificios del barrio.

Una nunca piensa que algo así le vaya a ocurrir. Y con ese «algo así» me refiero a cualquier cosa, a lo peor que se le pase a una por la cabeza. Lo peor. Pero nadie está exento de que la vida lo arrolle de la manera más feroz y en el momento más dulce, aunque desde que Nora Roy había aparecido en mi mundo, lo de los momentos dulces se lo dejaba a Disney. Sí, son cosas que crees que le pasan a otros. Hasta que te pasan a ti.

Para evitar el alboroto que se había formado en la plaza, Mateo detuvo la moto en el extremo contrario. Lentamente, se quitó el casco. Fue el primero en alzar la cabeza y ver que el piso que ardía sin control era el mío. Estuve a punto de desplomarme allí mismo. La plaza se llenó de humo, de ruido, de caos, de bomberos luchando contra las llamas fulgurantes y fieras a través de los cristales rotos y de las cortinas quemadas... Me encantaban esas cortinas. Los geranios mustios de mi abuela se morían delante de mis ojos.

Me eché a llorar y el equilibrio me abandonó a mi suerte. Sentí el abrazo rápido de Mateo, que no dejó que me derrumbara sobre el asfalto caliente. Había curiosos alrededor del cordón de seguridad que la policía había improvisado con rapidez. La gente de los edificios que bordean la plaza contemplaba el espectáculo desde la seguridad de sus balcones y ventanas, rezando para que el incendio no les tocara de cerca, aunque parecía estar controlado. Los vecinos de mi edificio y los de los dos colindantes estaban acongojados; algunos lloraban y se llevaban las manos a la boca de pura incredulidad. Iban vestidos de cualquier manera; un par de ancianas frioleras, con batas; la mayoría, con zapatillas de andar por casa, salvo la señora Cecilia. No había ni rastro de la vecina del segundo.

Desde lejos, Félix me miraba con una expresión que no supe descifrar. Mis recuerdos de aquella tarde son difusos. Seguía aferrada a Mateo, que no tenía intención de soltarme. El fuego se reflejaba en nuestras pupilas y yo creía que lo que tenía delante, el tercer piso del número 16 de la plaza del Sol ardiendo por dentro, era irreal. Quería gritar, pero el miedo engulló mi voz oprimiéndome con dureza las cuerdas vocales. Como cuando estás dentro de una pesadilla y quieres gritar, necesitas gritar, pero no puedes. No podía. Las llamas me hipnotizaron, el ruido me ensordeció y todos mis sentidos se nublaron. Por mi mente fueron sucediéndose imágenes del piso que parecía estar a punto de desaparecer. Se agolparon los recuerdos olvidados de mi niñez, el día que le di la noticia a nana de que me iba a vivir con Miguel, su disgusto, sus lágrimas, el temor de quedarse sola y después unas palabras de aliento:

—La vida te va a ir bien, mi niña. Confía. Ya es momento de volar.

Nana tenía más confianza en mí que yo misma.

No sé de dónde saqué fuerzas, era difícil gestionar las emociones en ese estado de inestabilidad, con esa punzada en el pecho por la impresión de lo ocurrido, pero logré dar un paso adelante, y luego otro más, y deshacerme de los brazos de Mateo hasta salir corriendo en dirección al fuego. Emití un gemido ronco, fiero, ahogado, como el de un lobo. No parecía mi voz. La gente me miraba, pero me daba igual. Ignoré todo cuanto sucedía a mi alrededor, todo salvo la visión de los geranios ardiendo hasta desvanecerse. Las puertas que daban al balcón estaban abiertas. Estaba segura de que las había dejado cerradas al salir. Escuché una explosión procedente del interior que me hizo frenar en seco. Los bomberos estaban trabajando, tratando de extinguir el fuego, su lucha diaria. Temblando, me acerqué a uno de ellos y musité:

—Es mi piso.

El hombre asintió con gesto serio. Preocupada, miré a mi alrededor.

—Falta... Falta la vecina del segundo —logré decir pese al pánico creciente.

El bombero me dio la espalda, se alejó unos metros y a través del *walkie-talkie* dijo algo que no entendí a los compañeros que combatían el fuego desde dentro. Mateo me habló, no lo escuché. No pasaron ni dos minutos cuando un bombero bajó con la señora Cecilia en brazos. La anciana, que fue atendida de inmediato por los sanitarios, no paraba de reír enloquecida al tiempo que gritaba:

—¡Tenía que hacerlo! ¡Tenía que hacerlo! —Se detuvo al verme. Abrió mucho los ojos, me dedicó una inquietante sonrisa y me señaló—. ¡Elena, ven aquí!

Fui hacia ella como un títere, sin voluntad.

—Lo siento, tenía que hacerlo —me susurró cuando me tuvo delante. Mientras, un facultativo, ajeno a mi desgracia, le tomaba la tensión arterial, que estaba por las nubes—. Tienes que entenderlo, había que purificar el piso para que no volviera a entrar el hombre malo, Elena. Estamos a salvo, he tardado muchos años, pero al fin he matado al demonio —zanjó con una sonrisilla que me heló la sangre.

Quise matarla. Estrangularla allí mismo con mis propias manos. Más adelante, me enteraría de que la señora Cecilia tenía una copia de las llaves de mi piso, mi abuela se las había dado hacía años para que le regara las plantas del balcón cuando se ausentaba. Un favor entre vecinas que me había costado muy caro. Decisiones que tomé, pero que no llevé a cabo eran las que me habían llevado hasta esa situación. Nunca llegué a llamar a un cerrajero. Si hubiera cambiado la cerradura a tiempo, nada de eso habría ocurrido.

Los errores también forman parte del destino.

—¡Ay, Dios mío! ¡Ay, Dios mío! —La voz de Laura sonó detrás de nosotros. Venía corriendo hacia su madre—. ¿Qué ha pasado? Mamá, ¿estás bien?

La señora Cecilia no respondió a su hija. Lo hice yo en su lugar:

—Me ha quemado el piso.

—¡¿Qué?! —preguntó atónita llevándose una mano al pecho—. ¡Solo han sido cinco minutos! ¡Solo la he dejado sola cinco minutos! —estalló cargando con la culpa.

No me desmayé de milagro. Me alejé lo máximo que pude de la vecina y de su hija, con Mateo caminando a mi lado. Siempre a mi lado. No se separó de mí ni un solo segundo. Félix se acercó a nosotros con un vaso de cartón y me dedicó una sonrisa triste.

—Es una tila —me dijo—. No sé qué más puedo hacer por ti, Eva. Lo siento mucho.

Odio la tila. Y Félix lo sabía.

Fue Mateo quien cogió el vaso y se lo agradeció con un gesto. También fue él quien habló con los bomberos y hasta me ofreció ayuda para arreglar el papeleo del seguro y demás. No tenía ni idea de qué vendría a continuación, dónde dormiría esa noche, qué iba a hacer a partir de ese momento, si el seguro pagaría la reforma del piso o si tendría que encargarme yo, que no tenía liquidez suficiente.

Me quería morir.

La incertidumbre es el peor de los enemigos.

—Eva, ¿me oyes? —Miré a Mateo, que llevaba un rato tratando de llamar mi atención. Tenía los ojos irritados, la garganta seca; el humo, penetrante, no quería marcharse de mis fosas nasales, su sabor agrio, de mi paladar—. ¿Denunciarás a la mujer? Prendió fuego a las cortinas y se ha propagado por todo el salón y la cocina. Suerte que los bomberos han sido rápidos. Han podido salvar las habitaciones.

Eché un vistazo al edificio. Había perdido la noción del tiempo. Ya habían extinguido el incendio y, aunque no había afectado a más pisos, la estructura blanca de la fachada estaba mojada, ennegrecida, humeante.

—Los geranios —balbuceé con la voz rota. Me parecía mentira estar lloriqueando por unos putos geranios que no había regado ni un solo día—. No la voy a denunciar —decidí sin pensarlo dos veces.

Mateo asintió conforme.

Hacía un buen rato que la ambulancia se había llevado a la señora Cecilia al hospital. La vecina de abajo, convencida de haber vencido al mal alojado en mi piso, falleció tres días después de un ictus.

El cielo se había teñido del color rosa del atardecer cuando me dejaron entrar en el piso. La esperanza se abrió paso en mi interior cuando abrí la puerta. Sí, las habitaciones y el cuarto de baño se habían salvado gracias a la celeridad de los bomberos; solo las paredes estaban un poco ennegrecidas, nada más. Respiré aliviada, pero por poco rato. Avancé hacia el salón con cuidado de no tropezar con los escombros. Bueno, hacia lo que había sido el salón hasta hacía solo unas horas, hasta que a la señora Cecilia se le había ocurrido la fantástica idea de quemarlo para que no volviera «el demonio». Y me derrumbé.

—No queda nada.

Tampoco el *pendrive* con el vídeo que demostraba que Nora seguía con vida, que la sangre artificial salpicada en las paredes solo había sido una manera de llamar mi atención; el vídeo que no me atreví a destruir. Ni a olvidar.

Mateo colocó una mano sobre mi hombro. Me sorprendía que aún estuviera conmigo. A mí me dio por sacar el móvil del bolso y llamar a Natalia, aunque me costó atinar y dar con su contacto en mi agenda. Saltó el buzón de voz. Lola tampoco cogió mi desesperada llamada de auxilio, pero no insistí porque al momento recordé que era la noche en la que había quedado con el hombre al que había conocido el día de Sant Jordi en el tanatorio. Estaba entusiasmada por la cita. Esbocé una sonrisa triste, cansada..., me sentía muy cansada. Solo quería dormir.

—No tengo a nadie —comenté descorazonada—. Supongo que el seguro me pagará un hotel o...

—Nada de hoteles —me interrumpió Mateo con firmeza—. Puedes quedarte en mi piso.

Le tembló la voz al proponerlo.

—¿En tu piso? No, no es buena idea.

«Sería raro, ¿no?», me callé. No tenía fuerzas para hablar y mucho menos para discutir. Me alejé de él y tropecé con lo que parecía una parte del sofá, el reposabrazos seguramente. Volví a llamar a Natalia. Una, dos, tres veces... Seguía saltando el contestador de voz.

—¡Joder! —grité histérica dando un puñetazo a la pared ennegrecida y dejándome parte de la piel de los nudillos.

—Eva, para. Respira.

Miré a mi alrededor confusa. Cada uno de mis sentidos estaba obnubilado. Respiré hondo y con lágrimas en los ojos, perdida y sin saber qué hacer, acepté la propuesta de Mateo.

—Puedes quedarte el tiempo que necesites.

—Gracias.

Fue todo cuanto pude decir.

Las fotografías de nana, los libros..., todo había desaparecido. Todo lo importante. La mayoría de esos recuerdos materiales eran irrecuperables.

Entré en mi dormitorio. Aunque se había colado algo de humo, estaba en perfecto estado; era un milagro. Cogí ropa, que tendría que lavar para que cuando me la pusiera no pareciera que me habían ahumado, y preparé un neceser con mi cepillo de dientes, un peine, champú, mi perfume, la crema hidratante y poco más. Me despedí de mi piso negro, irreconocible, arrasado por el fuego, con un olor a hollín que tardaría días en desaparecer.

«Todo tiene solución, mi niña. Todo menos la muerte», solía decir nana. Con sus palabras incrustadas en mi cabeza como si me las estuviera diciendo en ese preciso momento, cerré la puerta con llave.

Me invadió una pena inmensa.

Al salir, ya de noche, me indignó que la plaza del Sol, con sus terrazas a rebosar de gente, continuara con su trajín diario como si nada mientras a mí me habían roto un pedazo de alma. Una vez más, me sentí una partícula minúscula e insignificante del universo. Y eso era. Eso somos todos. Pero no estaba sola y para mí era un consuelo. Tenía a Mateo. En cierto modo, me había manejado a su antojo al principio, pero en ese momento lo entendía. Y lo perdonaba. Todo había sido fruto de su desesperación por ayudar a la hermana de su mejor amigo muerto. Mateo era un desconocido por el que había sentido una fuerte atracción desde que lo había conocido en el Café del Sol, lugar que íbamos dejando atrás en dirección a la moto mal estacionada. Llevábamos juntos más de nueve horas y sentía que habíamos conectado de una manera extraña, casi mágica. Sentía que no quería separarme de él, que era el único que podía curar mis heridas. Pensé por enésima vez que no teníamos nada en común, pero, sin saberlo, estábamos ligados el uno al otro. Había una conexión indestructible. También peligrosa. Cuanto más sientes por alguien, más temes. Es una realidad.

Me colocó el casco con la misma ternura que la noche en la que nos vimos en la discoteca. Tuve un *déjà vu* cuando miró mis ojos, mis labios... Parecía estar memorizando cada facción de mi rostro. Me subí a la moto pensando que no había vivido un día tan intenso desde... ¿nunca?

Antes de abandonar la plaza a toda velocidad, Félix, que estaba sirviendo una mesa como si tres horas antes no hubiera habido un incendio, levantó la mano y me dijo adiós.

Fui todo el camino con los ojos cerrados y amarrada con fuerza a la cintura de Mateo porque lo de ir despacio no le entraba en la cabeza. Llegamos al paseo de la Bonanova y se detuvo en el número 30; mi trasero pegó un bote cuando subió a la acera. Esperó unos segundos a que se abriera la puerta corredera del aparcamiento exterior, donde solo había tres coches, un BMW, un Porsche Cayenne y un Mercedes, típicos de la zona alta de la ciudad.

—Solo somos cinco vecinos —dijo al bajar de la moto.

«Como en mi edificio», callé, aunque lo que vi al entrar en el vestíbulo no se parecía en nada. Estaba en otro mundo, un mundo con jardineros y señores vestidos con traje en la portería. Un mundo en el que me sentí del todo desubicada. La electricidad no fallaba y el ascensor era más grande que mi cuarto de baño. El piso de Mateo, un dúplex en el ático con una inmensa terraza desde donde se veía buena parte de Barcelona, era diez veces mi hogar. Mi hogar destruido. Volvió la opresión en el pecho, la angustia.

Entré tímidamente, como si las suelas de mis Converse pudieran ensuciar el suelo de mármol reluciente. Dejé la bolsa en la entrada y recordé el momento en que Nora, disfrazada de Charlotte, hizo lo mismo con su mochila negra antes de usurpar la habitación.

—Pasa, como si estuvieras en tu casa —me alentó Mateo.

Pero no estaba en mi casa. Estaba en la del hombre al que había tachado de culpable.

—Quiero dormir, estoy agotada.

—Claro. Ven, te enseñaré tu habitación.

Mateo, caballeroso, cogió mi bolsa del suelo. Me dedicó una sonrisa breve, tensa. Cruzamos el enorme salón repleto de ventanales que llegaban hasta el techo. Pese a la decoración cálida en la que predominaban los tonos tierra, sentí que a ese piso de revista le faltaba alma. Subimos por las escaleras y unas lucecitas instaladas en la parte baja de la pared se fueron encendiendo automáticamente a medida que avanzamos. La luna llena bañaba con su luz la parte de arriba a través de unas puertas correderas de doble hoja que daban acceso a la terraza. Me deleité mirando el pedacito de cielo hasta que Mateo presionó un interruptor rompiendo el encanto con la iluminación artificial. Abrió una de las cuatro puertas y me cedió el paso a una habitación impersonal, sin apenas decoración ni muebles.

—Tienes el baño aquí al lado —señaló. Luego dejó mi bolsa encima de la cama.

—Gracias.

Dio un paso atrás en dirección al pasillo. Apoyó la mano en el marco de la puerta y se quedó observándome en silencio.

—Que descanses.

—Y tú.

Parecía que iba a decir algo más, pero las palabras murieron en sus labios. Me aseguré de que había bajado las escaleras y entré en el cuarto de baño. Era grande, como todas las estancias del piso, y tenía un *jacuzzi* y una pequeña sauna, excentricidades de los ricos, que no saben qué hacer con tanto dinero. Me sentí tan mal que me puse a llorar todas las lágrimas que aún me quedaban y que había reprimido delante de Mateo. No le quería dar pena. Volví a la habitación con los ojos hinchados, apagué la luz y me tumbé en la cama. Cerré los párpados con suavidad intentando encontrar un poco de paz, la que me habían robado. Sorprendentemente, y sin ayuda de una copita de vino, me dormí en el acto hasta que la melodía de mi móvil, que había dejado sobre la mesilla, me despertó. Era medianoche y, aunque llevaba durmiendo dos horas, tenía la impresión de que solo habían pasado cinco minutos.

—Natalia, ¿por qué me llamas a estas horas?

—¿Porque me has llamado ocho veces? —contestó irritada.

—Espera.

Desorientada, torpe, salí de la habitación y puse un pie en el pasillo. Había luz en la planta baja y la televisión estaba encendida. Mateo seguía despierto. Abrí la puerta corredera que daba a la terraza. Una suave brisa nocturna me acarició la cara y, por primera vez desde hacía días, me sentí bien.

—¿Dónde estabas? —quise saber.

—Con Álvaro.

—Me alegra que os vaya bien.

—Bueno, ya veremos... —murmuró contundente, reacia a hablar del tema.

—Te he llamado tantas veces porque..., joder, Natalia, la vecina del segundo, la anciana de la que te he hablado algunas veces, me ha quemado el piso.

—¿Qué dices? Dios, pero ¿estás bien?

—Sí, sí. Yo no estaba en casa. Se han salvado las habitaciones, el cuarto de baño y la entrada, pero el salón y la cocina... Una mierda. Ha quedado todo destrozado. Mañana llamaré a la aseguradora para empezar a mover el papeleo.

—Es surrealista.

—Todo lo es. Todo es surrealista desde que...

«Desde que Nora Roy entró en mi vida», pensé.

—¿Desde que...?

—Nada, tonterías. Te llamaba para ver si podía quedarme en tu piso, pero ya..., bueno, el asunto ya está arreglado —resolví distraída echándoles un vistazo a las plantas tropicales distribuidas por toda la terraza. Había una zona *chill out* protegida por una pérgola de madera, con focos en el suelo, una hamaca y un par de sofás.

—¿Con quién estás?

—Es una historia muy larga.

—Tengo tiempo.

Natalia esbozó una sonrisa sonora que traspasó la línea telefónica. Me asomé a la barandilla. Tenía Barcelona iluminada a mis pies y la calle de aceras amplias y verdes estaba vacía, en calma, sin el alboroto diurno.

—¿Te acuerdas del chico del que te hablé, el que conocí en el bar?

—¿Adrián?

—Mateo, se llama Mateo —le aclaré.

—Ah, ¿otro?

—No, es el mismo.

—No lo entiendo.

—Por eso te digo que es una larga historia.

—Pues nada, ¿me cuentas la historia mañana mientras tomamos un café? Dime dónde estás y te iré a buscar.

Me hacía falta una amiga. Necesitaba a Natalia más que nunca. A la Natalia agradable, comprensiva y positiva, no a la odiosa de los últimos días. Ya no me importaba que fuera ella la que me había metido en todo ese lío al insistir en que necesitaba una compañera de piso, lo que había hecho que me topara sin saberlo con «la asesina del psiquiátrico».

—Vale. ¿A las once?

—Perfecto. ¿Dónde estás?

—Paseo de la Bonanova, número 30.

—Eva, eso es apuntar alto, ¿no? —rio.

—No es lo que crees.

—Ya, ya, ya... El cuento de no es lo que parece me lo sé de memoria, Evita. Vale, pues nos vemos mañana.

—Hasta mañana.

Me quedé un rato asomada al balcón. No debería haberlo hecho. Tendría que haber vuelto a la cama. Porque si la llamada de Natalia ya me había desvelado, la figura que me observaba desde detrás de unos matorrales, colocada estratégicamente en un lado apartado de la acera donde no había ninguna farola, me impidió pegar ojo en lo que quedaba de noche.

Semana del 6 al 12 de mayo de 2019

—

EVA

Me quité un peso de encima cuando, tras arreglar el papeleo con ayuda de Mateo, la aseguradora me garantizó que cubriría todos los gastos derivados de arreglar los destrozos causados por la señora Cecilia, en ese momento tendida en la camilla a la espera de que le diera una apariencia más vívida. Era curioso. La anciana me había provocado terrores nocturnos desde cría por su rostro delgado y arrugado, casi cadavérico, su nariz grande, «como la de una bruja», le decía a nana, sus ojos negros, pequeños, penetrantes, y su dejadez dental. Sin embargo, su cadáver me parecía tan indefenso como un pajarillo con el ala rota. La señora Cecilia dejó de provocarme terror. Arrojé lejos mis manías, nuestras conversaciones en el rellano, su voz extraña, susurrante, su mente inundada de historias escalofriantes procedentes de recuerdos traumáticos, y me dispuse a aplicarle la base de maquillaje adecuada para su piel cetrina y todavía con algunos moretones que rememoraban el día que tropezó y se dio de bruces contra el asfalto de la plaza.

Cuando terminé, contemplé mi trabajo con orgullo. El fluorescente parpadeó un par de veces y, aunque el cuerpo de la anciana no sufrió ningún espasmo, a mi imaginación, últimamente desbordante, le dio por recrear la escena de una peli de terror en la que la vecina del segundo abría los ojos y, con voz de ultratumba, me advertía del peligro que me acechaba. Pese a la probabilidad de provocarme un infarto, ojalá lo hubiera hecho. A lo mejor hubiera sido más cauta.

Esbocé una sonrisa melancólica y se me escapó una lágrima. Me despedí.

—Buenas noches, señora Cecilia. Hasta la próxima.

—¿Y aún no te lo has tirado?

Por Dios. No se podía ser más burra.

—Shhh... No grites, Lola, que las paredes tienen oídos —me quejé antes de darle un sorbo al café.

—Vale, perdón. ¿Aún no te lo has tirado? —volvió a preguntar en un susurro.

—No, claro que no —me reí—. Solo está siendo amable conmigo.

—Eres dura como el acero, amiga. Yo en tu lugar no hubiera podido resistir la tentación.

Lo mío me estaba costando, la verdad. Era ver a Mateo y sentir un cosquilleo por todo el cuerpo con el que era difícil lidiar, pero en los seis días que llevaba viviendo con él tampoco lo había visto demasiado. El lunes por la mañana me había acompañado a arreglar los papeles del seguro del piso y habíamos estado unas cuantas horas juntos, pero luego nada, él se había ido a trabajar. Coincidíamos un rato por la noche, una vez cenamos sushi sentados a la barra de la cocina americana sin apenas hablar, pero luego, hermético, subía al piso de arriba y se encerraba en la habitación o en el despacho dejándome el salón y la tele, con sus infinitas posibilidades, para mí. Me evitaba. Y, en cierto modo, yo también lo evitaba a él. Nuestro único tema de conversación era Nora. Parecía angustiarle mucho hablar de ella, pero hacía ver como que no pasaba nada. Yo sabía que seguía marcando con asiduidad el número del teléfono de prepago que le había dado. Y que seguía inactivo. Por dentro, Mateo se moría de impaciencia y, aunque a veces se mostraba seguro y confiado, sentía que le había fallado a su mejor amigo. Solo era fachada.

—Bastante tienes con lo tuyo —me dijo una noche subiendo las escaleras con pesar. Lo miré hasta que la oscuridad de la segunda planta lo engulló.

Para Lola aún seguía llamándose Adrián. Era demasiado complicado contarle la verdad, pero su situación personal la tenía flotando en una nube gracias a su conquista y eso me ayudó a desviar el tema sin sospechas. Natalia sí sabía un poco más; al fin y al cabo, había sido ella quien había descubierto a Nora haciéndose pasar por Charlotte. Había intentado sonsacarme información, pero yo me había guardado los detalles importantes. Los más escabrosos. Los que aún no tenían explicación.

NORA

Abrió la puerta. Me miró imperturbable, con desgana y aparente indiferencia, como si yo fuese alguna cosa desagradable que se le había pegado en la suela del zapato. Le brillaban los ojos de una forma inquietante y enajenada. Su sonrisa era poco natural, forzada. Parecía haber envejecido diez años en cuestión de días, aunque yo era la menos indicada para decir eso. Daba asco, me repugnaba mi propio olor. Había perdido la cuenta de los días que llevaba sin lavarme.

—Ponte esto. Nos vamos.

Me lanzó a la cara una sudadera negra con capucha. Se me revolvió el estómago cuando me di cuenta de que esa era la misma prenda que vestía el asesino de mi hermano.

—Fuiste...

—¡Póntelo! —gritó. Luego suavizó el tono de voz y añadió—: Una semana, Nora. Si todo sale según lo previsto, en una semana serás libre. Si la justicia no hace su trabajo... —Chasqueó la lengua y emitió un profundo suspiro antes de continuar—: Lo siento, las reglas del juego cambiarán.

Me puse la sudadera sin rechistar, mordiéndome las ganas de hacer preguntas que evitaría con su característica frialdad. ¿A qué se refería con que las reglas del juego cambiarían si la justicia no hacía su trabajo? La mayor parte del tiempo no comprendía lo que decía, como si hablara en otro idioma y mi cabeza no fuera capaz de absorber las palabras. Era inútil querer saber a dónde me llevaba. A fin de cuentas, no tardaría en descubrirlo, y si algo había aprendido en el tiempo que llevaba encerrada era que de nada servía anticiparme a los hechos, porque ya estaban planeados antes siquiera de que se llevaran a cabo. Siempre fue un paso por delante de mí. Por delante de todos.

Madrugada del miércoles 8 de mayo de 2019
1:40 a. m.

—

MATEO

«PARA MATEO»

El DVD me quemaba en las manos.

Eva, decidida, me lo arrebató con suavidad y lo introdujo en el reproductor. Mis ojos fijos en la pantalla, hipnotizado, sin ser capaz de mirar hacia otro lugar. Eva regresó al sofá a mi lado, su mano sobre la mía acariciándome, haciéndome sentir más de lo que jamás creí que podría sentir por nadie.

—A lo mejor está rayado, creo que no funciona —musitó Eva al cabo de un rato, después de pulsar repetidas veces el *play* del mando a distancia.

No se veían más que rayas. Ningún ruido. Hasta que la oscuridad de la pantalla se volvió blanca y luego dio paso a una imagen nítida que nos mostraba una habitación en penumbra. En ella, una chica de cabello negro descansaba sobre una cama pequeña. Apenas se le distinguían los rasgos faciales. A continuación, cuatro hombres trajeados entraban, encendían la luz y se abalanzaban como leones hambrientos sobre el cuerpo quieto de la joven, su alma dormida, lejos de ese lugar horrible, ajena a lo que le esperaba. Drogada. La chica estaba drogada. Eva se llevó las manos a la boca de la impresión y emitió un gemido ahogado. Lo que esos cuatro hombres le empezaron a hacer era abominable. Un viaje al pasado captado por una cámara ubicada en un lugar estratégico que abarcaba el horror de todo cuanto ocurrió. Paralizado, sin ser capaz de pronunciar una sola palabra, no entendí bien por qué Eva y yo estábamos siendo testigos de esa violación hasta pasados unos minutos. Por qué ese DVD iba dirigido a mí. Hasta que todo cobró sentido y sentí el mismo aturdimiento que debe sentir quien cae por un precipicio que no ve venir.

En cuanto reconocí a dos de los hombres, quise desaparecer del mundo. Sentí que me asfixiaba y, como me había ocurrido horas antes, se me paró el corazón.

El primer hombre en bajarse la bragueta y rasgar el camisón de la chica era el padre de Nora y Adrián.

El segundo, que miró un instante a la cámara con una sonrisa lasciva y desafiante, era mi padre.

Cuatro horas antes

—

EVA

Eran las nueve y media de la noche cuando el autobús me dejó a unos metros del piso de Mateo. Estaba a gusto allí, me quedaba más cerca del tanatorio, pero no veía el momento de volver a mi barrio. A mi vida de siempre. No estaba hecha para vivir en la zona alta de la ciudad, aunque digan que a lo bueno se acostumbra una rápido. El portero, a media hora de terminar su jornada, me abrió la puerta con una sonrisa.

—El señor Ortiz ha llegado hace cinco minutos —informó cordial adelantándose a mis pasos para pulsar el botón del ascensor.

«El señor Ortiz», para mí, Mateo a secas.

—Muchas gracias.

El portero era muy amable; sin embargo, yo echaba de menos la figuración que me recibía cada día en Gracia, los rostros de siempre, a Félix sirviendo las mesas o deseándome buenas noches mientras bajaba la persiana del bar; hasta a la señora Cecilia, a quien era consciente de que no volvería a ver más. Esa misma tarde, la había maquillado y peinado para su funeral.

Ya nada volvería a ser lo mismo.

Mateo me había dado una copia de las llaves de su piso, pero yo tenía por costumbre tocar el timbre por si entraba en mal momento. Supongo que no terminaba de sentirme en casa, la situación me seguía pareciendo rara, a veces incómoda, aunque Mateo se estaba portando muy bien conmigo. Lola, con confianza, me había ofrecido la habitación libre de su piso. Me lo estaba planteando, aunque no quería molestarla. La cita que había tenido el viernes con Arturo había ido más que bien, repetirían pronto, así que me negaba a hacer de sujetavelas o a escuchar ruiditos en la habitación contigua.

Esa noche, Mateo parecía estar esperándome ansioso. Intranquilo, abrió la puerta antes de que me diera tiempo a pulsar el timbre.

—¿Qué pasa?

Me mostró su móvil. Había recibido un mensaje hacía diez minutos. Leí:

> 21:25 NORA
> Calle de Joan d'Alòs, 2.
> Ven con Eva.
> Os voy a enseñar algo.

—Lo han enviado desde el teléfono que le di a Nora.

—No creo que nos espere nada bueno ahí —dudé.

—Ni yo. Y tampoco creo que lo haya escrito Nora. Pero voy a ir. No queda lejos, en moto son diez minutos.

—¿Y si es una trampa?

—Tú quédate aquí —decidió.

Tragó saliva y, de manera amistosa, colocó una mano sobre mi hombro. Me aparté para dejarlo pasar, pero él tenía otra intención. Bajó la mano hasta situarla en mi cintura y, con suavidad, me arrimó a él y me plantó un beso en los labios que provocó que todo mi cuerpo se pusiera a temblar.

—Lo siento —se disculpó cabizbajo respirando fuerte con su frente pegada a la mía, abandonándome a mi suerte con su sabor a chicle de menta aún en la boca.

—No, no lo sientas —me apresuré a decir todavía embobada por lo que acababa de pasar. Recordé la noche de la discoteca, pensé en lo que podría haber sido y no fue. Dispersa, volé a otros lugares menos al momento presente en el que Mateo acarició mi mejilla, cogió el casco y, sin decir nada más, abrió la puerta y se fue.

Me quedé un rato quieta, sin apenas pestañear, pensando, asimilando el mensaje, el beso, el paradero desconocido de Nora. No podía quedarme viendo las horas pasar. Abrí el armario donde sabía que Mateo guardaba otro casco y lo cogí. No me iba a dar tiempo de esperar el ascensor, así que con el casco bajo el brazo descendí las escaleras de dos en dos, tan rápido que no reparé en el último peldaño que daba al vestíbulo. Tropecé y aterricé de culo en el suelo reluciente de la manera más absurda y menos elegante. El portero ya se había ido. Menos mal. Fue vergonzoso. Por poco no me parto el coxis, pero mereció la pena porque Mateo, que ya estaba en el aparcamiento exterior, oyó el estruendo y vino corriendo a por mí.

—¿Estás bien? —preguntó tendiéndome una mano y levantándome sin esfuerzo.

—Creo que sí —contesté avergonzada.

—Entonces, ¿vienes? —preguntó sin tenerlas todas consigo, colocándome con prisas el casco. Lo hizo como siempre, con esa ternura que me derretía, mirándome a los ojos, a la boca, como si fuera la primera vez que me veía. O la última. Según se mire.

—Sí, voy.

Nos subimos a la moto y, si ya de por sí Mateo corría, esa noche voló. Diez minutos, dijo. Los cojones diez minutos. Toda mi vida pasó por delante de mis ojos. Llegamos a la calle indicada. Estaba vacía, oscura y era empinada, con enormes casas a cada lado. Parecían tener un buen sistema de seguridad, especialmente en el número 2, donde nos detuvimos. Apenas se podía ver el interior desde la acera; un muro de piedra y un sinfín de arbustos y árboles altos otorgaban intimidad a la casa de estilo francés con ladrillos blancos y tejado de pizarra.

—¿De quién es esta casa? —le pregunté a Mateo en un susurro mientras aliviaba con una mano la tensión de mis hombros. Tenía el cuerpo agarrotado.

Las verjas negras con acabados dorados me recordaron a las casas típicas de las pelis de terror. La puerta entreabierta no auguraba nada bueno. Fuera de quien fuera esa casa, alguien había entrado antes que nosotros.

—La cámara de seguridad no funciona. Se la han cargado —señaló Mateo poniendo un pie en el interior de la finca.

—¿Cómo lo sabes?

—Son las mismas que tiene mi madre en casa. Si están conectadas, tienen una lucecita roja arriba. ¿Ves? No hay luz.

—No sé si eso me deja más tranquila —murmuré siguiendo a Mateo con miedo.

Todo estaba a oscuras. Creí que habíamos cometido una equivocación yendo hasta allí guiados por un mensaje enviado a saber por quién. Había algo oscuro en esa casa que te hacía pensar que aquel no era un hogar feliz. Que, tras sus elegantes paredes repletas de valiosas obras de arte, había verdades que era mejor no descubrir. Supe que tenía razón nada más poner un pie en el ostentoso vestíbulo del que partían unas amplias escaleras en forma de caracol.

—¿A qué huele?

—A muerto —contesté sin dudar.

Cuando di con el interruptor de la luz, mis ojos se encontraron de frente con el horror y me eché a temblar. Había sangre por todas partes: salpicaba las paredes y corría por el suelo en oscuros regueros que seguían las líneas de los suelos de piedra caliza. Tras un arco que daba paso a una extensa biblioteca que se veía desde la entrada, una mujer desnuda de mediana edad yacía en el suelo en una postura retorcida. Tenía un brazo separado del torso. Nos acercamos y, recelosos, contemplamos que sostenía un DVD y una nota escrita en letras mayúsculas: «para Mateo».

—No puedo... —balbuceó Mateo dándole la espalda al cadáver y reprimiendo una arcada.

Asentí comprensiva. En mi trabajo tenía que lidiar con cadáveres a diario, estaba acostumbrada al mal olor que desprenden, al reparo que provoca saber cuánto sufrimiento hay tras algunas muertes. Con cuidado de no pisar el enorme charco de sangre que había bajo el cadáver de la mujer, cogí el DVD y la nota, que milagrosamente estaban limpios, y me los metí en el bolso.

—Hay que llamar a la policía.

En el informe de la autopsia que se haría posteriormente se especificaba que la sección del brazo se había hecho con un hacha. La mujer se encontraba en el piso de arriba dándose un baño en el momento del ataque. Intentó huir arrastrándose por el suelo hasta llegar a la biblioteca, en cuyos estantes no solo había libros, sino toda una colección de cintas VHS antiguas que parecían estar ordenadas por años. Era imposible reconocer el rostro de la mujer, pues también habían utilizado el hacha para aplastarle el cráneo, pero sobre el escritorio había una fotografía enmarcada que me dio la respuesta. Mostraba a una risueña pareja apoyada en una valla en el campo, con el pelo alborotado por la brisa.

—Es la casa de Gabriel Herranz, el psiquiatra. Esta mujer debe ser Eulalia Valldosera, su mujer —comenté sobrecogida sin poder apartar la vista de la fotografía.

Parecía una pareja tan normal...

«¿Aún crees que no tienes nada que ver en esto?», pensé más por miedo que por la impresión de tener delante el cadáver destrozado de una mujer con la que se habían ensañado. Recordé la figura con el rostro velado observándome de noche desde la calle, el fuego arrasando mi piso, las palabras de la vieja chalada del segundo... Lo único que me unía al psiquiátrico era haber alojado en mi piso a Nora Roy.

Pero ¿había algo más?

Mateo estaba paralizado, con el pulso a mil, y tenía los ojos vidriosos. Se cubría la boca y la nariz con la mano, incapaz de soportar la violencia del cruel asesinato. Cogí el móvil dispuesta a llamar a la policía. Nuestras huellas estaban por todas partes y puede que alguna cámara nos hubiera grabado. No me dio tiempo a marcar el 091. Varios policías entraron en tropel. Las armas en alto, al principio en silencio, apuntándonos a Mateo y a mí que, como por inercia, levantamos las manos.

—¡Policía! —gritó una mujer alta, de presencia imponente, vestida con tejanos, botas altas y chaleco antibalas, que analizó con rapidez el escenario y la situación.

Isabel Morgado, inspectora de la División de Investigación Criminal de los Mossos d'Esquadra, se presentó minutos más tarde. Era una mujer que te hacía sentir a salvo.

Aturdidos, nos vimos envueltos en medio de una redada. Al principio nos trataron como si fuéramos un par de terroristas, hasta que se dieron cuenta de que éramos inofensivos, un par de peleles a los que habían tendido una trampa para que acudieran al escenario de un crimen.

Mateo se apresuró a mostrarles el mensaje que había recibido en el móvil a las nueve y veinticinco; habían transcurrido cuarenta largos minutos desde entonces. A ellos les había llegado el aviso hacía solo veinte minutos; la voz distorsionada de un individuo que colgó sin que pudieran preguntarle nada. La casa se llenó de gente, técnicos de la científica envueltos en sus buzos blancos para buscar huellas, policías invadiendo la intimidad de una casa muerta cuyas paredes habían sido testigo de un crimen atroz cometido con saña y un odio abrumador. La inspectora Isabel Morgado nos llevó a una sala aparte, lejos del horror, para tomarnos declaración. Mateo sabía lo que tenía que hacer. Y yo también. Algo tan simple como contar la verdad. Liberarnos al fin de los secretos, aunque el miedo, persistente, seguía ahí cual alimaña. Siempre seríamos esclavos del miedo, como lo fueron los padres de las víctimas de Vera de la Cruz. La verdad era lo único que podía salvarnos. Nuestra relación con Nora Roy, el lío en el que estábamos metidos, el peligro que parecía acecharnos encarnado en un loco que hacía un año había entrado en una discoteca a rebosar de gente y había apuñalado al mejor amigo de Mateo.

«Y ahora esto», pensé.

Afortunadamente, la inspectora no revisó el contenido de mi bolso, donde había guardado el DVD «para Mateo» que sostenía la mano del cadáver. Me preguntaba qué contendría e imaginaba que la policía se encargaría de analizar todas esas cintas VHS que había visto en las estanterías de la biblioteca del psiquiatra, a solo unos metros de donde nos encontrábamos. Cintas cuyo contenido debía de ser parecido al del vídeo que la enfermera asesinada le había entregado a la escritora, la muestra irrefutable de lo que había ocurrido en Vera de la Cruz durante años.

—¿Qué os ha empujado a venir hasta aquí? ¿Qué tenéis que ver con todo esto?

Las preguntas duraron más de lo que la inspectora, seguramente, tenía previsto, pues Mateo y yo no escatimamos en nuestras respuestas. Al finalizar el interrogatorio, Isabel, quien ya conocía nuestra relación con Nora, nos dio su tarjeta para que la llamásemos en cualquier momento si lo precisábamos, en lugar de acudir como pardillos a lugares desconocidos. Cuando salimos, una suave brisa nos despejó un poco del ambiente claustrofóbico que se había creado en el interior de la casa.

Eran las doce y media de una noche oscura y sin luna.

—¿Por qué no le has contado lo de las salpicaduras de sangre artificial en la pared de la habitación?

Fue lo primero que Mateo me preguntó. Tenía la mirada opaca, la expresión serena, pero el gesto triste, muy triste.

—No creo que sea relevante, Nora está viva. Además, aún me avergüenzo de haber limpiado y pintado lo que creía que era sangre como si la psicópata fuera yo. Pero sí le he contado lo del *pendrive* —le recordé—. Ahora ya saben que alguien la tiene retenida, que el peligro no es Nora.

—Y que ese alguien es quien mató a Adrián y obligó a Nora a disparar contra el psiquiatra y la enfermera —rememoró con irritación.

Nos pusimos los cascos y subimos a la moto. Ya no había oscuridad ni soledad. La casa donde se había cometido el asesinato de Eulalia Valldosera estaba acordonada y atestada de policías trabajando en la escena del crimen. Pensé en la escritora Alicia Bastán. En el libro en el que Ana Torrents, la enfermera, aseguraba que la mujer del psiquiatra estaba al tanto de las salvajadas que se cometían contra las jóvenes pacientes a cambio de grandes sumas de dinero.

Abusos a inocentes en un lugar en el que deberían haber estado seguras. Alguien se había tomado la justicia por su mano. Supuse que, con Eulalia Valldosera muerta y su ejército de abogados en la sombra, Alicia dejaría de recibir amenazas. Y, en parte, me alegré por ella.

Madrugada del miércoles 8 de mayo de 2019
1:40 a. m.

—

EVA

EL DVD «PARA MATEO»

Mateo se llevó las manos a la cara y rompió a llorar. Trastocada, sin entender qué le había afectado tanto, aunque imágenes así destruyen a cualquiera con buen corazón, detuve el vídeo en el momento en que los ojos negros de uno de los hombres traspasaron la pantalla. Se me puso el vello de punta; parecía mirarme a mí. Ese hombre trajeado, de cabello cano y aspecto intelectual, un demonio disfrazado, me acechaba a través del tiempo. Porque ese vídeo era un viaje en el tiempo a las fauces del infierno, al dolor de unas jóvenes internas, manipuladas y drogadas por Gabriel Herranz.

—Mateo, ¿qué pasa?

—Quita ese vídeo —balbuceó con la voz rota. Tenía la cara colorada, encendida, contorsionada de ira.

Fue entonces cuando supe cómo era ver a alguien romperse. Él había visto a Nora romperse cuando mataron a su hermano, así lo había expresado. Yo vi a Mateo romperse por dentro esa madrugada.

«El mundo está repleto de gente rota», dijo una vez nana, más para sí misma que para mí. Le gustaba hablar sola, decía que era una manera de encontrarse.

Me levanté del sofá con el corazón en un puño. Saqué el DVD del reproductor y se lo di. Mateo lo cogió y lo rompió en pedazos con una sola mano. Dejó caer los restos al suelo, cristalitos resplandecientes hechos añicos, y se quedó mirando la palma de su mano ensangrentada. Su mirada era hueca. El dolor que le había provocado el vídeo fue transformándose en rabia. Corrí al cuarto de baño en busca de agua oxigenada y unas vendas. Volví a su lado, limpié con cuidado las heridas y le vendé la mano asegurándome de que no le quedara ningún trozo de plástico clavado.

—¿Me vas a decir qué pasa?

Mateo respiró hondo, se frotó la cara y, con los ojos llorosos, respondió:

—Uno de los hombres es el padre de Nora. El otro... —Se pasó una mano por la barba incipiente y cerró los párpados con fuerza, como si quisiera alejar de su mente lo que acababa de ver. Cada palabra suponía un esfuerzo, cada confesión lo derrumbaba más—. El que miraba a cámara era mi padre.

Una sensación de bochorno me subió lentamente por la garganta. No supe qué decir, cómo encajar la información.

¿Cómo aliviar el dolor de un hijo cuando descubre de la peor manera que su padre era un depravado que abusó de enfermas drogadas en un centro psiquiátrico?

De repente, me sentí en una noria, dando vueltas, vueltas angustiantes sin fin, sin que la noria se detuviera por mucho que yo lo pidiera. Pero al menos las piezas del puzle iban encajando.

Pensativa, fui hasta la cocina, abrí la nevera y descorché una botella de vino tinto. Serví dos copas. Antes de volver al salón, donde Mateo seguía sentado con la cabeza enterrada entre las manos, arrasé con una copa. Me serví otra. Volví a beber. Y luego una más. No soy una persona religiosa, huyo de las iglesias, de los curas y de las monjas como de todas las versiones de la película de terror *It*, pero algo había leído en la biblia que nana guardaba con devoción en el cajón de un secreter antiguo colocado en el salón. Las palabras, como los recuerdos, se diluyen con el tiempo, pero la frase vino a mí como si alguien me la estuviera dictando al oído:

—Dios castiga a los hijos por los pecados de los padres —murmuré con los labios rozando el cristal de bohemia de la copa de vino. Sentí cómo la opresión en el pecho que llevaba acompañándome desde hacía días se había intensificado sin piedad durante las últimas horas.

Un poco mareada por la rapidez con la que había engullido tres copas hasta arriba de vino, volví al salón. Dejé mi copa sobre la mesa de centro, le tendí la otra a Mateo y, apoyándome en sus rodillas, me puse en cuclillas para quedar a su altura.

—¿Me va a dejar KO? —preguntó socarrón alzando la copa.

—No es mi estilo ir durmiendo a la gente por ahí —solté sin pensar.

—Lo siento. Lo siento tanto... —susurró con un tono de voz que me partió en dos—. Te juro que si mi padre estuviera vivo lo mataría con mis propias manos.

Me quedé en silencio mirándolo fijamente, sopesando sus palabras y temiendo su enfado, su desconcierto e inquietud. Habían sido unas horas difíciles, demasiado. Jamás en mi vida creí que viviría algo así. Ahora, viéndolo desde la distancia y con la suavidad que regala el tiempo, puedo garantizar que, por muy jodido que esté todo, siempre hay una salida si una se empeña en encontrarla. Aunque haya alguien que te lo ponga difícil.

—Será mejor que vayamos a dormir.

—No puedo —negó cabizbajo. Dirigió la mano a mi mejilla, acariciándola como había hecho horas antes después de besarme.

—Tienes que descansar —insistí regodeándome en el tacto de su mano en mi cara, callando y asumiendo que el hombre de la sudadera negra iba a por él como había ido a por Adrián y Nora. Aún no era consciente de que faltaba poco para saber qué papel jugaba yo en la historia, qué pieza del puzle inacabado era.

—Has sido muy valiente, Eva. Cuando has visto el cadáver de esa mujer... —Negó con la cabeza al evocar la imagen—. Si no hubieras estado conmigo, me hubiera derrumbado. No habría sabido qué hacer.

—A veces, en situaciones insólitas, reaccionamos de forma extraña —cité las palabras de Alicia.

—Has hecho lo que tenías que hacer, te has mantenido firme, en ningún momento te has venido abajo. Vales mucho.

«Por muy destrozados que estén, los cadáveres ya no me intimidan. Me intimidan los vivos.»

Esa no parecía ser mi guerra; sin embargo, estaba dispuesta a luchar contra el enemigo, y todo por el hombre derrumbado que tenía delante.

«Confía.»

Confiaba en la justicia, aunque esa confianza desaparecería pronto. Necesitaba creer que la inspectora a la que acababa de conocer encontraría a Nora y detendría al asesino que la estaba utilizando para llevar a cabo su maquiavélico plan, fuera cual fuera. Pensar así era fácil. Inocente.

—Duerme conmigo —me pidió Mateo con voz grave después de darle un largo sorbo a la copa de vino que lo dejó como atontado. Le brillaban los ojos. Ladeó la cabeza para examinarme y trazó círculos en mi mejilla con el pulgar. Contuve la respiración.

—Vale —acepté soltando el aire retenido. La idea de dormir sola me aterraba y estar en la cama con Mateo, para qué negarlo, me tentaba.

Pero que nadie se emocione. No pasó nada.

¿Qué ganas íbamos a tener? Eran las dos de la madrugada y habíamos visto en directo un asesinato atroz, de esos que solo se ven en las pelis *gore*. Luego habíamos aguantado estoicamente un interrogatorio sacado de la trama de una película de sobremesa de Antena 3. Y para finalizar, Mateo acababa de enterarse de que su padre era uno de los empresarios ricos y poderosos que, aliado con el psiquiatra y otros monstruos, abusaba de las pobres chicas del psiquiátrico.

Pues ningunas, claro, no había ganas de nada.

Subimos a su dormitorio, dos veces más grande que el de invitados donde dormía yo. Entré en el cuarto de baño y me puse el pijama. Cuando regresé, Mateo ya estaba en la cama. Me miró con los ojos entornados, apenados, y con la mano vendada dio una palmada en el lado de la cama que quedaba libre, donde me tumbé de espaldas a él. Hundió la cabeza en mi cuello, susurró que le gustaba mi olor. Se aferró a mi cuerpo como quien se agarra a un salvavidas en medio del océano y enseguida, a pesar de que hacía escasos minutos había asegurado que no podría dormir, su respiración se volvió lenta, pausada. Se quedó dormido de puro agotamiento. Qué envidia. Era yo la que no podía conciliar el sueño. Con los ojos abiertos como platos, revisé la historia de principio a fin como si se tratara de una serie de televisión. Qué cierta es la manida frase: «La realidad supera a la ficción».

A la mañana siguiente, un vídeo procedente de las cámaras de seguridad de la casa del psiquiatra Gabriel Herranz invadió las televisiones de toda España. Corrieron como la pólvora las imágenes de Nora vestida con una sudadera negra con capucha sosteniendo un hacha con la mano derecha mientras entraba en casa de Eulalia Valldosera minutos antes del brutal asesinato.

8 de mayo de 2019

—

PERIÓDICO *BARCELONA AHORA*

Por Dídac Sáenz

Nora Roy vuelve a matar

Eulalia Valldosera, viuda del doctor Gabriel Herranz, ha sido encontrada muerta en su domicilio, al parecer a consecuencia de las heridas que le fueron infligidas con un hacha que se encontró en el lugar del crimen. Aunque las cámaras del sistema de seguridad con que cuenta el chalet presentan signos de haber sido manipuladas, en la grabación puede apreciarse a Nora Roy, la presunta asesina del doctor Herranz, entrando en la propiedad con el hacha en la mano. Cuando se cumplen dos meses del asesinato del doctor Herranz y la enfermera Ana Torrents, su presunta asesina, Nora Roy, sigue desaparecida.

CUARTA PARTE

NORA

—Buena chica, Nora... Buena chica.

—¿Y ahora qué? ¿Me vas a dejar salir de aquí?

Después de ver en directo la persecución a la mujer del psiquiatra, que estaba dándose un baño relajante cuando nos colamos en su casa, después de presenciar el brutal asesinato, de oír sus gritos reventándome los tímpanos cuando le seccionó sin piedad el brazo y le destrozó el cráneo a golpe de hacha, tenía que soportar seguir mirando de vez en cuando esos ojos cada vez más idos, más locos, más furiosos. El pitbull adiestrado estaba desatado. Me hizo creer que terminar con la vida de una persona es tan sencillo como matar a una minúscula hormiguita.

Y eso éramos. Hormiguitas a su merced.

—La justicia es lenta, Nora. Estoy esperando a que vean las cintas —contestó con calma.

—¿Qué cintas? ¡¿De qué coño me hablas?!

—Shhh... Esa boquita, niña.

—Tú mataste a mi hermano, ¿verdad?

Era la primera vez que formulaba la pregunta en voz alta y lo hice de una manera tan cauta e inocente que me enfurecí conmigo misma.

—La sudadera negra... era igual. Fuiste tú —insistí con voz temblorosa agazapada en una esquina.

En lugar de responder, se echó a reír con cinismo.

Odiaba su risa. Preguntarle de nuevo quién era, por qué parecía conocerme tan bien y por qué estaba haciendo todo eso era inútil. Pero algún motivo tenía que haber; me negaba a creer, por mucho que doliera, que el asesinato de mi hermano había sido por nada. Y también me negaba a pensar que me había obligado a apretar el gatillo contra aquellos dos monstruos por pura diversión, aprovechando mi aturdimiento, el exceso de medicación. Abrió la puerta, pensé en abalanzarme, arañarle la cara y huir. Qué fácil era imaginarlo. Qué difícil ponerlo en práctica. Una vez más, dejé que se largara, porque alguien con la frialdad y la locura necesarias para matar a hachazos a otro ser humano es capaz de hacer cualquier cosa. Parecía no tener nada que perder. «¿Será que ya lo ha perdido todo?», me pregunté.

Apagó la luz, cerró la puerta y me dejó sola. Ya estaba acostumbrada a la oscuridad. La noche en la que llegué a esa habitación fría, desconocida, ubicada en una casa vieja y blanca de paredes gruesas y desconchadas que parecía llevar años abandonada, me dijo:

—No intentes gritar.

Estaba rodeada de campo, solo eso, campo, perdida en medio de la nada, en algún lugar no muy lejos del aeropuerto. Enseguida supe que pedir ayuda era inútil; el único sonido que me llegaba era el de los aviones al despegar. En ese momento, tuve el fatal convencimiento de que nadie me encontraría jamás.

Semana del 13 al 19 de mayo de 2019

—

EVA

Sentía que estaba llevando una doble vida, que la única persona que me conocía de verdad era Mateo. Y, sin embargo, todo parecía normal. En el fondo, sabía que me estaba engañando a mí misma. Iba a trabajar tratando de disimular mis miedos, mi angustia, callándome secretos y conexiones que no comprendía. Tomaba café de máquina en la sala de descanso con Lola, que estaba horrorizada por el asesinato de Eulalia Valldosera, creyéndose la mentira que la prensa quería vender. Todo por la audiencia. Los detalles escabrosos gustan a la gente; que a Eulalia Valldosera la hubieran asesinado no vendía tanto como que hubiera sido Nora Roy.

—Pues a lo mejor sí que tiene instinto asesino. Qué miedo —opinó Lola disgustada. Ella, que después de leer *El psiquiatra* se había creado una cuenta en Twitter para defender a Nora, se sentía traicionada.

—No creas todo lo que dice la prensa —murmuré pensando en Mateo, en cómo se le humedecían los ojos cuando pensaba en Nora, en lo decaído que estaba. Y no era para menos, el DVD que nos llevamos de la casa del psiquiatra le había mostrado la peor de las realidades.

Los medios solo enseñaban lo que el verdadero asesino nos quería hacer ver. Todo estaba manipulado. Todo. Y la prensa sensacionalista sin escrúpulos, más preocupada por los datos de audiencia que por la información contrastada, se lo creyó. Se creyó la historia que el asesino les vendía porque era más rentable que la realidad. Nora Roy vendía. El asesino parecía haber escrito un guion perfecto; había ganado la batalla, pero no la guerra. Aún no. Las atrocidades que había cometido el psiquiatra Gabriel Herranz en el centro Vera de la Cruz pasaron a mejor vida; Nora volvía a estar en el punto de mira, en búsqueda y captura por el asesinato de Eulalia Valldosera.

Pero yo seguía confiando en que la inspectora Isabel Morgado estaba de nuestro lado. Y del de Nora. De Alicia Bastán no se sabía nada, pero no tardaría en enterarme de que las amenazas por la publicación del libro no habían cesado. Por lo tanto, aunque Eulalia Valldosera, una mujer presa de una vida fabricada a base del dolor de los demás, había hecho todo lo posible por cancelar la publicación del libro, no era la responsable de dicha coacción.

A la semana siguiente, empezarían las obras en mi piso para reparar los destrozos del incendio. Con un poco de suerte, en un mes podría volver. Pero ya no tenía prisa. Al final, sí iba a ser cierto eso que dicen de que a lo bueno se acostumbra una; al *jacuzzi* y a la sauna, a observar el cielo estrellado tumbada en la hamaca de una terraza con olor a albahaca, a un televisor LED último modelo de 100 pulgadas, a la compañía de un hombre que te mira como si fueras la mujer más bonita del mundo. Esto último era lo más especial. Mateo se había convertido en mi sombra y, a veces, cuando podía, me llevaba en moto a trabajar. Me acostumbró a la velocidad, cada vez más cerca de él, más segura con él.

Pero estaba preocupado. Por él y por mí. Intuía que, tarde o temprano, sabríamos qué era lo que me unía a toda esa locura. Aunque ¿qué más quedaba por descubrir?

—Pero no voy a permitir que me amargue la vida —sentenció una mañana mientras me preparaba café—. Si lo que quiere es acobardarnos, no lo va a conseguir.

Mateo también prefería vivir en la mentira de la normalidad. Atento y servicial, no había vuelto a pasar nada entre nosotros. Ni un solo beso. Ni una noche más compartiendo cama. Era demasiado complicado. Ambos, aunque no lo reconociéramos en voz alta, vivíamos el día a día como por inercia, pero con la compañía de esos demonios que revoloteaban traviesos a nuestro alrededor. Fueron días difíciles. Extraños.

La bomba estalló cuando, como ya había supuesto al verlas, las cintas VHS de la biblioteca del psiquiatra terminaron en manos de la inspectora Isabel Morgado y su equipo. Tras analizarlas, procedieron a la detención de dos jueces, policías jubilados, fiscales, banqueros y cinco empresarios, entre los que se encontraba Ismael Roy, el padre de Nora. Los acusaban de abusos reiterados a pacientes del hospital psiquiátrico Vera de la Cruz. Si el padre de Mateo no hubiera muerto, también tendría que haber respondido ante la justicia. Y como él tantos otros que también habían fallecido y que jamás pagarían por lo que hicieron; incluido Gabriel Herranz, quien les había abierto la puerta a esos depravados protegidos por sus cargos, con la ayuda del anterior director del centro, cuya muerte en la habitación de un hotel había despertado sospechas catorce años más tarde.

El contenido de las cintas hablaba por sí solo; si Gabriel las guardaba en su casa era por un motivo: inculpar a quien se quisiera cargar el negocio. Salieron a relucir tantos nombres importantes e influyentes... El nombre de Susana Hernández, la última víctima, fallecida en 2005, empezó a sonar con más fuerza que nunca, puesto que era la protagonista de la mayoría de los vídeos que se requisaron. Las imágenes eran de la misma crudeza que las que Mateo y yo vimos en el DVD que sostenía la mano de Eulalia Valldosera y que había terminado hecho trizas en el salón. Alguien se había tomado muchas molestias en coger una de esas cintas VHS, pasarla a formato DVD y dársela a Mateo. Alguien que sabía cómo manipular un complejo equipo de seguridad sin que le temblaran las manos y mostrarle al mundo las imágenes que favorecían a sus intereses. Y Nora era la cabeza de turco, le insistimos a la inspectora, que prometió volcarse para encontrarla, aunque, sin que lo llegara a reconocer, no supiera ni por dónde empezar.

Mateo no solo sentía repulsión por su padre, también por Ismael Roy, quien le había prometido no fallarle cuando el primero falleció.

—Mi padre era mi héroe —me confesó una noche haciendo oscilar su copa de vino. En ese mismo instante, tomó la decisión de no contarle nada a su madre—. ¿Para qué disgustarla? A veces es mejor vivir en una mentira —añadió.

La madre de Nora llamó llorando a Mateo la misma mañana en la que se llevaron a su marido detenido. La pobre mujer no tenía ni idea de nada. La culpa de haber ingresado a su hija en un centro repleto de monstruos la lanzó de lleno a los antidepresivos. A no querer oír ni saber nada hasta que su hija apareciera sana y salva.

—Con todo lo que sabía sobre Vera de la Cruz, no entiendo cómo Ismael dejó a su hija en manos de ese psiquiatra.

—A Nora no le hicieron nada —dije con seguridad.

Lo supe nada más ver su casa, su estilo de vida. Nora no era como Vanesa, Magda y Susana, no venía de una familia con necesidades a la que pudieran amedrentar con facilidad. Nora no era una elegida, sino una protegida; el asesino sabía de quién era hija, por eso la manipuló. El psiquiatra sí pretendía curarla. Nora era intocable; que terminara encerrada en el psiquiátrico solo favoreció los planes de quien buscaba venganza.

—Su propio padre pagaba por participar en esas orgías con las que el psiquiatra se forraba —añadí—. Y aun así, confiaba en la profesionalidad de Gabriel Herranz para que la curara de la depresión y de sus instintos suicidas. Al fin y al cabo, llevaba años forjándose una buena reputación por los éxitos de otros pacientes, ¿no?

—Tú lo has dicho. Otros pacientes. Y luego estaban las chicas a las que destrozó la vida y a cuyos padres amenazó después —meditó—. Eso ponía en el libro, ¿verdad?

—Sí. Algunas siguen con vida. Según la enfermera, mataron a tres, a las que desenterraron en los jardines del psiquiátrico.

—¿Y crees que...? —empezó a decir Mateo, para luego negar con la cabeza, callar y arrojar al vacío su hipótesis.

—¿Que puede que alguna paciente que saliera con vida de Vera de la Cruz se esté vengando? —cuestioné leyéndole el pensamiento. Asintió cabizbajo—. No sería tan descabellado.

—Pero a Adrián lo mató un hombre —soltó con un resquicio de duda—. Y el asesinato de la mujer del psiquiatra..., no sé, me cuesta creer que haya sido obra de una mujer.

Por la cara que puso, estaba reviviendo el momento en que, con incredulidad, descubrimos el cadáver destrozado de Eulalia Valldosera. Era imposible olvidar una imagen así; nos perseguiría de por vida.

—¿Y por qué no? —debatí—. La gente ve lo que quiere ver. Buscan a un hombre, pero, detrás de todo, puede haber una mujer. Una paciente de Vera de la Cruz traumatizada —especulé insistente.

Mateo no dijo nada más. Esa noche se encerró en su despacho. Yo, con el deseo silenciado de volver a pasar una noche con él, me fui a la habitación de invitados con resignación.

¿Qué hacía viviendo allí con el hombre del que tanto había sospechado, al que había visto como el malo de la película?

¿Qué había pasado exactamente?

Yo, acostumbrada a la rutina y a la calma, a no hacer prácticamente nada, solo trabajar, ver la tele, fumar, beber café y aburrirme, parecía haber vivido años en solo dos meses. Me seguía costando asimilar lo mucho que Nora Roy, una chica con la que no tenía ningún vínculo, había cambiado mi vida de la noche a la mañana.

Después de sollozar con fuerza con la cara pegada a la almohada para liberar tensión, conseguí quedarme dormida. Delante de Mateo, por todo el tema de su padre y demás, quería hacerme la fuerte, no preocuparlo, no darle lástima, pero por dentro la situación me superaba. Era demasiado. Demasiado para cualquiera.

Y fue entonces cuando empecé a tener la paranoia de que alguien, desde la distancia, observaba mis pasos a diario.

Y no me equivocaba.

Alguien seguía mis pasos.

La misma persona que tenía a Nora Roy.

EVA

Braulio, setenta y dos años, cáncer de pulmón. Su deseo era que lo enterraran con su sombrero, su bastón con empuñadura de plata en forma de águila, un paquete de Ducados, el móvil y el cargador. A veces piden cosas raras, Braulio no era el caso más excéntrico. En una ocasión, me pidieron maquillaje de fantasía para una octogenaria a la que, en sus últimos instantes de vida, se le antojó ser un hada. Pero los objetos que más suelen acompañar a los muertos son fotografías, joyas, rosarios y escapularios.

Una hora más tarde, Braulio estaba adecentado y con todas sus pertenencias. Me di la vuelta y la melodía de un móvil sonó. Di tal respingo que por poco se me cae al suelo la bandeja con el material de embalsamamiento.

¿El móvil de Braulio había sonado?

No. Era el mío. Tenía la cabeza tan a mil que me lo había dejado encendido. Con el cadáver aguardando la puesta a punto para su funeral, contesté.

—¿Sí?

—¿Eva Durán? —preguntó una mujer al otro lado de la línea. Su voz era suave y tranquila.

—Sí, soy yo.

—Soy Lucía, de la tienda de antigüedades Palau, en la calle de Gracia. No sé si me recuerdas.

—Sí, claro —asentí confusa. Me acordé de lo amable y

generosa que había sido cuando había venido a mi piso a ver los muebles de nana. Habían pasado cuatro meses desde entonces. Me hizo pensar en la suerte que habían tenido; mejor que ardan muebles de Ikea, de esos que se fabrican por millones, que muebles únicos. Por un momento, me dolió haberme deshecho de ellos.

—¿Y recuerdas que me vendiste un secreter antiguo? —añadió Lucía tras una pausa.

—Eh... sí. ¿Hay algún problema?

—Me gustaría hablar contigo en persona. ¿Podrías pasarte mañana sobre las once?

—Vale, a las once estaré ahí.

—Muy bien, hasta mañana, Eva.

—Hasta mañana.

Fruncí el ceño extrañada. Lucía me había dejado intrigada. Mi abuela cuidaba mucho ese secreter en el que guardaba, entre otras cosas, la biblia de la que me había acordado hacía unos días. Fue el mueble del que más me costó deshacerme por lo importante que era para ella. Pero Natalia me había dicho que lo mejor era hacer borrón y cuenta nueva, aprender a vivir con el recuerdo sin la necesidad de nada material que nos hiriera a diario cada vez que lo viéramos. Lo mío era todo o nada, no tenía término medio. El piso de nana dejó de ser su piso para convertirse en una copia de otros, espacios minimalistas con cuadros impersonales encerrados en marcos monos, pero sin gracia ni historia. Como mi piso, cientos; como el de nana, ninguno. Me deshice de su originalidad y de los retales de historia que había tras cada objeto, arrasé con todo para que no doliera. Para que doliera menos.

Pasé el resto de la jornada como siempre, entre las cuatro paredes frías de azulejos blancos y con un olor penetrante que ya ni notaba después de tantos años. «El frío es el desodorante de los difuntos», solía decir Ruiz presumiendo de un humor negro que yo nunca había llegado a captar. Traté de centrarme y olvidar el interés de la anticuaria por el secreter. Acicalé tres cadáveres más después del de Braulio y me tomé un café de máquina con Lola entre las siete menos cuarto y las siete de la tarde. Esos quince minutos me daban la vida, me hacían creer que todo seguía siendo como siempre. Solo que no lo era. Nada lo volvería a ser.

—Si tenemos entre cuatro y seis difuntos al día, al año salen alrededor de dos mil doscientos cadáveres —caviló Lola sacando su café de la máquina—. ¿A cuántos cadáveres has maquillado durante todos estos años, Eva?

—Todo lo resumís en maquillar —me indigné pese a ser la primera en reducir mi profesión a eso: maquillar muertos; el resto era demasiado largo de explicar.

Poco se habla de la identificación, el lavado, la desinfección, el taponamiento de boca y nariz, la sutura de la boca, y, en el caso de los hombres, el afeitado; luego sí, maquillaje y peinado antes de rematar la faena vistiendo y colocando en el féretro al difunto. Y eso si la historia no se complica, si no tienen tumores en la cara o en la garganta o han muerto en accidentes de tráfico y tienes que enfrentarte a un cadáver sin medio rostro o con él desfigurado. Hay que tener buena mano con las ceras de látex, como un niño jugando con plastilina, para ser capaz de reconstruir un rostro entero.

—Eres una caja de sorpresas, Lola. Pensaba que las matemáticas se te daban mal —añadí.

—Ya ves... —suspiró ensoñadora—. Está siendo una tarde de aburrida.

—Supongo que más de diez mil —apunté reflexiva, visualizando el último cadáver de la tarde.

—¿Pues sabes que Nora Roy le abrió la cabeza a la mujer del psiquiatra como si fuera una sandía? Irreconocible, oye.

—¿Otra vez, Lola? —resoplé con indignación—. No quiero hablar de ese tema.

«Y mucho menos que sigas creyendo que fue Nora, joder», callé.

—Nunca quieres hablar de ese tema —espetó con retintín—. Es de lo que habla todo el mundo —se quejó.

—Ya. ¿Y si todo el mundo se tira de un puente, tú también?

—Hablas como mi madre, ¿qué te pasa?

—Nada. Últimamente estoy más nerviosa de lo normal.

—Por Adrián.

—¿Eh?

—Adrián. ¿Aún nada? ¿Lo tienes a pan y agua?

—No, Lola, nada —repliqué—. No creo que estemos en el mejor momento para que pase algo.

—Oye, pues qué mala pata. Con lo bonito que fue coincidir en Sitges, que él te acompañara cuando a la loca de tu vecina se le ocurrió quemar tu piso... Y que te propusiera quedarte con él. Ay, Eva, lo mires por donde lo mires, yo veo una historia de amor de las grandes. No te angusties por el piso, que en el suyo vives como una marquesa.

—¿Y tú? ¿Cómo te va con Arturo?

Me urgía cambiar de tema. Sabía que Lola podía conseguir que me fuera de la lengua. El tema Arturo funcionaba, al menos de momento. «Ojalá le dure», pensé, para seguir utilizándolo cuando me conviniera.

—Pues muy bien. Nosotros sí estamos en un buen momento para que pase de todo, ya me entiendes. A mi edad no hay tiempo que perder.

—Muy bien... —reí pensando que ojalá todo fuera tan sencillo—. Disfrútalo.

—En ello estoy, Eva, en ello estoy... Que la vida es un ratito...

—... que la vida es un suspiro —terminé de decir con la piel de gallina y la voz quebrada.

Cuando a las nueve de la noche salí del tanatorio con Lola, me sorprendió ver a Mateo apoyado en el asiento de su moto esperándome en el aparcamiento. Pensaba que esa noche no me vendría a buscar. Alzó la mirada y me vio. Sonrió de medio lado; tenía ojeras, parecía cansado. No dormía muy bien. Guardó el móvil en el bolsillo trasero de los tejanos y vino hacia nosotras.

—Míralo —suspiró Lola como si estuviera viendo una de esas series turcas que había dejado de lado gracias a Arturo—. Qué bueno está, hostia.

La atravesé con la mirada.

—¡No me mires así! —rechistó señalándome con el dedo—. Cuando sea tu novio, lo respetaré y no volveré a decir que es el tío más bueno que he visto en mi vida, pero, por el momento, mientras no pases a la acción, diré lo que me dé la gana.

Cuando Mateo se plantó delante de nosotras, me pregunté qué veía en mí un hombre como él.

—No te esperaba —le dije.

—He salido antes de trabajar.

Lola, a nuestro lado, nos miraba expectante. Solo le faltaba un bol de palomitas y un refresco.

—Eh... ¿Te acuerdas de Lola?

—Yo me acuerdo muy bien de ti, Adrián —le soltó Lola con gracia mientras se ponía de puntillas para darle dos besos. Al separarse, no retiró la mano del hombro de Mateo, que parecía confuso.

—Claro. Nos vimos en la discoteca —recordó él zafándose con elegancia de la mano de Lola.

—¡Sí! Oye, y además tiene buena memoria —dijo Lola dirigiéndose a mí y señalándose la sien.

Puse los ojos en blanco. Dios. Teníamos que salir de allí antes de que dijera cualquier otra cosa fuera de lugar. Me pregunté si no tendría una botella de whisky escondida bajo el mueble de recepción.

—Nos vemos mañana, Lola.

—Hasta mañana, chicos, que lo paséis bien.

Lola nos guiñó un ojo divertida y dio un paso en dirección a su coche. Yo, al lado de Mateo, esbocé una sonrisa lenta, incómoda.

—Perdónala. Le gustas mucho.

—¿Solo a ella? —preguntó dejando su casco en el asiento de la moto para coger el mío y colocármelo.

—Bueno, supongo que tendrás más admiradoras, claro —balbuceé. Por suerte, el casco escondió el rubor de mis mejillas.

—Pero a mí solo me interesa una —soltó como si nada, sin darme tiempo a reaccionar.

Se subió a la moto, cogió mis manos con dulzura y las colocó alrededor de su cintura. La contracción de su musculatura firme al arrancar la moto me produjo una descarga eléctrica similar a la que sentí cuando lo conocí en el Café del Sol en lo que me parecía otra vida.

Metidos en el ascensor, cerca el uno del otro, con nuestros brazos rozándose, le conté lo de la llamada de la anticuaria.

—Qué raro, ¿no? —comentó.

—Pues sí, tengo bastante curiosidad.

Llegamos a la planta e introdujo la llave en el cerrojo de la puerta. Nada más entrar, percibí un olor distinto que me resultó familiar. Por primera vez, sentí que ese piso era un hogar. Avancé lentamente hasta el salón, donde la gran mesa de cristal estaba preparada para una cena romántica.

En medio, había una vela roja que Mateo se apresuró a encender. Luego fue a la cocina y sacó del horno una bandeja de *filet mignon* acompañado de patatas cocidas y espárragos verdes que se había mantenido caliente. Se entretuvo un rato con la salsa; tenía una pinta deliciosa. Me recordó a la comida de nana. De ahí el olor familiar, el sentirme como si estuviera en casa. Como si hubiera encontrado el hogar que, inconscientemente, había estado buscando toda mi vida. Un sollozo afloró desde el fondo de mi garganta y las lágrimas que había intentado reprimir llegaron. Cayeron como un torrente por mis mejillas haciéndome parecer una tía patética. Debía de dar lástima, y nunca me ha gustado que nadie me vea como una víctima.

—Ey, ¿qué pasa? —se preocupó Mateo acercándose a mí—. ¿No te gusta? ¿He hecho algo mal?

Las palabras, atascadas en mis cuerdas vocales, se me atragantaron, así que negué con la cabeza y con los puños apretados, como si pudiera retener toda la tensión en la palma de las manos y evitar que estallara. Seguía obcecada con que no era el momento indicado, todo se me hacía demasiado complicado. Peligroso. Había un asesino suelto cerca que parecía ir a por nosotros.

Mateo, dulce, fue quien, como siempre, dio el primer paso, haciéndome ver que no era tan difícil dejarse llevar por el deseo fuera cual fuera la situación. Me cogió la cara y me besó. Sentí la suave presión de su boca, sus labios abriéndose, el dulce aroma químico de la loción de afeitado. Un beso apasionado, profundo y cálido. Nos fundimos en un solo ser. Dios. Cuánto me gustaban sus labios, cuánta adicción y necesidad me creaba con solo un beso. Mi cuerpo bullía por dentro como los engranajes de una maquinaria.

—Me encantas —susurró con voz muy queda.

Cerré los ojos y contuve la respiración. En ese momento, fui consciente de que estaba perdida. Aun así, hubiera pagado lo que fuera por poder detener el tiempo. Por quedarme eternamente en ese momento en el que Mateo empezó a acariciar mi cintura por debajo de la camiseta y se deslizó tortuosamente hasta mis caderas sin despegar sus labios de los míos. Sus manos quemaban en mi piel; excitado, me mordió el labio inferior antes de clavar sus ojos en los míos y arrastrarme al piso de arriba. Dejamos que el *filet mignon* se enfriara y que la vela se consumiera; nos moríamos por disfrutar del postre. Ya en su habitación, a donde llegamos de milagro después de tropezar en los escalones y de chocar contra las paredes y los marcos de las puertas por no poder dejar de besarnos y tocarnos, empezamos a desvestirnos el uno al otro con prisa, como si tuviéramos algo que perder o quisiéramos recuperar el tiempo, las semanas de dudas, de desconfianza, los días de incertidumbre, de no entender nada. Noté que la seguridad en mí misma se me escurría de entre los dedos al ver su cuerpo fuerte, tonificado, esculpido a base de muchas horas machacándose en el gimnasio. Pero para Mateo, cuyas manos recorrían el contorno de mi cuerpo con una delicadeza extrema, yo era perfecta, me lo susurró al oído una, dos, tres veces, atravesándome no solo el corazón, sino también la mente. Solo había estado con un hombre, Miguel, una relación tranquila y aburrida en la que nunca, ni siquiera al principio, hubo fuegos artificiales como los había con el hombre que tenía encima. Tras los minutos más apasionantes de mi vida, Mateo entró en mí. Al principio con cuidado, tierno, mirándome a los ojos, asegurándose de que yo estaba bien y de que me sentía cómoda; luego me embistió de manera febril, fuerte, con la cabeza hundida en mi cuello. Estallamos de placer al mismo tiempo, como si no fuera nuestra primera vez. Tanta compenetración me parecía increíble, de otro mundo. Y me daba miedo, miedo a perder lo que sentía que aún no tenía. Porque nada en realidad nos pertenece. Terminé con la cabeza en su pecho y la mirada fija en la luna, cuyos reflejos plateados bañaban la habitación otorgándole un aura especial. Él enredaba sus dedos en mi pelo.

—Necesito normalidad, Eva. Necesito olvidar lo que hizo mi padre, quitarme de la cabeza a Nora, pensar que no está en peligro..., aunque sea un engaño —musitó—. Te necesito a ti.

Me dejó sin respiración. No fui capaz de decir nada, me quedé en blanco. Ni siquiera levanté la cabeza para mirarlo cuando sus labios besaron cariñosamente mi sien. ¿Qué me pasaba? ¿Por qué me encerraba de esa forma si me gustaba tanto, tanto, tanto, y él se abría sin complejos ni miedos a mí? Dije lo primero que se me pasó por la cabeza. Aunque no fue tanto lo que dije, sino cómo lo dije. Sonó ridículo y frío:

—El *filet mignon* se habrá quedado reseco.

Para darme de hostias, lo sé.

Jueves 16 de mayo de 2019

—

EVA

EL SECRETER

Cuando desperté, el lado de la cama de Mateo estaba frío. Miré la hora. Las nueve y media de la mañana. Me di una ducha rápida con la sonrisa boba en la cara de quien ha vivido una noche espectacular. Por mi mente circularon como ráfagas cada caricia, cada beso, cada momento de intimidad con Mateo, provocándome un estremecimiento placentero en mi soledad. Me envolví en el albornoz blanco con olor a lavanda que Mateo había dejado cuidadosamente sobre el retrete y fui hasta el cuarto de invitados, donde tenía mi ropa, a vestirme. Bajé a la cocina a por un café. Al lado de la cafetera me esperaba una bolsita de papel arrugada con el logo de una panadería cercana. En su interior había un par de cruasanes de chocolate, mis preferidos. Cogí el móvil, ignoré los wasaps que me había enviado Natalia hacía unos minutos y le escribí a Mateo dándole las gracias por el desayuno y..., bueno, por la noche que pasamos juntos. No esperaba que contestara tan rápido, pero no tardó ni dos segundos en hacerlo: «Estoy deseando repetirla».

Ay.

Mordisqueé un trozo de cruasán, me supo mal no tener mucho apetito después del detalle que había tenido. Cogí la taza de café y me la llevé a la terraza para acompañarla con un cigarro. Paseé la mirada por la calle, bulliciosa a esas horas de la mañana. A la cabeza me vino el fatal recuerdo de la otra noche: una figura que parecía estar observándome desde la protección que le otorgaba la penumbra. Negué con la cabeza tratando de olvidar, de quitarme de encima la sensación paranoica de estar siendo observada. Le di un sorbo al café y eché un vistazo a los wasaps de Natalia. ¿Podía quedar? Le contesté que en una hora tenía que estar en la tienda de antigüedades en la que había vendido algunos de los muebles de nana, pero que no tardaría mucho rato. ¿A las once y media en el Café del Sol? Escribió un escueto «O. K., hasta ahora».

Bajé en la parada de metro Diagonal y recorrí Paseo de Gracia, tan repleto de vida como de tiendas no asequibles para cualquier bolsillo. Me adentré en los jardines de Salvador Espriu, un pequeño pulmón flanqueado por árboles plataneros en esa zona tan cargada de contaminación y giré hacia la izquierda, en dirección a la calle de Gracia, donde la tienda de antigüedades Palau me recibió con una luz tenue y misteriosa. Al cruzar la puerta, el tintineo de la campanita dejó escapar una breve nota musical. En su interior, pequeñas joyas de otras épocas apelotonadas a la espera de una nueva oportunidad: cuadros, esculturas, mobiliario, relojes de cuco y máquinas de escribir que llamaron mi atención.

—Hola, ¿puedo ayudarla en...? —La voz de la mujer se detuvo en seco al reconocerme—. Eva, ¿cómo estás?

Lucía debía de rondar los cincuenta años, era menuda, de ojos grandes, verdes y penetrantes, el tipo de mujer que llama la atención. De cabello largo y plateado, ese día llevaba unos grandes aros en las orejas y un vestido largo y floral estilo hippy que me recordó a mi madre. Le sonreí, pero la sonrisa desapareció en cuanto vi un ápice de miedo en su mirada. Le temblaban las manos. Me dio la sensación de que mi presencia, pese a esperarla, la puso nerviosa, en alerta.

—¿Pasa algo? —pregunté angustiada, con el corazón galopando a mil.

Lucía frunció los labios e hizo un amago de sonreír, pero no le salió. Me dio la espalda para ir a cerrar la puerta de cristal con llave. Giró el cartel de «Abierto» cambiándolo por «Cerrado» y me dijo con un tono de voz grave:

—Ven, sígueme.

Su misteriosa propuesta vino acompañada de un gesto lento con la mano señalándome el camino. Cada vez estaba más intrigada. Cruzamos la tienda hasta que Lucía se detuvo frente a una puerta pintada de verde oscuro de la que colgaba otro cartel: «Prohibido el paso. Solo empleados».

Encendió la luz de una bombilla que osciló en el techo proyectando en las paredes de piedra desconchadas sombras dispersas procedentes de la cantidad de mobiliario amontonado que albergaba la estancia. Al fondo del enorme almacén, vislumbré el secreter de la abuela. Hice un esfuerzo por contener la emoción. Lucía, acariciando la madera, apretó los labios hacia dentro, como si saboreara algo desagradable.

—No revisaste bien los muebles, ¿verdad, Eva?

—Sí —le aseguré—. Revisé cajones, armarios...

Lucía, sin decir nada, abrió el cajón central.

—Iba a restaurarlo. Insuflarle una nueva vida, como se suele decir —empezó a contarme ensimismada—. Descubrí un doble fondo y..., bueno, míralo tú misma.

Me acerqué al secreter lentamente, conteniendo la respiración. Me temblaron las piernas como gelatina al ver lo que mi abuela escondía en ese doble fondo en el que yo jamás había reparado, un escondite muy bien construido para guardar un secreto del que debía de avergonzarse. Si Lucía no hubiera estado preparada para sostenerme, me habría caído al suelo.

NORA

Estaba anocheciendo cuando entró cargando un televisor de tubo y un reproductor antiguo de esos que admiten las desfasadas cintas VHS. Una ventanita en lo alto con tres barrotes de hierro que me recordaban a la habitación en la que estuve en Vera de la Cruz me permitía saber si era de día o de noche; por lo demás, desconocía cuántos días llevaba allí dentro. De lo que sí tenía constancia era de que hacía veinticuatro horas que no probaba bocado. Mi estómago rugía frenético, me sentía mareada, no tenía fuerzas ni para levantar un dedo. Alcé la vista, miré sus ojos turbios, sin vida. Chasqueó la lengua y soltó:

—Tienes que ver algo.

Se agachó dándome la espalda. No me tenía atada de pies y manos, no era el típico secuestro, pero sí se aseguraba de cerrar la puerta con llave. No había forma de escapar. Gritar era un desgaste de energía inútil, no mintió cuando me aseguró que no había nadie cerca que pudiera oírme. Por el poco ruido que se escuchaba en la casa, parecía pasarse el día fuera, puede que ni siquiera durmiera allí.

El televisor no tardó mucho en cobrar vida. Introdujo la cinta VHS en la que había una etiqueta con una fecha y un nombre:

Susana
05/10/2005

—¿Qué es eso? —pregunté con la mirada fija en la pantalla.

—Espera y verás —contestó sentándose a mi lado, imitando mi postura y relamiéndose los labios.

La imagen de la pantalla, hasta hacía unos segundos en blanco y con rayas zigzagueantes, como con interferencias, me mostró una habitación. No me costó reconocerla, era prácticamente igual a la mía en el centro psiquiátrico, puede que un poco más pequeña. En ella, una chica joven, morena, yacía dormida en la cama. La imagen me hipnotizó hasta el punto de no sentir que su mano apretaba la mía fuerte, cada vez más fuerte. Durante un momento, estuve más pendiente de las lágrimas que empezaron a aflorar a sus ojos que de lo que le ocurría a la chica de la habitación.

—Mira la pantalla, no me mires a mí —gruñó.

Tragué saliva y le hice caso. A la locura conviene no contradecirla. La chica del vídeo, una desconocida para mí, dejó de estar sola. Entraron hombres. Hombres trajeados, grandes, importantes. Dos, tres, cuatro..., cinco hombres. Ninguno de ellos era el psiquiatra. Al reconocer a dos de ellos, la que empezó a llorar impactada fui yo y entonces fueron mis uñas las que, de manera inconsciente, se clavaron en la piel de la mano que me tenía acorralada.

—No puede ser.

—Tu padre —señaló—. ¿Y qué me dices de ese?

—El padre de Mateo —balbuceé—. Quítalo. No quiero verlo.

—¡Lo vas a ver! ¡Lo vas a ver todo hasta el final! —gritó soltándome la mano para agarrarme con brusquedad del pelo y dejar mi cara a dos milímetros de la pantalla—. Al psiquiatra le divertía verlo en directo desde su despacho. Tenía cámaras en algunas de las habitaciones, en las habitaciones de las favoritas —me explicó con desprecio, escupiendo cada palabra y poniendo énfasis en la última. «Favoritas.» ¿Qué significado tenía?

Me dolía el cuero cabelludo y el cuello se me agarrotó. Mechones de mi pelo negro con raíces rubias cayeron al suelo.

Una hora. Una hora con los ojos irritados, rojos de ira y de dolor, viendo de cerca el horror que había padecido esa pobre chica. Tan de cerca que a veces veía doble y los cuerpos se entremezclaban los unos con los otros grotescamente. Una hora viendo las atrocidades que esos hombres, mi padre y el padre de Mateo entre ellos sin que mi cerebro pudiera asimilarlo, cometieron contra ella, que parecía drogada, dormida, indefensa. Podría haber sido yo. Pero fue esa chica. Una muñeca de trapo para cinco hombres que la sometieron a abusos difíciles de describir y de digerir. La utilizaron a su antojo sin piedad, como si no fuera más que un bicho, un ser insignificante. Traté por todos los medios de alejarme de esa realidad, de no mirar la cara de mi padre ni la del padre de Mateo, de pensar que eran extraños como los otros tres.

—Y hay más. Hay más chicas rotas —se lamentó cuando los hombres, satisfechos, salieron de la habitación riendo y sin mirar atrás, sin mostrar un ápice de lástima por la chica a la que habían violado repetidas veces—. Hay más chicas, pero esta chica... era mi chica, ¿sabes? ¿Entiendes el dolor que supone para mí ver esto?

—No..., yo... no...

«Yo no tengo la culpa de eso», quise decir. Pero era incapaz de hablar. Incapaz de pensar, de sentir, de respirar. Me quise morir allí mismo.

—¡Espera! ¡Queda lo mejor! —exclamó con locura.

La chica, con el camisón rasgado, desnuda, utilizada y con restos de semen esparcidos por su piel, seguía dormida en la posición retorcida en la que la habían dejado. No se había enterado de nada. Pero los cardenales que se intuían en la imagen en blanco y negro le dolerían cuando los efectos de la medicación, que yo tan bien conocía, desaparecieran. Transcurrieron los minutos pesados como losas. La cámara, ubicada en una esquina del techo, seguía grabando, pero no pasaba nada. Por primera vez desde que me arrastró fuera del piso de Eva, me estaba sometiendo a una especie de tortura por culpa de los pecados de mi padre. Eso sí lo entendí. Estaba ahí por lo que él le había hecho a esa chica, a otras... Había dicho que era su chica. Lo entendí todo. Casi todo. Adrián había muerto por ese mismo motivo.

Por nuestro padre.

—Vuelve a mirar —dijo desafiante sin apartar la mirada de la pantalla, aún con lágrimas en los ojos, el dolor brotando por cada poro de su piel.

La puerta volvió a abrirse. Inspiré aire con fuerza. ¿Qué más podían hacerle a esa pobre chica? Me alarmé, mantuve los ojos abiertos, expectantes, pero en realidad no quería ver nada. No quería ver más.

Una mujer mayor entró con calma con dos botellas de lo que parecía lejía. Sostuvo la puerta abierta un momento, desapareció del encuadre y luego volvió a la habitación con una fregona, un estropajo y un camisón de recambio. Vestía un uniforme que intuí de color azul, porque así era como vestían las mujeres de la limpieza del centro que mantenían las estancias y los pasillos en orden. Por el enfoque de la cámara, solo podía verle el cogote, el cabello canoso recogido en un moño bajo. Pero entonces miró a cámara, como habían hecho mi padre y el padre de Mateo con una sonrisa lasciva antes de dar inicio a su vomitivo juego. En ese momento detuvo la cinta con el mando a distancia.

—¿Sabes quién es?

Fruncí el ceño, volví a mirar la escena congelada tratando de reconocer a la mujer. El mohín de disgusto en su gesto, la mirada apenada, de resignación. Debía de rondar los sesenta y tantos, era bajita y ancha de caderas.

—Mírala —me ordenó. Volvió a cogerme del pelo y a estamparme la cara contra la pantalla.

—¡Así no puedo verla bien, joder! —grité con furia, revolviéndome, intentando zafarme de su mano violenta con las pocas fuerzas que me quedaban.

Silencio.

Siempre había pensado en el miedo como en una sensación fría, pero en realidad el miedo que aterra, el silencio que estremece, la mirada que te atraviesa, quema como el fuego.

Su mano me agarró con más fuerza y me lanzó hacia atrás, contra la pared. Se levantó, dio un puñetazo al aire de pura impotencia y, con una rapidez pasmosa, se agachó para quedar a mi altura y me soltó una bofetada dura, sonora, que me dejó la mejilla temblando, ardiente y dolorida. Fue la primera vez que me pegó. El pitbull había desobedecido a su amo, se había deshecho del bozal, había sacado los dientes.

No quise llorar, pero...

Tomó aliento. Su expresión se suavizó.

—A mí no me grites. Ven, siéntate a mi lado.

Volvió a sentarse como si no hubiera pasado nada. Con la mano en la mejilla tratando de calmar el dolor, aguantando las lágrimas y las ganas de echar a correr por la puerta entreabierta, le hice caso. Cogió el mando a distancia y activó de nuevo el vídeo. La mujer dejó de mirar a cámara y se puso a fregar. A continuación, se detuvo frente a la chica. La estuvo mirando un segundo, dos, tres..., sesenta segundos en total. Me pareció perverso. Luego cogió el estropajo y le empezó a frotar el cuerpo con rapidez, como si en lugar de limpiar piel estuviera limpiando una superficie sin alma.

—Solo pude ir a ver a mi chica una vez. Les dijeron a sus padres que lo mejor para su tratamiento era que nadie la fuera a ver. Y mucho menos yo, claro. Esa mujer le dejaba la piel roja, quemada, hinchada y con sarpullidos. Le dolía horrores. Cuando le pregunté quién le había hecho eso, Susana, que no era capaz de hablar, la señaló. Miré de cerca a esa vieja a la cara. Estaba limpiando los cristales tan tranquila, la muy cabrona tarareaba una canción. Nunca me olvidaría de su cara, me prometí en aquel momento. La vieja les limpiaba la piel con un chorro de lejía —espetó con rabia. Sus ojos se asomaron un momento a los míos para después desviarse raudos hacia el televisor.

Sentí su tristeza infinita convertida en odio con los años, contenida para no perder su poder sobre mí.

Cuando terminó, la mujer vistió sin ningún tipo de delicadeza a la chica, que seguía sin moverse, con un nuevo camisón que refulgía en el blanco y negro de la imagen. Recogió sus cosas, miró una vez más a la cámara para asentir con una sonrisa profesional, como si fuera consciente de que alguien había observado cada uno de sus movimientos, y se fue. Lo de antes había sido espantoso, pero ver a esa mujer limpiar con esa frialdad los flujos corporales de los hombres que habían abusado de una paciente inconsciente me resultó atroz.

—Cinco días después la mataron. A mi chica, digo. Cinco días más tarde terminaron con su vida, se deshicieron de ella como de un trapo usado. Eso fue para ellos. Solo un trapo usado...

Tensó la mandíbula y se encogió de hombros. Me quedé sin respiración. Sentí que el corazón estaba a punto de estallarme en el pecho.

—No... —traté de decir con la boca seca.

—¿No qué? ¡Habla!

—No me suena de nada —negué acobardada por su mirada cargada de odio—. No sé quién es esa mujer.

—No, claro que no te suena de nada. Pero yo te diré quién era esa bruja. Era la abuela de Eva, tu compañera de piso. Por eso te llevé hasta ella. Para introducirla en el juego. Eva es clave, la siguiente ficha que tendré que mover si no... Bueno, me reservo esa información —sonrió con picardía—. El caso es que ahora está metida en el juego, tal y como quería. No hay nada como suscitar un poquito de interés con algo tan sencillo como manchar unas paredes. No tardó en limpiarlas, sin importarle lo más mínimo qué te había pasado. Porque no le importas, Nora. No le importas lo más mínimo. La muy hija de puta se esmeró en limpiar las manchas con la misma mente fría con que su abuela restregaba con un trapo los cuerpos de las pobres chicas como si fueran muebles. De casta le viene al galgo. Le di la oportunidad de salvarse, de no entrar en el juego, y la desaprovechó. ¿Lo entiendes ahora, Nora? ¿Entiendes por qué estoy haciendo todo esto? Dentro de poco, sabremos si te dejo libre y esta pesadilla termina para ti... o no.

EVA

No sé qué fue lo que más me impactó: si los cien mil euros en billetes de quinientos o la fotografía en la que mi abuela, vestida con el uniforme azul de limpieza con el que siempre llegaba a casa, posaba junto a un equipo de siete personas delante del centro psiquiátrico Vera de la Cruz. Reconocí el siniestro lugar por la inconfundible entrada, una majestuosa puerta de grandes dimensiones con vidrieras de colores, y la fachada de ladrillo cubierta de hiedra que tantas veces habían salido en televisión desde que Alicia Bastán había destapado la historia del psiquiatra. Mi abuela, en una esquina, retirada del resto, posaba seria para el fotógrafo con las manos entrelazadas sobre el vientre. La distribución se había dispuesto según la importancia del cargo de cada uno, no hacía falta ser un lumbreras para darse cuenta de ese detalle. En medio, el psiquiatra junto a Ana Torrents, la enfermera, y un hombre trajeado, alto y robusto, con una espesa barba cana, Alejandro Marisma, director del centro hasta el año 2005. El mismo año en que mi abuela se jubiló. El mismo año que había escrito en el dorso de la fotografía. Mirar esa imagen era como estar evocando fantasmas.

—¿Te encuentras bien? —me preguntó Lucía interrumpiendo mis pensamientos. Recelosa, miré los cien mil euros. Aunque tanto dinero me parecía sospechoso, inquietante e irreal, en ese momento solo tenía ojos para la fotografía que sujetaba con manos temblorosas.

—Sí..., sí, Lucía, te agradezco mucho que me hayas llamado para... —Cerré un momento los ojos tratando de recomponerme, de asimilar la situación, de entender que, en cierto modo, estaba tan implicada en la historia del psiquiátrico como Nora o Mateo. Sus padres. Mi abuela. ¿Qué había hecho mi abuela?—. Bueno, cualquiera en tu lugar se habría quedado con este dinero, lo sabes bien —añadí con voz queda.

—Hay que tener un poco de fe en las personas, Eva.

Volví a mirar a mi abuela entre esa gente. Cerca del monstruo y de la enfermera que se lo había contado todo a una escritora porque se estaba muriendo y no quería terminar en el infierno; puro egoísmo, solo eso. Egoísmo. Pero si la mujer a la que más quise, la mujer cuya muerte seguía llorando a diario, había formado parte de ese engranaje por dinero... No, yo ya no tenía fe en las personas ni en el mundo. No en ese mundo. Perdí la fe en ese mismo instante, frente a una anticuaria que me miraba con preocupación. El semblante de nana se me antojó desconocido; era ella enfundada en su caparazón, pero no lo parecía.

—Sabía que no vendrías preparada para cargar con todo este dinero, así que te voy a dar una mochila. Es segura, doble cremallera y...

—¿Cuánto te debo?

—No, no te preocupes —negó haciendo aspavientos con las manos.

Sin dudar, cogí un billete de quinientos euros y se lo di.

—No hace falta, de verdad..., no es la primera vez que me pasa —se sonrojó—. Nunca he encontrado tanto dinero, pero...

—Insisto. Para ti.

—Bueno, pues... eh... gracias.

«Es dinero negro», pensaba mientras, con ayuda de Lucía, iba metiendo los fajos de billetes en la mochila. «Dinero manchado de sufrimiento, de temor y de sangre.»

Lo primero que hice al salir de la tienda fue encender un cigarro. No atinaba ni con el mechero, se me escurría de las manos y un par de veces se me cayó al suelo. Llamé a Ruiz. Me sentía indispuesta, incapaz de ir a trabajar esa tarde. No puso ninguna objeción, era padre de tres niños pequeños y necesitaba el dinero, aunque ya le debía unas cuantas. Me di cuenta de que eran la doce del mediodía y tenía varios wasaps de Natalia preguntándome dónde me había metido. Se me había ido el santo al cielo en el interior del almacén de la tienda. Tras mi perdón, estuve a punto de escribirle que me había surgido un problema y que no podía quedar. No me apetecía ver a nadie y mucho menos hablar. Pero luego pensé que a lo mejor mi abuela le había contado algo a ella que yo desconocía.

12:05 EVA
Dame diez minutos.
Voy para allá.

12:06 NATALIA
Vaaale...
Te espero.

Al llegar a la plaza del Sol con la mochila repleta del dinero de nana a la espalda, me pareció ver un espejismo sentado al lado de Natalia. ¿Qué hacía Miguel con ella? Miguel, mi ex, al que mis sentimientos por Mateo habían borrado de un plumazo. Miguel, que se había dejado un mostacho ridículo y tenía el pelo un poco más largo, que vestía un polo rosa, cuando siempre decía que con ese color él no se atrevía, y que se estaba fumando un cigarro después de echarme innumerables broncas por lo que él llamaba «el maldito vicio». Miguel, que fijó la mirada en mí en cuanto me planté frente a ellos y me dedicó una sonrisa penosa, tan tirante como una goma de mascar, para luego clavar sus ojos en los de Natalia, enarcar las cejas y hablarle con ellos sin necesidad de palabras: «¿Por qué no me has dicho que vendría Eva?».

—¡Qué casualidad! —empezó a decir Natalia rompiendo el incómodo silencio—. Miguel pasaba por aquí y se ha sentado un ratito conmigo —se excusó—. Y ya que parecía que tú me ibas a dar plantón...

—Pero ya me iba, eh —la interrumpió Miguel levantándose como un resorte.

Eché un vistazo a mi alrededor, al piso de mi abuela, cerrado a cal y canto hasta que empezaran las obras la semana siguiente. Una chica joven que me recordó a Nora servía las mesas de la terraza del Café del Sol.

¿Dónde estaba Félix?

Parecía que me habían cambiado el decorado del escenario que tan bien conocía. Me sentí una intrusa.

—Diez años de relación —empecé a decir— y no me preguntas ni cómo estoy.

Miguel miró por el rabillo del ojo a Natalia y apretó la mandíbula; no me pasó desapercibido ese gesto de lo extraño que me pareció, como si tuviera que pedirle permiso para hablar.

—Era lo que tú querías, ¿no? —replicó de brazos cruzados.

—¿Cómo que lo que yo quería?

—Libertad. Querías libertad, nuestra relación te estaba asfixiando, así que yo...

—Pero ¿qué estás diciendo?

—Hice lo que tenía que hacer, ¿vale, Eva? Después de un año ya no... Esto es... es una pérdida de tiempo. Siento lo del incendio. Adiós, Natalia. Cuídate, Eva.

Miguel se fue sin mirar atrás, perdiéndose entre la multitud que paseaba a esas horas por la plaza. Me quedé en blanco, descolocada. Natalia frunció el ceño, como si tampoco entendiera nada de lo que había pasado, y sonrió.

—Anda, siéntate. ¿Café con hielo?

—Sí —asentí confundida descolgándome la mochila y colocándola en el suelo entre mis pies. Sentí un alivio en la espalda en el acto.

—¿Qué llevas ahí? —inquirió Natalia curiosa.

—Es una historia muy larga...

—¿Tanto como la de Adrián/Mateo?

—Más. Y más rara.

Le pedí un café con hielo a la camarera, que asintió y se retiró al interior del bar.

—¿Y Félix?

—¿Quién?

—El camarero de siempre.

—Ah. Pues ni idea, no lo he visto —contestó Natalia sin darle importancia.

—Natalia... —No sabía cómo encauzar la conversación hacia lo que me estaba angustiando—. En el tiempo que estuviste trabajando con mi abuela en la residencia, ¿te dijo algo de un psiquiátrico? ¿Te contó que estuvo trabajando como limpiadora en... en Vera de la Cruz?

El nombre del centro se me atragantó. Empecé a sentir un odio visceral por esas cuatro paredes y por todo lo que había pasado en su interior.

—¿Vera de la Cruz? ¿Ahí no fue donde tu compañera de piso mató al psiquiatra y a la enfermera?

—¡No fue ella! —estallé dando un golpe sobre la mesa.

—¿Qué?

—Está habiendo asesinatos, Natalia. A esa chica la tienen retenida contra su voluntad, se la llevaron de mi piso —dije bajando el tono de voz, callando cuando la camarera me sirvió el café con hielo. Natalia me miró como si estuviera loca.

—Estoy al día. Ahora se han cargado a la mujer del psiquiatra, ¿no? —comentó con fingido interés—. Pero dicen que ha sido la chica esa, que...

—No, no, no... No ha sido ella.

«¡¿Me escuchas cuando te hablo?!», quise volver a gritarle. Estaba histérica, fuera de mis casillas, reprimiendo mis impulsos de mandarlo todo a la mierda. Descubrir que mi abuela estaba relacionada con el centro psiquiátrico había acabado conmigo. Yo, que pensaba que esa guerra no me incumbía, estaba metida en el lodo como todos los demás. Y el asesino lo sabía. El asesino me tenía en su punto de mira por ser nieta de quien era.

—Pero ¿qué te pasa? —insistió Natalia sin entender.

—Que mi abuela trabajó ahí como limpiadora.

—Pero ¿no trabajaba en unas oficinas de la Zona Franca? —arguyó tan confusa como yo.

—Por lo visto, he vivido en una mentira toda mi vida. Ha muerto gente, Natalia. Y morirá más —me lamenté.

—Ay, chica, o te explicas mejor o yo no... Sigo sin saber de qué me hablas.

—Gente relacionada con esos vídeos...

—¿Vídeos?

Era inútil. Por cada explicación, una pregunta, y yo no tenía la paciencia ni el temple suficientes para empezar por el principio ni para sospechar un final. De pronto, tuve la visión de una escena horrible, la misma que había presenciado en casa del psiquiatra, pero con mi cuerpo en lugar del de su mujer. Mi cráneo partido por la mitad con un hacha. Mis ojos sin vida, sin luz, sin alma, abiertos, excesivamente abiertos, mirando a la nada, como si la muerte me hubiera pillado por sorpresa.

—Eva, ¿estás metida en líos?

—Creo que sí —contesté inspirando hondo y terminando el café de un sorbo—. Tengo que irme, Natalia, perdóname. Hoy invito yo, ¿vale?

—Vale...

Cogí la mochila y me la eché de nuevo a la espalda. Me agaché, le di un beso en la mejilla a Natalia y entré en el bar a pagar los cafés. Sentí la mirada de mi amiga durante un rato, hasta que ella decidió irse también. Mientras la camarera novata se peleaba con la máquina registradora, aproveché para preguntarle:

—¿Sabes dónde está Félix? ¿El camarero que había antes?

—No sé —contestó entretenida—. Son tres con cincuenta.

Metí la mano en mi monedero y le di el dinero justo.

—Bueno —rectificó la chica—. Cuando la dueña me contrató, dijo algo de un camarero que la había dejado tirada de la noche a la mañana, sin avisar ni nada. Flipo con la gente, con lo mal que está encontrar trabajo.

—¿Hace cuánto?

—Pues... —Se mordió el labio inferior y desvió la mirada hacia el techo, como si le costara un esfuerzo enorme recordar.

—Hace dos semanas —intervino la voz de una mujer emergiendo de la cocina.

«Hace dos semanas, cuando se incendió mi piso, cuando me fui del barrio.»

—Félix se definía como un trotamundos —continuó hablando la propietaria del bar mientras se secaba las manos con el delantal—. No quiso que le hiciera contrato, al menos al principio, y tampoco me extrañó mucho, pero no esperaba que me fuera a dejar en la estacada. Las nueve de la mañana y el bar sin abrir. Era buen camarero, el mejor que he tenido. Nunca se quejó por nada, y eso que aquí echamos muchas horas. No era un vago como el anterior. Pero a la vista está que no puedes fiarte de nadie. ¿Está metido en problemas? —quiso saber cogiendo un paquete de tabaco de la barra.

—No. No creo —contesté insegura—. ¿Te contó algo de su vida?

—No hablaba mucho, pero cuando vino a preguntarme si necesitaba camarero, me contó que venía de Londres, donde trabajaba como programador informático. Necesitaba trabajo, pero le apetecía un cambio, quería dedicarse a una actividad en la que no tuviera que estrujarse los sesos. Me ha dejado la web del local a medio hacer. Si das con él, hazme el favor de mandarlo a la mierda de mi parte, ¿vale?

Salí del bar con la urgente necesidad de corroborar algo en el libro que había escrito Alicia, pero el incendio había convertido en cenizas mi ejemplar firmado, así que compré otro en una librería que encontré de camino a la parada del bus.

No había ni un asiento libre, así que me agarré fuerte a la barandilla para no caer con cada frenazo del conductor en un semáforo o en una parada y, vigilando mi mochila como si tuviera ojos en el cogote, hojeé la tercera parte de *El psiquiatra.* Fui interrumpida varias veces por una chica universitaria de rostro pequeño y redondeado.

—Vas a flipar cuando lo leas —me dijo señalando el libro.

Le sonreí por cortesía. Pasé por alto fragmentos de los testimonios de los padres de Susana, la última víctima conocida del centro, la última chica enterrada, y traté de centrarme, de encontrar lo evidente, algo que estaba pasando por alto.

—¡Ey, pero no leas el final, que si no pierde la gracia! —exclamó la universitaria riendo. Los que nos rodeaban la miraron y echaron un vistazo rápido a la cubierta del libro que, a duras penas por el traqueteo del bus, sostenía en mis manos.

—¿Me quieres dejar tranquila, por favor? —le pedí.

—¡Hala! Bueeeno..., vale. ¿Un mal día?

—¿Qué cojones te importa?

No me reconocía. Esa del bus no era yo. La chica, ofendida, me dio la espalda. Una mujer embarazada puso los ojos en blanco y el hombre mayor sentado delante de ella resopló. Cerré el libro y lo guardé en la bolsa dándome por vencida.

«HOLA, EVA. BIENVENIDA AL JUEGO.
¿AÚN NO SABES QUIÉN SOY?»

Nada más llegar al piso de Mateo, encontré esa nota escrita a ordenador en letras mayúsculas en el suelo del vestíbulo. La habían colado por la ranura de la puerta.

«Bienvenida al juego.»

Juego. Era una provocación en toda regla. Y es que de eso se trataba, de un juego macabro, como lo habían sido las víctimas del psiquiátrico para los malnacidos que en ese momento estaban respondiendo al fin ante la justicia.

Había movido ficha. Quería jugar con mi miedo. Paralizarme, bloquearme... El miedo es de naturaleza reactiva, como la ira que debía de sentir el asesino. Quise llamar a Mateo, pero reprimí las ganas. Debía de estar ocupado y no quería atormentarlo más de lo que ya estaba. Ojalá la anticuaria no me hubiera llamado nunca. Ojalá me hubiera podido quedar a vivir para siempre en la noche anterior.

Sentí un vuelco de terror en el estómago. Mi respiración se volvió densa, lenta, pesada. Subí a la planta de arriba y dejé la mochila con el dinero sucio de nana en la habitación de invitados. Me quedé mirando la mochila durante unos segundos con asco, pensando que lo mejor hubiera sido que me la hubieran robado en el bus. Salí del piso con las llaves en la mano, entré en el ascensor y bajé hasta la portería. El portero, que se pasaba media vida tras el mostrador o en la entrada de puertas acristaladas saludando a los vecinos, tenía que haber visto a quienquiera que fuera el que había colado esa nota en el piso.

—¿Puedo ayudarla en algo? —preguntó solícito, amable como siempre, con las manos entrelazadas sobre la madera de roble del mostrador, donde había un par de sobres que miré con disimulo.

—¿Ha visto a alguien sospechoso entrar en el edificio?

—Si alguien me parece sospechoso, no lo dejo entrar. Por ahí no. Por ahí no.

—¿Y ha subido algún repartidor?

—No, los paquetes los dejan aquí, en portería, y soy yo quien los entrega a sus destinatarios —me explicó como si fuera una niña pequeña.

—¿Y, por algún casual, ha abandonado la portería en algún momento? —insistí desesperada notando cómo una gotita de sudor me recorría la sien.

—Claro, de once menos cuarto a once y cuarto —contestó con precisión, como si lo tuviera que saber—. Es mi media hora de descanso, voy a la cafetería de la esquina. Tienen un café riquísimo, por si...

—¿Cierra la puerta con llave? —lo interrumpí. Me importaba una mierda cómo hacían el café en el bar de la esquina.

—Por supuesto.

«¿Por quién me toma?», le faltó decir.

—¿También cierra la puerta de atrás, la que da al aparcamiento?

—Eh..., pues no estoy seguro —repuso con el ceño fruncido mirando hacia atrás —. ¿Hay algún problema?

Lo había. Pero me extrañaba que quien hubiera colado la nota se hubiera arriesgado a saltar la valla a plena luz del día, con la gran afluencia de gente que suele haber en el paseo de la Bonanova, una de las principales calles de la zona pija.

—Las cámaras de seguridad —balbuceé nerviosa, sin ser capaz de construir una frase con sentido.

—Graban a partir de las once de la noche hasta las ocho de la mañana, que es cuando empieza mi turno.

Mierda. Quien trajo a Nora hasta aquí después de ayudarla a escapar del psiquiátrico lo sabía. Y lo peor de todo: había controlado a Mateo. Él me había dicho que Nora había llamado a su timbre alrededor de las diez y pico de la noche, minutos antes de que se activaran las cámaras de seguridad. La franja horaria perfecta para no ser vista por nadie, para no dejar huellas, como si, al igual que en mi casa, tampoco hubiera estado jamás allí.

—Vale. Gracias.

Volví a subir al piso. El libro *El psiquiatra* me esperaba sobre la mesa del vestíbulo. Lo cogí con rabia, como si cada una de sus páginas fueran culpables de la frustración que sentía, producto del miedo y de la duda por no saber con exactitud qué pintaba mi abuela en Vera de la Cruz. ¿Por qué me lo había ocultado? Eso era lo que más dolía. Salí a la terraza, encendí un cigarrillo y volví a abrir el libro por la tercera parte, la de Susana Hernández, la chica que Mateo y yo habíamos visto en aquella asquerosa grabación. Releí el fragmento en el que su madre contaba lo mucho que habían luchado por encontrar a su hija, por descubrir la verdad, por saber qué le había pasado en el psiquiátrico.

«Nunca salió de ahí», predijo mucho antes de que desenterraran los restos de su hija en los alrededores del centro.

Seguí leyendo.

Susana tenía un hermano al que le habían dado una paliza. Lo habían dejado en coma, pero había despertado dos meses más tarde de milagro y sin secuelas. En 2005 tenía diecisiete años; treinta y uno en la actualidad. Pero lo más inquietante era que el hermano de Susana vivía en Londres y que trabajaba como programador informático, un detalle en el que yo no había reparado cuando leí el libro por primera vez, pero que, después de mi breve conversación con la propietaria del Café del Sol, le dio sentido a todo. La mujer parecía tener ganas de hablar del camarero que la había dejado tirada, por toda la verborrea que había soltado.

El hermano de Susana podía ser Félix.

Tenía que ser Félix.

No podía tratarse de una casualidad que Félix hubiera venido de Londres, donde también trabajaba como programador informático, y hubiera pedido trabajo justo en el bar que quedaba debajo de mi casa. Si hubiera llegado a saber que el libro de Alicia vería la luz, jamás le hubiera dado tantos detalles sobre su vida a su jefa.

Y entonces pensé en las veces que habíamos hablado, en el día en que le di mi número de teléfono por si se enteraba de alguna chica que buscase habitación, en nuestros breves encuentros nocturnos, cuando él bajaba la persiana del bar y yo llegaba de trabajar, o en la rosa que me regaló en Sant Jordi. Cerré los ojos con la sensación de que todo a mi alrededor desaparecía y temí que lo siguiente que desapareciera fuera yo. Me embargó una emoción desconocida, un subidón de adrenalina como quien se atreve a lanzarse en paracaídas. Busqué en Google imágenes o vídeos testimoniales de la familia de Susana, pero no encontré nada. Pese a la fama y el interés que había suscitado *El psiquiatra*, las familias querían preservar su intimidad, que sus rostros siguieran siendo anónimos, no así sus testimonios. El miedo bien insuflado es un sentimiento poderoso. El nombre de Susana aparecía junto al de Vanesa y Magda, los tres ligados al libro *El psiquiatra* en algunos titulares recientes. Las caras aniñadas de las tres víctimas de Vera de la Cruz, que me recordaban a las famosas niñas de Alcàsser, me miraron fijamente desde las fotografías. Sus ojos eran tristes, depresivos como los de Nora. Esos ojos ocultaban las lágrimas que las habían llevado hasta el lugar que acabaría con ellas. Y entendí. En ocasiones, las respuestas del presente se encuentran en el pasado. Freud decía que las emociones no expresadas nunca mueren, sino que quedan enterradas en vida y emergen más adelante de forma más desagradable. Se me puso el vello de punta. Me puse en la piel del asesino, en el odio visceral que debía de sentir hacia las personas que no habían tenido reparo en destrozar vidas inocentes. Era una guerra personal; llevaba años con aquella carga. Quizá demasiado tiempo reprimido, aguardando su momento entre las sombras. Pero yo era inocente. Mateo y Nora eran inocentes. Adrián también.

¿A cuántas personas más tenía previsto matar?

Los implicados eran muchos, algunos estaban vivos, otros, muertos, y habían causado mucho dolor durante años. El psiquiatra tenía montado algo muy gordo junto al director, Alejandro Marisma. Con el tiempo, se supo que había sido este quien había puesto en marcha el negocio utilizando el prestigioso centro psiquiátrico como tapadera para cometer abusos con total impunidad. Las cintas que mostraban a todas esas personalidades influyentes entrando en las habitaciones de las pacientes protegían a los principales cómplices. Jamás se podría comprobar, pero la ambición de Gabriel Herranz no tenía límites, así que, seguramente, había sido él quien había terminado con la vida de Alejandro Marisma, su mentor, para quedarse con todo y no tener que repartir los suculentos beneficios. Marina Herrera, la nueva directora del centro, no estaba al corriente de su *obra*, por llamarla de alguna manera, por lo que, durante catorce años, Gabriel Herranz se vio limitado, tenía que actuar con más cautela, sin derramar más sangre. Pero los monstruos también cometen errores. El dinero y el poder lo corrompe todo, a la vista estaba; al psiquiatra no le concedieron la plaza para dirigir el centro privado tal y como debió de pensar que ocurriría tras la muerte de Marisma. De haber sido así, habría habido muchas más víctimas mortales.

Pese a todo, me extrañaba que no hubiera habido más muertes en Vera de la Cruz. Llevar a cabo esa venganza era una tarea demasiado complicada, por no decir imposible, para una sola persona, por muy perturbada que esta estuviese; era como desarticular una organización criminal aunque el cabecilla estuviera muerto y el local clausurado: se tardaría años. Así lo veía yo, que no entendía de esos temas. Pero si el propósito era hacerme desaparecer del mapa para dañar a mi abuela, a quien imaginaba limpiando las habitaciones de las chicas y guardando silencio sobre lo que ocurría entre esas cuatro paredes, porque otra cosa no podía ser, era inútil. Demasiado tarde. Mi abuela ya estaba muerta.

—Un fallo respiratorio mientras dormía —me había dicho Natalia llorando—. Lo siento muchísimo, Eva.

Me había dado un abrazo sincero, de los que cierran heridas y las convierten en cicatrices insensibles salvo cuando los días amanecen tormentosos. Y, a pesar de no vernos cada día desde que nana murió, habíamos continuado con nuestra amistad. Lola y ella, puede que nunca lo llegaran a saber, me salvaron.

Respiré hondo tratando de calmarme. La desesperación hace que saques conclusiones precipitadas. Me asomé a la barandilla, miré a la calle. Ningún hombre oculto tras un árbol mirándome desde abajo. Encendí otro cigarrillo, llamé a Alicia, pero me saltó el buzón de voz. Le dejé un mensaje en el contestador diciéndole que me llamara en cuanto pudiera. Iba a marcar el número de la inspectora, pero me detuve. No podía dejarme guiar por la intuición. Félix podía no ser el hermano de Susana, quizá solo era una coincidencia que hubiera dejado el bar justo cuando mi piso se había incendiado. Pero ¿también era una coincidencia que, al igual que el hermano de Susana, él también hubiera trabajado en Londres como programador informático?

—Sí. Es posible que sea una coincidencia —dije en voz alta para creérmelo. Debí de sonar tan patética como me sentía.

Me quedé en la terraza hasta que terminé el paquete de tabaco y no pude soportar los fuertes rayos del sol del mediodía. Tenía que dejar de fumar. Menudo momento más adecuado para pensar en eso.

Prácticamente, me pasé el resto del día esperando. Esperando una llamada, esperando la llegada de Mateo, ¿otra nota colándose por la ranura de la puerta?, al fantasma de mi abuela dándome una explicación para que no me sintiera tan decepcionada con ella... La vida es esperar. El problema es que casi nunca sabemos qué esperamos.

Mi móvil vibró sobre la isla de la cocina cuando estaba preparándome un poleo menta. Lo miré desde la distancia con el ceño fruncido. Era un wasap de Miguel. Lo ignoré durante un rato para no caer en la tentación de contestar en el acto y volví a subir a la terraza. Eran las ocho de la tarde y el calor había empezado a aflojar. El sol estaba bajo y rojo en el cielo dorado.

19:45 MIGUEL
Siento lo de hoy.
No he reaccionado bien al verte,
aún provocas demasiados
sentimientos en mí.
Pero te debo una explicación.

Iba a ignorarlo, suficiente tenía encima como para ocuparme de un ex que presumía de amigas en su Instagram, pero la curiosidad, cizañera como ella sola, me pudo. Inspiré hondo, busqué su número en la agenda y lo llamé.

Un tono, dos...

—Hola —saludó con voz queda.

No pareció sorprendido, pero se notaba que tampoco esperaba mi llamada.

—¿Después de un año me debes una explicación?

—Antes que nada, no te pongas a la defensiva, Eva. Por favor.

—Vale —acepté recordando de repente la mirada esquiva que Miguel le había dedicado a Natalia.

—Sobre lo que te he dicho esta mañana, no podía explayarme. Natalia estaba delante.

—Espera, que rebobino —solté con sarcasmo—. Has dicho que yo quería libertad, que nuestra relación me estaba asfixiando... ¿En serio, Miguel? ¿Que a mí me asfixiaba, cuando más te necesitaba? Veías cómo llegaba a casa cada noche. Estaba hundida, mi abuela no me recordaba. Me sentaba durante horas frente a ella y no tenía ni idea de quién era yo. Así durante ocho putos meses. Y me dejas sin darme explicaciones para a los pocos días empezar a salir con otras y eliminarme de tus redes y de tu vida como si nunca hubiera existido para ti. Vi tus fotos, Miguel.

—¿Qué fotos?

—En Instagram. Cada día con una mujer distinta. Que no es que me moleste, ya no, pero...

—¿Yo? —me interrumpió—. Eva, fuiste tú la que me fue infiel.

—¡¿Qué?! ¿Que yo te fui infiel?

Era el colmo.

—Sí —afirmó contundente—. Natalia me dijo que habías conocido a alguien.

—No me lo puedo creer.

Sentí que me faltaba el aire, que unas manos me aprisionaban el cuello con fuerza y me dejaban sin respiración.

—Me dijo que estabas pasando por un mal momento, que le habías confesado que yo no era capaz de ayudarte ni de animarte. Que había otro que sí lo hacía y que eso era lo que necesitabas. Libertad, ir a tu aire, conocer a otros tíos...

—¿Eso te dijo Natalia? —quise asegurarme recalcando el nombre de mi amiga.

—Sí.

Tragué saliva y reprimí las lágrimas. Y no porque Natalia fuera la causante, a saber con qué motivo, de mi ruptura con Miguel, sino por la traición. La que yo consideraba mi mejor amiga me había apuñalado por la espalda escupiendo mentiras sobre mí que no tenían ningún sentido.

—Pero tendrías que haberlo hablado conmigo, ¿no? —espeté tras unos segundos en los que hice un esfuerzo enorme por recomponerme. Recordé lo esquivo que Miguel había estado las últimas semanas que estuvimos juntos—. Tendrías que habérmelo preguntado a mí. Porque nada de lo que te dijo Natalia es verdad. No conocí a ningún tío, no quería ese tipo de libertad. No te fui infiel, Miguel. Nunca.

«¿Qué ganaba ella con eso?», me pregunté.

La respuesta apareció ante mí como un torbellino. Celos. Envidiaba mi relación, mi estabilidad, algo que ella nunca había tenido por obcecarse con tíos casados como Álvaro, al que nunca llegué a conocer. Me quería sola, como ella. Sola, triste y con constantes cambios de humor. Siempre la había considerado una persona manipuladora, pero no le había dado importancia porque pensaba que los consejos que me daba eran por mi bien, incluido el de buscar compañera de piso.

—A lo mejor también me sirvió de excusa, Eva —razonó Miguel, que parecía buscar mi aprobación—. Como te dije, nuestra relación estaba desgastada, era monótona y me aburría. Eso era verdad. Casi nunca estabas en casa. Pero necesito decirte que te quería. Y hoy, al verte...

—Para —lo detuve. Sabía muy bien que los sentimientos que crees dormidos pueden despertar cuando vuelves a ver a la persona de la que estuviste enamorada. Sabía lo que iba a decir, pensé en Mateo y supe que Miguel llegaba tarde. Muy tarde—. Ya está. Ya pasó. Yo también te quise, Miguel. Te quise mucho. Gracias por contarme lo de Natalia —zanjé entre dientes.

—Siento haberte abierto los ojos con tu amiga si lo que me dijo no era verdad.

—No, no era verdad, y después de tantos años juntos tendrías que haber confiado un poquito más en mí —dije dolida aunque, en vista de la situación, la traición de Natalia era el menor de mis problemas—. Pero tú tampoco pusiste de tu parte, así que todo acabó como tenía que acabar.

Y colgué. Colgué porque se me había instalado un nudo en la garganta que me impedía seguir hablando.

—Hola.

La voz de Mateo sonó a mi espalda. Me di la vuelta aterrada, con las mejillas empapadas de lágrimas, preguntándome cuánto tiempo hacía que había llegado. Cuánto de mi conversación con Miguel había escuchado.

—¿Todo bien?

—Estaba...

—¿Tu ex?

Asentí avergonzada. Dejé el móvil sobre la hamaca y me abandoné a sus brazos, a la fragancia masculina que hacía casi dos meses había olido en la habitación de Nora cuando era Charlotte, a sus manos acariciando mi espalda, haciéndome creer que todos los problemas eran más pequeños si él estaba a mi lado. Fue en ese momento cuando sentí que lo quería. También fue cuando me dolió imaginar que podía perderlo.

—No sé cuánto de la conversación has escuchado.

—Lo suficiente como para saber que tu amiga se interpuso en vuestra relación.

—Es agua pasada, Miguel no me importa.

—No tienes que darme explicaciones, Eva —alegó separándose un poco de mí como si en el fondo le molestara.

—Sí. Sí quiero darte una explicación. Lo que me duele es que...

La melodía de mi móvil interrumpió mi discurso improvisado. Era Alicia.

—Espera, tengo que cogerlo.

—Claro —aceptó sentándose en la hamaca.

—Alicia, hola.

—Eva, ¿cómo estás? Siento llamarte tan tarde, ha sido un día de locos. —¿Y qué día no era de locos para la escritora?—. ¿Descubriste por qué encerraron a Nora Roy en el psiquiátrico?

—Han pasado muchas cosas desde que nos vimos, Alicia. Te llamaba porque necesito un favor.

—Dispara.

—Susana Hernández, la chica que murió en 2005, la que tenía un hermano al que dieron una paliza y dejaron en coma.

—Sí.

—Apenas he encontrado información en internet, ni una sola foto de la familia, ni un vídeo... ¿Conociste al hermano de Susana?

—No, sus padres me dijeron que vive en Londres. Es programador informático. Lo puse en el libro.

Miré a Mateo, que, a su vez, me observaba expectante, sin entender a dónde quería ir a parar.

—¿Cómo se llama?

—Ufff..., lo tengo que consultar, no lo recuerdo.

—¿Y una foto? ¿Puedes conseguirme una fotografía del hermano de Susana? Da igual si es antigua.

—Sí, puedo conseguirla. Te la mando por wasap en cuanto la tenga. Pero ¿qué pasa con él?

—No te lo puedo contar, Alicia, no estoy segura. Puede que me equivoque, pero si no, te lo contaré todo.

—Vale. Dame una hora.

—Gracias.

Caminé lentamente hacia Mateo. Me senté sobre sus rodillas, coloqué mis brazos alrededor de su cuello y lo besé lentamente, como si no existiera nada más importante en lo que pensar. Fue el mejor ratito del día.

—Ha sido un día de mierda.

—¿Qué había en la tienda de antigüedades? —preguntó curioso.

—Cien mil euros y la prueba de que nunca llegamos a conocer del todo a las personas. Por mucho que las queramos y por mucho que nos quieran, siempre van a esforzarse en ocultar la parte oscura que no quieren que veamos.

Era medianoche cuando recibí el wasap de Alicia que había estado esperando durante horas. Mateo se había quedado dormido en el sofá. Envidiaba la capacidad que tenía para conciliar el sueño. Salí a la terraza, donde la luna, fina como una cuchilla de afeitar, colgaba sobre mí; el resto era oscuridad. Abrí el wasap de Alicia con miedo, como si fuera una bomba a punto de estallar. Y eso es lo que fue. Un nombre. Una fotografía. Una bomba estallándome en la cara con violencia. Félix. «El hermano de Susana se llama Félix Hernández», escribió Alicia. Ni siquiera se había dignado a cambiar de identidad para acercarse a mí, para observar cada uno de mis movimientos, para sonsacarme información cuando no había mucho trabajo en el bar. En la fotografía debía de tener diez años menos, aún no se había tatuado los brazos, pero su mirada azul era la misma; también el cabello desgreñado, en la imagen grasiento, como si llevara días sin lavárselo. Esos ojos claros, que siempre me habían parecido amables y atentos, me desafiaron a través del tiempo.

QUINTA PARTE

17 de mayo de 2019

—

PERIÓDICO *BARCELONA AHORA*

Por Dídac Sáenz

EN LIBERTAD SIN CARGOS LOS DETENIDOS POR LOS CRÍMENES DE VERA DE LA CRUZ

El Juzgado de Instrucción número 9 de Barcelona ha dejado en libertad sin cargos a todos los detenidos el pasado 14 de mayo por los casos de supuestos abusos a pacientes del Centro Psiquiátrico Vera de la Cruz, de Sitges. Los acusados, entre los que se encuentran varios altos cargos de la Administración de la Generalitat de Cataluña y la Diputación de Barcelona, se encontraron a la salida con un centenar de personas que los han increpado, exigiendo su encarcelamiento.

Entre ellos se encontraba Ismael Roy, el padre de Nora Roy, conocida como «la asesina del psiquiátrico». El empresario hotelero Ismael Roy, que vive en el ojo del huracán desde que se conociera el presunto crimen de su hija, permanece encerrado en su domicilio de Sitges, donde ha sufrido varios actos vandálicos, y ha rehusado hacer declaraciones.

Semana del 20 al 26 de mayo de 2019

—

NORA

Cuando me sacó a rastras del zulo encañonándome con la misma pistola con la que maté al psiquiatra y a la enfermera, ya era de noche. Una noche estrellada de media luna que miré pensando que sería la última vez, con los ojos medio cegados por las lágrimas.

Me miraba sin parpadear, con gesto inescrutable. Los fusilados de guerra debían de sentirse como yo en ese instante antes de desplomarse por un disparo certero en la cabeza. En el momento del impacto, los ojos se abren tanto que parece que se vayan a salir de las órbitas. La mandíbula se desencaja un poco, lo suficiente para que la boca forme una o, como si, en los últimos segundos, el ser ya sin vida se hubiera visto sorprendido por un encuentro, un regalo..., algo mundano para el caso. La cabeza cae ladeada y las paredes quedan rociadas de fragmentos de cráneo, cerebro, pelo... y sangre. Mucha sangre salpicando las paredes, corriendo lentamente por el suelo. Es una visión grotesca que me acompañaría toda mi vida. Bueno, o los pocos minutos que creía que me quedaban de vida. Sentía que una telaraña se estaba cerrando a mi alrededor y que cuanto más luchaba, más me enredaba en ella.

No parecía haber escapatoria para mí. Me pregunté si la optografía, considerada una ciencia hasta principios del siglo XX y desmontada tras macabras comprobaciones, sería cierta. Aseguraba que el ojo graba la última imagen vista antes de morir. ¿Qué imagen quedará grabada en mi retina cuando muera?

Nos detuvimos en mitad del descampado. A lo lejos, con la mirada acostumbrada ya a la oscuridad, se intuía la casita blanca de piedra en la que había estado encerrada. ¿Durante cuánto tiempo? Seguía sin saberlo. Me sentía desorientada, perdida. Pensaba que iba a matarme allí mismo y que abandonaría mi cadáver entre las malas hierbas, tan altas que tardarían en encontrarme semanas. Meses. Puede que años, cuando ya no quedara nada de mí. Pero bajó el arma y soltó una especie de risa sofocada. El corazón se me salía del pecho. Me temblaba todo el cuerpo y un hilillo de sudor me recorría el espinazo.

—Me caes bien, Nora. —Sus labios se movieron lentos; su voz se quebró un poco al salir, como una cancela chirriante necesitada de aceite—. Has sido muy valiente, muchísimo. He hecho que las pases canutas y, aun así, aquí estás, en pie. Puede que sea porque te importa muy poco morir, ¿verdad? Lo intentaste varias veces después de que tu hermano muriera... —Dejó la frase en suspenso un momento, luego suspiró—. Pero no es fácil dejar atrás según qué cosas. —Fue entonces cuando su voz tembló de ira—. Han dejado libre a tu padre. No me extraña, claro, ¿por qué me iba a extrañar? Quienes lo han dejado libre también están metidos en el ajo; me pregunto dónde estarán actuando ahora... Su libertad por la tuya, ¿entiendes? Y me sabe mal. Me sabe tan mal que tengas que ser tú quien pague los platos rotos, Nora...

—No te delataré —dije en vano intentando que cambiara de opinión.

—No se trata de eso, pequeña.

Me sostuvo la mirada con una sonrisa críptica en los labios. De la tensión del momento, por la frente empezaron a caerme gotas de sudor que se me metían en los ojos y se entremezclaban con mis lágrimas. Volvió a empuñar el arma, el dedo en el gatillo, el cañón acariciando mi cara. Un clic y adiós. Sus ojos parecían arder y atravesarme. Si las miradas matasen, habría caído fulminada antes de que la bala traspasara mi piel.

—Anda, vamos. Pronto tendrás visita.

Su voz sonó tensa, como una goma estirada a punto de romperse.

—¿A dónde me llevas? —pregunté siguiendo sus pasos con torpeza.

—¡Sorpresa! —canturreó.

Seguimos caminando por el descampado durante un par de minutos más. Los hierbajos me llegaban hasta las rodillas. En el horizonte, una nada deprimente; en el cielo, las lucecitas parpadeantes blancas y rojas de los aviones, lo único que me demostraba que aún había vida en la Tierra. Multitud de almas volando alto que jamás sabrían que mi existencia peligraba allí abajo.

Al fin llegamos al coche. Me empujó con violencia en el asiento de atrás.

—Como se te ocurra hacer cualquier tontería, te mato —me amenazó con voz profunda blandiendo hacia mí un dedo acusador.

Se sentó al volante, me miró por el retrovisor y encendió el motor. No tenía ni idea de a dónde nos dirigíamos hasta que abandonamos la autovía y se adentró en la solitaria carretera de curvas envuelta en bruma que yo conocía tan bien. Me llevaba al lugar donde todo había empezado, el lugar opresivo donde las alimañas liberaban sus demonios dejando entrever sin pudor la maldad que anidaba en sus almas corrompidas. Y una de esas alimañas era mi padre.

No recuerdo qué fue lo que se me pasó por la cabeza

para hacer lo que hice, pero supongo que fue la furia. Una furia irracional que, por un momento, me cegó como lo hacía la excesiva medicación que me había convertido en un zombi durante meses. Fue su grito desesperado el que me advirtió que mis manos habían aterrizado en sus ojos; mis uñas presionando sus globos oculares con una violencia desmedida. Espíritu de supervivencia. Mi cuerpo reaccionó por sí solo antes de que mi mente lo pudiera frenar.

—¡Aparta las manos, zorra! —escupió cogiendo el volante con fuerza—. ¡Nos vamos a matar, joder!

EVA

«Esto es más grande que nosotros, Eva», dijo Mateo mirándome con un rostro del todo inexpresivo cuando el sábado nos enteramos de la noticia. Habían dejado libre al padre de Nora y a todos los demás. En cuanto Alicia me envió la fotografía de Félix, había llamado a la inspectora Isabel Morgado saludándola con un: «Siento las horas, pero...».

Me creyó. Ella también había leído el libro de Alicia.

A la mañana siguiente se pusieron a indagar sobre Félix Hernández, hermano de una de las víctimas de Vera de la Cruz, y descubrieron que hacía más de un año que había vuelto de Londres y un mes y medio que sus padres no tenían noticias de él.

—Ahora sabemos a quién nos enfrentamos —le dije a Mateo ese lunes lluvioso de mayo antes de entrar en el tanatorio para cumplir con mi jornada laboral simulando una tranquilidad que no sentía, como si no estuviera en el punto de mira de un asesino que actuaba impulsado por la injusticia.

—De todas maneras, te vendré a buscar a las nueve, ¿vale? Es más seguro. No quiero que vayas sola en bus.

—Vale.

—¡Ay, esa parejita! —gritó Lola pasando por nuestro lado sin detenerse.

Le di un beso rápido a Mateo, lo miré a los ojos y le susurré:

—Ten cuidado.

Mateo se volvió a colocar el casco, arrancó el motor y aceleró como si no hubiera un mañana. Desapareció de mi vista en menos de lo que tarda en caer una estrella fugaz.

Antes de que me diera tiempo a ponerme la bata blanca y la mascarilla, sonó mi móvil. Era Natalia. Otra vez. Como una acosadora, había estado todo el fin de semana llamándome y enviándome wasaps que había ido acumulando sin abrir. Resoplé, dudé un par de segundos entre coger la llamada y enfrentarme a su traición hablando sin rodeos o rechazarla una vez más.

Rojo o verde.

Contestar o colgar.

Dejar que el contestador automático hablara por mí.

Finalmente...

—¿Qué quieres, Natalia?

—Te he estado llamando todo el fin de semana.

—¿Y? ¿Tengo que estar las veinticuatro horas disponible para ti?

—¿Qué te pasa?

—¿Creías que nunca iba a descubrir que le comiste la cabeza a Miguel para que me dejara?

—Eva, no es lo que parece.

—Sí, Natalia, sí. Siempre es lo que parece.

—Deja que me explique, por favor.

—Tengo que trabajar.

—Voy a buscarte al tanatorio y te invito a cenar al Akashi.

—No.

—No sé por qué crees a Miguel. Sé que es más fácil y

menos doloroso para ti creer que yo me metí en lo vuestro, pero no fue así. Lo vuestro estaba roto. Soy una buena amiga, Eva. ¿Es que no te lo he demostrado todo este tiempo? Él ya no te quería.

Ahí, metiendo el dedo en la llaga, donde creía que más me dolía, cuando lo cierto era que ya no. No me importaba lo más mínimo saber cuándo Miguel había dejado de quererme, si había sido antes de que ella se entrometiera, si había sido después o si no había ocurrido nunca.

—Cállate, Natalia.

—Dame una oportunidad —rogó con voz ahogada.

—Hoy no me apetece verte.

Me pareció escuchar un sollozo al otro lado de la línea.

—Vale —aceptó.

—Quizá otro día —me ablandé.

—Ajá...

—Adiós.

Me quedé inmóvil con el teléfono en la mano escuchando la lluvia apedrear la ventana.

MATEO

20:30 NORA
Te espero en Vera de la Cruz.
Ven solo.

Era una trampa. Como la que me tendió cuando fui a casa del psiquiatra y descubrí qué se sentía al ver el horror de cerca. Pero este tipo de mensajes te pillan por sorpresa, apenas te dan tiempo de reacción. Había algo en ese mensaje que me daba mala espina, como el anterior, aunque en la pantalla de mi teléfono apareciera el nombre de Nora. Pero, si no acudía al centro psiquiátrico tal y como me pedía, ¿qué iba a hacer con ella? ¿Había una esperanza, por muy mínima que fuera, de que continuara con vida? ¿De poder salvarla?

Pensé en Adrián. En la promesa. La puta promesa que pesaba como una roca. Dejé el móvil sobre la isla de la cocina. Un rayo cayó cerca con violencia iluminando el salón con su luz violeta. Mal augurio. Mi padre, ese hombre atento pese a estar siempre ocupado al que en realidad jamás conocí, solía decir: «Actúa. Pero actúa siempre con cabeza».

Primero llamé a Eva. Tardó un poco en contestar.

—Hola, Mateo. Me pillas en mal momento, estoy preparando la solución de formaldehído y es...

—No podré ir a buscarte, Eva —la corté—. ¿Puedes decirle a Lola que te acerque a casa?

—No ha venido en coche, nunca conduce cuando llueve. Pero no te preocupes. He hablado con Natalia... —Bufó—. Me ha propuesto ir a cenar a un japo del centro para aclarar las cosas, le he dicho que no, pero le mando un wasap ahora mismo y así no estaré sola.

—Genial. Y... Eva, ¿a dónde viajaremos cuando acabe todo esto? ¿A dónde te gustaría ir?

La pregunta pareció pillarla por sorpresa. La imaginé esbozando una sonrisa.

—A París. Quiero ir a París.

—¿Seguro? ¿No preferirías un lugar más exótico con playas de aguas cristalinas, piñas coladas...?

—No. Quiero ir contigo a París —repitió contundente.

—Estoy deseándolo.

Colgué precipitadamente antes de quedarme sin voz.

—Actúa. Pero actúa siempre con cabeza —murmuré marcando el número de la inspectora Morgado.

Llovía fuerte cuando me adentré en las curvas del Garraf en dirección a Sitges. Podría haber seguido por la autopista, podría haber ido mejor equipado, podría haber corrido menos como me advertía siempre Eva, nerviosa detrás de mí, agarrada fuerte a mi cintura, huérfano sin ella, pero cualquiera de esas opciones, salvo la de quedarme en casa y esperar a que la inspectora y su equipo hicieran su trabajo, me hubiesen llevado a un mismo destino. Porque los frenos fallaron. Alguien los había manipulado mientras estaba en casa después de dejar a Eva en el tanatorio. El *shock* de perder el control, la curva cerrada que se avecina, las ruedas que patinan, el freno que no responde por más que insistes, la lluvia que cae, cada vez más intensa, cada vez más peligrosa y torrencial, el impacto contra las rocas pegadas al arcén.

«Se acabó —pensé—. Esto se acaba aquí.»

Recordé los últimos días con Eva. Pasaron por mi mente aliviando el dolor, el miedo..., el miedo a no volver a estar con ella.

Caí sobre el asfalto mojado, resbaladizo, la lluvia azotando sin piedad. Dejé ir la moto, que se precipitó por el terraplén provocando un estruendo furioso, mientras yo, que había perdido por completo el control de mi cuerpo duramente golpeado, me deslicé unos metros en línea recta. Me dolió horrores una pierna. Pero solo era eso. Solo una pierna. Apenas podía moverla, pero me veía capaz de arrastrarme hasta la cuneta situada a unos metros de donde había aterrizado. Iba a quitarme el casco y a salir más o menos airoso de allí cuando vi la luz fulgurante de los faros de un coche precipitándose sobre mí.

EVA

La autopsia había determinado que no había muerto por el impacto del coche como sospecharon la policía y el perito forense cuando acudieron al lugar del accidente. Sufrió un aneurisma cerebral que le hizo perder la conciencia al volante. Tenía una malformación arteriovenosa, una bomba de relojería alojada en el cerebro que alteraba el proceso normal de circulación de la sangre y que estalló en el momento menos oportuno. Terminé así mi jornada laboral, adecentando a un hombre joven, de cuarenta y cinco años, padre de dos niñas que lo echarían de menos de por vida. A las nueve menos cinco, fumé un cigarrillo con Lola en la puerta del tanatorio, que estaba repleto de paraguas negros y caras tristes. De luto. Lo habitual.

—He quedado con Natalia para ir a cenar por ahí.

—¿Con la que está cayendo? Uy, quita, qué pereza. Yo prefiero quedarme en casita con Ryan Gosling.

«Bueno..., era eso o volver a casa sola», pensé rememorando mi conversación con Mateo, quien había colgado tan apresuradamente que no había podido preguntarle por qué no podía venir a buscarme. París. No había dejado de pensar en París desde que me había preguntado a dónde quería viajar con él cuando acabara todo. «Pero ¿cuándo terminará? ¿Conseguirá la inspectora dar con el paradero de Félix? Si durante todo este tiempo no han averiguado nada sobre Nora...», me fustigué.

—Bueno, yo me voy —dijo Lola mirando el reloj—. Espero que Natalia no tarde mucho.

—Yo también lo espero.

—Hasta mañana, guapa.

—¡Hasta mañana!

Lola desplegó un paraguas de color verde fosforito que destacó entre los demás y corrió como si una sola gota de lluvia pudiera abrasarle la piel. Corroborando que siempre que enciendes un cigarro llega el bus que llevas minutos esperando, Natalia apareció en su coche. Con el semblante serio, sacó la mano por la ventanilla para saludarme. En ese momento hubiera preferido exponerme al peligro a irme con ella a cenar y aguantar una charla que llenaría de excusas para no cargar con la culpa.

—Hola —saludé seca abriendo la puerta.

—¡Entra! Que te vas a mojar.

—¿Qué te ha pasado en los ojos? —pregunté colocándome el cinturón de seguridad. Los tenía irritados, una conjuntivitis, sopesé, aunque tenía unos arañazos, como si un gato furioso se hubiera abalanzado sobre su cara, que me parecieron de lo más sospechosos.

—Ya te contaré... —resopló conduciendo hasta la salida—. Por cierto, ¿puedes cogerme el móvil? Se me ha caído en la parte de atrás.

En cuanto me giré para buscar el teléfono, sentí un latigazo de dolor en la nuca.

Y todo se volvió negro.

Las nueve y cincuenta y cinco. Lo primero que sentí al despertar fue dolor, un dolor penetrante en la cabeza, como si me hubieran partido el cráneo por la mitad. Levanté una mano y me toqué la parte de atrás con cuidado. Noté sangre pegajosa en las yemas de los dedos. Mi visión, un poco borrosa, me mostró una carretera sin asfaltar flanqueada por árboles tenebrosos cuyos troncos negros parecían cuchillos bajo la luz intensa de los faros del coche, difuminados por la neblina y la lluvia, que golpeaba el cristal con fuerza. A mi lado, Natalia iba conduciendo con una expresión que me costó reconocer. Era incapaz de pensar con claridad con ese dolor palpitante en la cabeza.

—Buenos días, bella durmiente.

Su voz me llegó filtrada por la conmoción.

—Pero qué... ¡¿qué haces?!

No entendía nada.

Pensé en Mateo, en por qué no había venido a buscarme al tanatorio.

—Shhh... —Se llevó el dedo índice a los labios sin mirarme y activó el limpiaparabrisas, que se puso en marcha frenético y ruidoso—. Ya estamos llegando.

¿Llegando?

¿Llegando a dónde?

No tardamos ni cinco minutos en adentrarnos en un recinto privado. La verja estaba abierta, como si estuviera esperando nuestra llegada. Cuando Natalia, derrapando, aparcó frente a la entrada, delante de unas escalinatas de piedra, reconocí la puerta y la fachada oscura con hiedras trepando sin control por sus muros erigida ante mí. Sin que el dolor lacerante de cabeza se esfumara aún, escruté el punto exacto en el que mi abuela había posado hacía catorce años para la fotografía de equipo que guardaba en el secreter junto al dinero. Solo que aquel día el sol estaba bajo en el horizonte y teñía el cielo de rojo; nada hacía presagiar ningún peligro.

Me quedé paralizada, sentada en el asiento del copiloto del coche, sin ser capaz de reaccionar. En el momento en que Natalia, a quien no me atrevía a mirar a los ojos, me apuntó a la cabeza con un arma, sentí el mismo terror en el estómago que cuando vi la nota en el piso de Mateo. «¿AÚN NO SABES QUIÉN SOY?»

—Has sido tú —balbuceé incapaz de imaginarme a Natalia, la modélica enfermera que había cuidado de mi abuela en la residencia hasta el final, la amiga que me había acompañado durante meses en el duelo, acuchillando a un hombre en una discoteca, matando a tiros al psiquiatra y a la enfermera y mucho menos destrozando con un hacha el cuerpo de una mujer.

—¡Sorpresa! —rio mientras me empujaba hasta la entrada, obligándome a caminar con el cañón de la pistola clavado en la cabeza, hurgando en la herida provocada minutos antes—. Tengo a alguien esperándote en el sótano.

La lluvia me empapaba, el viento me cortaba la cara como un aluvión de cuchillas heladas. El aire olía a hierba podada y la noche era negra, tan negra que sentí que, al igual que las víctimas de aquel psiquiátrico, jamás iba a poder salir de allí con vida. Entramos en Vera de la Cruz, testigo mudo del dolor de cientos de pacientes durante años. Se había convertido en un edificio fantasma y gélido de paredes grises y suelos antiguos de madera que crujían a cada paso que dábamos. Inundado de telarañas y polvo y con algunos de los cristales de las ventanas hechos añicos, parecía llevar años abandonado en lugar de semanas. Un escalofrío me recorrió el cuerpo cuando bajamos unas escaleras empinadas. Natalia, detrás de mí, sujetaba, además del arma con la que me encañonaba, una linterna que proyectaba nuestras sombras, tan alargadas que los bordes de nuestros cuerpos se desdibujaban en la oscuridad y que me hacía ver cosas que no estaban ahí. Quien dice cosas dice personas, pues la figura de la señora Cecilia apareció ante mí. Fantasmal, traslúcida, me miró durante un par de segundos y luego se esfumó. El golpe que me había asestado Natalia en la cabeza me había afectado más de lo que pensaba.

—Venga, Evita, más rápido —se impacientó Natalia.

Sopesé la posibilidad de luchar. Lo había visto en películas y series; siempre les gritaba a las aleladas de las protagonistas: «¡Pero haz algo! Una patada en los huevos, hostia; un puñetazo que no vea venir». Qué fácil es hablar cuando no es a una a quien apuntan con un arma.

El haz de la linterna enfocó una puerta vieja de madera situada al final de un pasillo sin ventanas. Los latidos de mi corazón se volvieron frenéticos. Natalia me mantuvo en suspense durante unos segundos y luego me dio un violento empujón y me obligó a abrir la puerta. Allí, sentada en el suelo, maniatada, con el rostro amoratado, la nariz ensangrentada y el ojo izquierdo hinchado, del todo inútil, estaba Nora Roy. La chica a la que todos buscaban desde hacía dos meses.

—Da grimilla, ¿no? —rio Natalia apartándose un poco de mí.

Sentí como si la lengua se me trabase dentro de la boca.

—Nora...

Nora me devolvió la mirada. Una especie de telilla acuosa enturbiaba el ojo sano que le quedaba. Se notaba que le costaba enfocar y ver algo. Era difícil saber si estaba llorando; las lágrimas se entremezclaban con la sangre. Los labios, pálidos, exangües, le temblaban de vez en cuando, pero no formaban palabras ni emitían sonido alguno. Pude sentir su miedo. Era el mismo que el mío. Esa noche en la que el cielo no dejaba de llorar íbamos a morir.

—Un día, durante su cautiverio, Nora me preguntó quién era —empezó a decir Natalia. Dejó la linterna en el suelo de cemento al mismo tiempo que sacaba otra pistola del bolsillo trasero de sus tejanos. Jugó un poco con ella, le quitó el seguro y me la tendió—: Toma, para ti.

Negué con la cabeza sin ser capaz de apartar los ojos de Nora. Natalia seguía apuntándome a la cabeza.

—Con Nora fue fácil. Le di la pistola, le dije que disparara y disparó. Mató a esos cabrones estando drogada.

—¿Quién eres? —le pregunté en un falso intento de sonar valiente.

—Mmm..., es una larga historia. Pero tienes tiempo, ¿verdad? Luego, cuando termine de hacerte un resumen, cogerás esta pistola y le dispararás en la frente. A ver qué tal vas de puntería, ¿vale? —me ordenó. Su sonrisa se esfumó y fue reemplazada por una expresión difícil de interpretar.

Algo parecido a un grito se formó en mi garganta. Pero no dije nada. Lo ahogué. Escudriñé el sótano con rapidez, buscando una escapatoria que no hallé. Solo había unas ventanas en lo alto, cerradas a cal y canto, demasiado pequeñas y estrechas. Vi la sombra de un gato merodeando. Por el aspecto de las paredes, desconchadas, grises y sucias, el sótano era un lugar inservible en el que no entraba nadie aun cuando el psiquiátrico estaba en funcionamiento. Había restos de sangre reseca. Supuse que era del psiquiatra y de la enfermera, quienes habían muerto en ese mismo lugar. Los escalofríos no cesaron; la mirada de Natalia era turbia, inhumana, el ceño tan fruncido le desfiguraba la cara. Respiré hondo pensando que solo tenía una opción. Alargar la situación con la esperanza de que apareciera alguien.

¿Y Mateo? ¿Dónde estaba Mateo?

—Leíste el libro *El psiquiatra*. Lo has leído y revisado varias veces, Eva —dijo Natalia en un murmullo—. Y en aquel DVD viste las cosas horribles que le hicieron a Susana, ¿a que sí? —Asentí con rapidez buscando algo de la Natalia que creía conocer en ese ser oscuro que parecía haberla poseído—. Fui yo quien la trajo hasta aquí. Por mi culpa, Susana pasó lo que le quedaba de vida en este lugar en el que la destrozaron. Si la hubieras conocido, Eva... Si hubieras conocido a mi chica... Te habría encantado. ¿Sabes eso que dicen de la gente especial, que poseen un aura tan poderosa que cuando entran en una habitación la iluminan? Pues Susana era de esas personas. Lo iluminaba todo con su presencia. Te hacía sentir afortunada por estar con ella, por que te dedicara una simple mirada. Era dulce, sensible, generosa, buena... Era una gran amiga. Y eso fuimos, amigas, desde el día que empezamos a estudiar enfermería. Hasta que nos dimos cuenta de que la amistad se había convertido en deseo, y el deseo, en algo más. ¿Sabes lo que es estar enamorada hasta la médula? Hasta la médula, qué expresión tan curiosa. Sí, estábamos enamoradas hasta la sustancia interior de los huesos.

»Pero, cuando mis padres nos pillaron besándonos en una esquina de los lavabos de un centro comercial, me dieron una paliza. Una paliza de las que te dejan tres días en cama. Esos retrógrados con los que no he vuelto a hablar me dijeron que era una enferma. Así que, con todo el dolor de mi corazón, le dije a Susana que no quería volver a verla. Dos meses más tarde, sus padres la ingresaron en este psiquiátrico porque había intentado cortarse las venas un par de veces. Decían que era demasiado sensible. ¡Y una mierda! Ellos la mataron, por eso no lucharon para descubrir la verdad. Se sentían culpables porque lo eran. Lo eran tanto como los de aquí dentro. Tanto como lo fui yo por no rebelarme, por no luchar y seguir con ella. La abandoné. Y nunca voy a poder perdonármelo.

Natalia, febril, con los ojos rojos de ira, se detuvo un momento. Parpadeó varias veces en un intento por no echarse a llorar. Hasta los malos tienen sentimientos.

—El resto ya lo sabes, ¿no? Sabes todo lo que le hicieron esos monstruos aquí. Y tu abuela..., joder con tu abuela, Eva. Parecía una guardiana de los campos de concentración nazis. Guardaba silencio, limpiaba a las chicas con estropajos empapados en lejía. ¡En lejía, joder, les dejaba la piel hecha una mierda! —Nora emitió un sollozo largo y doloroso que Natalia ignoró—. Solo pude venir a ver a Susana una vez. Tenía la piel fatal, le dolía horrores. Le pregunté quién le había hecho eso y señaló a tu abuela, que en ese momento estaba limpiando la estancia. Siempre recordaría su cara. Siempre. El psiquiatra le pagaba mucho dinero por su discreción. Todos estaban metidos en eso. Todos parecían no tener ojos ni boca para hacer justicia. Hay demasiado dolor en todas partes y nos negamos a verlo, como si pudiera contagiarnos igual que un virus letal. Se movía mucho dinero. Muchísimo. Y esos cabrones siguen actuando. Hay muchos Gabriel Herranz en el mundo, Eva, muchos más de los que imaginas.

»Luego pasó el tiempo y... no, me temo que los años no mitigaron el dolor, todo lo contrario. Los años me convirtieron en la persona que soy ahora. En la persona que trabajaba en la residencia de ancianos en la que terminó tu abuela. Se dice que las casualidades son patrones de rutina, pero que estamos tan enfrascados en nosotros mismos que a veces no nos damos cuenta. Pero yo siempre he estado más atenta al mundo que me rodea que a mí misma. "Qué pequeño es el mundo", pensé al verla indefensa, más enjuta que cuando trabajaba en el psiquiátrico. Y qué justo es el destino en ocasiones. Al reconocer a tu abuela como a aquella mujer fría e impasible que, tal y como descubriría en las cintas que guardaba Gabriel Herranz, limpiaba a mi chica con lejía, volvieron los demonios, la sed de venganza. Era un regalo divino tenerla tan cerca, poder hacer justicia por lo que les había hecho a las chicas. Habían pasado catorce años, pero yo solo pensaba en matarla. Así que una noche, cuando ya éramos amigas y me había ganado tu confianza, agarré un cojín y lo presioné contra su vieja cara hasta que dejó de respirar. Así fue como murió tu abuela en realidad, Eva, peleando por escapar de la presión del cojín. No hubo paz. No se fue de este mundo dormida, sin dolor. Debes saber que sufrió hasta su último aliento tal y como merecía.

»Sin embargo, matar no es lo mío. Lo mío es jugar, y ponerte a prueba ha sido más divertido de lo que esperaba. Era increíble ver cómo me hacías caso en todo. En todo. Manipularte, poseerte... Es sencillo cuando la persona es frágil o pasa por un momento de debilidad. Me lo pusiste muy fácil, aunque yo también puse todo mi empeño en dejarte sola. Sin Miguel, sin tu abuela... ¿Qué quedaba ya de tu reducido mundo? Mateo también colaboró. Cuando alguien está tan desesperado como lo estaba él, busca ayuda hasta en seres invisibles, sin pensar que pueden ser ellos quienes lo destruyan.

»Me ocultaste que habías limpiado la sangre artificial y que habías pintado de blanco las paredes a pesar de que aquella mañana te dije que olía a pintura. Tú no lo sabías, pero es lo mismo que hubiera hecho tu abuela. Luego te avergonzaste de lo que habías hecho, te di la oportunidad de que pensaras bien las cosas, de que hicieras lo correcto, lo normal, denunciar la desaparición de Nora a la policía. Pero me has demostrado que eres como la nazi de tu abuela. Y eres tan predecible que hiciste todo lo que sabía que ibas a hacer. Intentaste mirar hacia otro lado sin importarte lo más mínimo esa pobre chica.

Señaló a Nora, que estaba temblando tanto o más que yo.

—Dices que matar no es lo tuyo, Natalia —logré decir al cabo de un rato con la visión fragmentada y borrosa por culpa de las lágrimas. Natalia me miró desafiante, como si estuviera por encima de mí. Y en cierto modo lo estaba. En ese instante, ella podía decidir si Nora y yo moríamos o no—. Asfixiaste a mi abuela, así que matar sí es lo tuyo. Obligaste a Nora a disparar a Gabriel Herranz y a la enfermera; la utilizaste, pero en realidad fuiste tú quien acabó con sus vidas. Pero ¿quién mató a Adrián si no fuiste tú? ¿Y a la mujer del psiquiatra?

—Creo que descubriste la respuesta hace unos días, Eva —contestó con serenidad.

Félix.

Mi destino parecía estar resuelto de varias maneras, como en una tragedia griega.

—Sabía lo mal que había quedado Félix después de la paliza que le dieron. Habían pasado muchos años, pero seguía loco. Y su locura me interesaba. Podrán pasar cien años y el recuerdo de Susana y de todo lo que sufrió aquí jamás se desvanecerá de nuestras memorias. Nada más reconocer a tu abuela como una de las sabandijas de este psiquiátrico, me puse en contacto con él. Volvió de Londres hecho una furia, como un animal herido. Empezó a trabajar en el bar de debajo de tu casa al mismo tiempo que yo aquí, en Vera de la Cruz, mano a mano con Gabriel Herranz. El destino jugó de nuevo a nuestro favor, las cartas estaban sobre la mesa. Yo iba a sustituir a Ana Torrents, enferma terminal que se negaba a abandonar su puesto y que venía a trabajar aun cuando en cualquier momento podía caer muerta en el suelo.

»Si supieras las cosas que tuve que ver y aguantar... Cada vez que la oía halagar al psiquiatra, tenía que irme al cuarto de baño a vomitar. Accedí a las cintas de vídeo. Me centré en las que me interesaban: las de Susana. Enseguida reconocí a Ismael Roy, el popular empresario hotelero, la víctima más fácil y accesible y, además, el hombre que más veces se había ensañado con mi chica. Prácticamente, era el protagonista de todos esos vídeos nauseabundos.

»Cuando Félix apuñaló a Adrián para causarle a Ismael

el mismo dolor que él y otros nos habían causado a nosotros, jamás imaginé que Nora, perturbada, loca como decían que lo estaba Susana, terminaría aquí, pero fue..., sí, fue un milagro. Otro favor divino por todo lo sufrido. Una señal de que teníamos que seguir con esto. No sabes la mierda que tuve que tragar mientras trabajaba aquí. Seguían haciéndolo —aseguró sarcástica, balanceando las dos armas—. Los hombres entraban en las habitaciones, violaban a las chicas, que estaban drogadas... Lo único bueno fue conocer a Nora, la hija de uno de esos monstruos que no se cortó y siguió viniendo aquí aun sabiendo que en la habitación de al lado podía estar ella. Sangre de su sangre. Y los han dejado libres. Lo sabes, ¿no? Si la justicia hubiera actuado, ninguna de las dos estaríais aquí. Lo siento, lo siento muchísimo. Ojalá todo hubiera sido distinto.

Volvió a tenderme la pistola, en esa ocasión presionando el cañón de la suya contra mi vientre, ensañándose con mi piel, estrujándome las tripas, provocándome una desagradable arcada que me dejó un sabor agrio en el paladar.

—Cógela.

La cogí con manos temblorosas. Pesaba más de lo que parecía. El frío de la culata traspasó la piel de la palma de mi mano provocándome un súbito temblor.

—Apunta a Nora —me obligó Natalia retorciendo el cañón contra mi piel con una fuerza inusitada—. No morirás, Eva, pero irás a prisión y tendrás que cargar toda tu vida con su muerte —sentenció señalando una cámara con una luz roja parpadeante colocada estratégicamente en un punto que debía abarcar toda la estancia, iluminada únicamente por la potente luz de la linterna. Manipularían la imagen a su antojo. Natalia se retiraría del cuadro, como si nunca hubiera estado allí, y en la grabación se me vería a mí sola disparándole a Nora.

La vida había jugado en nuestra contra iniciando una

reacción en cadena en el momento en que mi abuela entró en la residencia y Natalia la reconoció. Ese fue el acontecimiento que activó el efecto dominó, originando una serie de sucesos premeditados como el asesinato de Adrián, el del psiquiatra o el de la enfermera.

—Espera.

Natalia respiró con fuerza y gruñó.

—¡¿Qué?!

—¿Dónde está Mateo?

—¿El musculitos? Pues no sé. Tenía que venir también, pero a lo mejor los frenos de su moto han fallado. Ya sabes lo mucho que le gusta correr y ha sido tan incauto al dejar la moto aparcada en la calle que a estas horas debe de estar muerto en alguna cuneta.

—Joder...

Sollocé, grité, hice rechinar los dientes de pura impotencia y dolor. Miré a Nora con los ojos anegados en lágrimas y cuando estaba a punto de armarme de valor para dirigir la pistola a la frente de Natalia pese a tener la certeza de que me dispararía, oímos un ruido. Eran pasos. Pasos resonando por encima de nuestras cabezas como ecos, que me recordaron a la noche en la que la policía entró a tropel en casa del psiquiatra.

—Mierda —balbuceó Natalia. El brillo de sus ojos desapareció, como si un pintor hubiese diluido en ellos unas gotas de tinta negra—. Esto no tenía que pasar.

—Aún estás a tiempo de...

—¡No! —gritó tan fuerte y tan cerca que su voz retumbó en mis oídos—. Ya no hay tiempo, Eva. Ya no hay...

Natalia, acorralada, se vino abajo. Las pisadas sonaban cada vez más cerca. En el momento en que Nora y yo nos miramos a los ojos esperanzadas, Natalia dirigió mi mano, la que sujetaba débilmente la pistola, y apretó el gatillo sin que me diera tiempo a reaccionar ni a forcejear. El cuerpo de Nora convulsionó por la herida de bala de su abdomen. Mi instinto fue correr hacia ella, pero Natalia me lo impidió agarrándome fuerte de la muñeca. Su rostro, a pocos centímetros del mío, ya no me daba miedo. Lo que no esperaba era que me besara. Presionó sus labios contra los míos aprovechando mi confusión y entendí que nunca había existido ningún Álvaro, que todo era fruto de su imaginación, una parte más del juego.

—Cuidado —me advirtió antes de arrebatarme la pistola con la que había disparado a Nora y salir del sótano.

Esas fueron, seguramente, sus últimas palabras.

Me acerqué a Nora, llevé mi mano a su vientre, del que no paraba de brotar sangre. La rodeé con los brazos para hacerla entrar en calor. Estaba helada.

—Vas a salir de esta, Nora. Vas a salir de esta —repetí en un susurro acariciando su pelo.

—Siento haberte mentido —dijo sin fuerzas.

Aterradas, no tardamos en ser testigos auditivos del tiroteo que hubo tras la puerta del sótano. Reconocí la voz grave de la inspectora Isabel Morgado tratando de detener a Natalia. Luego hubo disparos, voces entremezcladas, pasos..., no lo vi, pero podía imaginar con claridad la escena pese a la gruesa pared que me separaba del pasillo, testigo del fatal desenlace de Natalia. Natalia, en un intento inútil y desesperado por salir de Vera de la Cruz, había atacado a los agentes, con Isabel al mando, recibiendo un disparo que terminó de manera instantánea con su vida.

Y, a pesar del miedo, intuí que Natalia nunca había querido hacerme daño. Aunque ya nunca lo sabría con seguridad.

A la mañana siguiente

—

EVA

El canto de los pájaros llegó hasta la habitación del hospital donde me encontraba sentada junto a la cama en la que dormía Mateo con la pierna derecha enyesada hasta el muslo y colgando de un cabestrillo. El sol se filtraba por los estores y doraba las sábanas blancas. Tuvo suerte de no cruzarse con un conductor borracho o despistado, ya que, después del aparatoso accidente de moto, se había quedado paralizado en una de las curvas del Garraf. Con el fémur fracturado, le hubiese sido imposible escapar de un atropello fulminante. Sin embargo, el conductor, pese a la lluvia y la neblina de esa noche, lo vio. Precavido, frenó a tiempo y llamó a una ambulancia que le salvó la vida.

A veces, nuestra existencia depende de la de los demás. Natalia podía haberme matado. Pero no lo hizo. Yo podía estar muerta. Y aunque no morí en Vera de la Cruz, una parte de mí se quedó en ese lugar en el que ahora solo corretean ratas, algunos jóvenes se reúnen a hacer botellón y admiradores de los fenómenos paranormales se cuelan de madrugada para registrar voces del más allá con múltiples y aparatosas grabadoras. No llegué a ver el cadáver de Natalia. Cuando la inspectora, que se despidió prometiéndome que seguirían indagando sobre el paradero de Félix, me sacó del sótano, ya se habían encargado de cubrirlo con una sábana de la que sobresalía una mano inerte y un mechón de la cabellera castaña que siempre envidié.

Al llegar al hospital con Nora, a quien llevaron a quirófano para operarla de urgencia, me hicieron un escáner por el golpe que Natalia me había propinado en la cabeza. Estaba bien, solo un poco mareada, impactada por lo que acababa de vivir. Lo normal. La madre de Nora no se movió de la sala de espera durante las cuatro horas que duró la operación de su hija; su padre había preferido quedarse en casa para evitar a la prensa, que no tardaría en agolparse a las puertas del hospital, sedienta de noticias sobre Nora Roy, que dejó de ser el personaje que iba a pasar a la historia como la asesina del psiquiátrico para convertirse en una *simple* víctima más. Nunca olvidaría lo que me dijo la madre de Nora esa noche:

—Ismael se ha quedado en casa rezando.

¡Rezando!

Shakespeare tenía razón: «El infierno está vacío. Todos los demonios están aquí». Me pareció de lo más absurdo que ese hombre le rezara a un Dios que, de existir, permitía que en este mundo hubiera salvajes como él. Pero me limité a asentir y a callar, deseando que la operación de Nora fuese bien, pese a que tendría que lidiar con las secuelas del trauma causado por todo lo que Natalia y Félix le habían hecho pasar cuando la tuvieron secuestrada.

—Nora...

Mateo, aún sedado, empezó a despertar.

—Nora... —repitió con angustia sin mirarme, sin saber que estaba ahí.

—Está bien —le dije colocando mi mano sobre la suya. Al escuchar mi voz, ladeó la cabeza y sonrió con alivio—. Nora está bien. En unas horas la subirán a planta y podremos ir a verla.

—¿Qué ha pasado?

—Te lo contaré luego, cuando estés más despierto, ¿vale? Ahora tiene que verte un médico.

—Pero Félix... ¿lo han pillado?

—No. Félix sigue libre —lamenté.

—La tenía en Vera de la Cruz —murmuró con voz gangosa haciendo un esfuerzo por recordar—. Recibí un mensaje, cogí la moto y fui. Pero no... no pude llegar. Los frenos de la moto fallaron y no...

—Pero antes llamaste a la inspectora y eso nos ha salvado, Mateo —lo interrumpí pensando en Natalia, en la amiga que acababa de perder, en que no había sido más que un espejismo, una mentira, y en el mal recuerdo que me llevaba de ella—. Nos has salvado —añadí con voz queda.

—Actúa —murmuró pensativo, con la mirada fija en el techo—. Pero actúa siempre con cabeza.

Dos meses después

—

EVA

Tras la muerte de Natalia, la escritora Alicia Bastán dejó de recibir amenazas y pudo librarse de su escolta. Un día quedamos para tomar un café y casi me convence para escribir mi historia desde el momento en que Nora entró en mi piso haciéndose pasar por una joven francesa que se había tomado un año sabático. Aunque Vera de la Cruz, sus alimañas y Nora Roy dejaron de ser actualidad como pasa con tantos otros casos que se olvidan en menos de lo que dura un pestañeo porque la audiencia se aburre rápido, *El psiquiatra* siguió siendo uno de los libros más vendidos y fue traducido a varios idiomas.

Durante un mes, la inspectora Morgado nos puso protección policial a Mateo y a mí. Aunque nos hacía sentir seguros, era un poco molesto saber que alguien nos seguía prácticamente las veinticuatro horas del día.

—Si os pasara algo, no me lo perdonaría en la vida —nos dijo Isabel.

Qué bien me había caído esa mujer desde el principio.

Félix, al que aún recordaba como el camarero que había tenido el detalle de regalarme una rosa en Sant Jordi, había manipulado los sistemas de seguridad de Vera de la Cruz y de la casa del psiquiatra gracias a sus conocimientos informáticos. Era un buen *hacker*. También había sido él quien había apuñalado a Adrián en la discoteca y asesinado con una violencia excesiva e innecesaria a Eulalia Valldosera delante de Natalia y Nora, a la que obligaron a entrar enfundada en una sudadera negra y con un hacha en la mano para luego difundir la grabación.

El hermano de Susana seguía libre, pero lejos de Barcelona. Las paredes de las comisarías de Alemania debían de estar empapeladas con su cara, puesto que su nombre se había registrado en un vuelo a Berlín el 22 de mayo, un día después de la temible noche que Nora y yo vivimos en el psiquiátrico abandonado. Pero aún no lo habían encontrado y eso me quitaba el sueño. Había demostrado una violencia y una maldad desmedidas y su sed de venganza era mayor, si cabía, que la de Natalia. En mi cabeza, una reverberación constante: «Dios castiga a los hijos por los pecados de los padres».

Nora perdió un treinta por ciento de visión del ojo izquierdo. Se recuperaba lentamente de sus heridas, de las superficiales y de las que tardarían más en sanar, las psicológicas. Sin embargo, tenía ganas de vivir. De seguir adelante.

—Y de volver a mi rubio natural —decía con humor.

Ver la muerte de cerca puede ser una buena terapia de choque. Te hace apreciar lo mucho que puedes perder.

Se negó a ver a su padre, que se fue a vivir a una suite de uno de sus lujosos hoteles en la Costa Brava. Lo culpaba de la muerte de Adrián, como si Félix solo hubiera sido un juguete roto manipulado por el pasado que había destrozado a su familia. Como si la mano que en realidad había apuñalado a Adrián aquella noche en la discoteca hubiera sido la de su propio padre. Y en parte así había sido. Porque todos los actos tienen consecuencias.

Mateo y yo aún no habíamos podido volar a París. La fractura de fémur lo tenía anclado a una muleta, con molestias constantes, dando paseos cortos y acudiendo a pesadas sesiones de rehabilitación. Pero seguíamos vivos y eso era lo importante. Y juntos, unidos, conociéndonos y queriéndonos cada día más. Era feliz a su lado y en su piso, aunque el mío, por fin, estaba terminado, dejando atrás el traumático episodio del incendio.

—¿Qué vas a hacer ahora? ¿Vas a volver?

Mateo siempre me hacía la misma pregunta cuando estábamos metidos en el *jacuzzi* para que le dijera que me quedaba con él, que no iba a volver a mi piso sin sauna, ni terraza *chill out*, ni vistas increíbles; para que le dijera que lo iba a vender porque me traía malos recuerdos.

Había querido a mi abuela. La había querido más que a nadie. Pero saber lo que hizo en el centro psiquiátrico me rompió por dentro. Dejé de llorar su muerte para empezar a llorar la de unas desconocidas. Sin titubear, le di los noventa y nueve mil quinientos euros manchados de sangre a mi madre, que no hizo preguntas y dijo que le irían fenomenal para hacer algunas reformas en la comuna. Y quemé la fotografía que nana guardaba en el secreter. Hipnotizada por las llamas, contemplé cómo cada una de las caras se retorcía y se iban volviendo negras con rapidez, engullidas por el fuego. Allí era donde debían estar, en el infierno. Si no había justicia aquí, al menos habría que contentarse con pensar que la había arriba.

Jueves, 18 de julio de 2019

Era uno de los días más calurosos desde que el verano se había instalado en la ciudad. Me despedí de Mateo con un beso discreto delante de su madre, que lo había ido a visitar. Era una mujer altiva adicta al bótox que tenía por costumbre alargar en exceso las aes e ignorarme para dedicarle toda la atención a su hijo. Presentía que no era de su agrado, que no me veía lo suficientemente buena para Mateo. Ella esperaba para su hijo una abogada o una empresaria de éxito que llevara ropa sofisticada, bolsos Louis Vuitton y perfume de Chanel, no una maquilladora de muertos que vestía tejanos rotos y que tenía obsesión por las Converse de todos los colores.

Cogí el bus en dirección al barrio de Gracia. Ese día terminaban las obras de mi piso, cambio de cerradura incluida. Habían arreglado el balcón, donde habían colocado nuevas baldosas de terracota rústicas y una puerta de cristal doble similar a la anterior para cumplir con la estética del edificio. Los tablones de madera del suelo que no habían sobrevivido al incendio habían sido sustituidos por otros iguales para que no desentonaran con los del pasillo, que se había librado del fuego. Paredes y techos blancos, relucientes de nuevo. Y la cocina, que antes quedaba separada del salón por una puerta corredera que había elegido hacía años nana, ahora se abría al comedor y tenía una pequeña isla repleta de cajones profundos. Solo faltaba volver a Ikea para comprar réplicas exactas del mobiliario que tenía antes del incendio y que, pese a su falta de personalidad, me encantaba.

Cuando llegué, me detuve en mitad de la plaza del Sol y miré hacia arriba, hacia el tercer balcón del número 16. Me vi a mí misma entre las macetas con los geranios de nana sorbiendo lentamente un café, fumando un cigarro y observando la vida de la concurrida plaza como una figurante que pasa desapercibida para el objetivo de una cámara. La diferencia era que aquella mujer insegura y aburrida, convencida de que la vida carecía de emoción, ya no era yo. Una parte de mí se había quedado viviendo en ese pasado soporífero.

También eché un vistazo rápido al segundo piso, donde vivía la señora Cecilia, debajo de la casa en la que dormían sus fantasmas. Las pocas plantas que tenía sobresalían marchitas por los barrotes. Ellas sí habían sentido la muerte de su propietaria. Quizá los geranios de la abuela habían sobrevivido a su último aliento porque intuían lo mala persona que había sido. De no ser por el incendio que las convirtió en polvo, hubieran durado años.

Se me escapó una lágrima que me apresuré en retirar. No era momento para ponerse nostálgica. Me senté a una mesa de la terraza del Café del Sol, lo más alejada posible de un pequeño camión de mudanza del que tres hombres sudorosos descargaban cajas para meterlas en mi edificio mientras otro se quedaba vigilando abajo. Había una camarera nueva, más experimentada que la que había la última vez que había estado allí con Natalia. El mismo día en que, después de hablar con la propietaria del bar, empecé a sospechar que Félix podía tener algo que ver con lo que estaba pasando. Al pedirle a la camarera un café con hielo, me di cuenta de que estaba sentada a la misma mesa que aquella vez. Mientras esperaba a que me sirviera, miré la silla de al lado, como si, de un momento a otro, Natalia fuera a aparecer con su característica sonrisa y su melena al viento con olor a champú Pantene y quejándose de la chapuza de unos obreros que nunca existieron. Me había dicho que Susana, su chica, era de esas personas que iluminan una estancia cuando entran en ella. Lo que Natalia no sabía era que, a pesar de sus sentimientos de rabia hacia mí por culpa de nana y de su maquiavélico plan oculto, ella también era una de esas personas.

Le di un primer sorbo al café con hielo mirando de reojo el paquete de tabaco que había dejado sobre la mesa. Intentaba dejar de fumar. No porque a Mateo no le gustaran mis besos con sabor a nicotina, sino porque quería cuidarme y retrasar el momento de terminar en una camilla a la espera de que me adecentaran para mi funeral. Al final, terminé el café logrando resistir la tentación de encender un pitillo y, quejándome internamente de que la camiseta se me había pegado al cuerpo por el sudor, entré en el portal conteniendo la respiración.

El aire era denso, estaba cargado, nada que ver con la frescura de la bendita modernidad del edificio donde vivía Mateo. La puerta del piso de la señora Cecilia estaba abierta; los de la mudanza entraban con muebles y cajas y depositaban las pertenencias de un nuevo inquilino, amontonándolas en algún lugar que no alcanzaba mi visión. Me pregunté quiénes serían mis nuevos vecinos, si alguna anciana desconocida y desdentada me abordaría en el rellano por las noches al llegar a casa para asustarme con sus locuras de historias pasadas y la existencia de demonios.

En mi piso me esperaban dos operarios que, después de sacar unas fotografías, me hicieron firmar un montón de papeles. Luego recogieron sus bártulos y me dejaron sola en un piso que olía a nuevo. Abrí las puertas del balcón para ventilar, pero no entró ni una pizca de aire que aliviara el calor. La nueva cocina color blanco mate con encimera de madera me pareció tan distinta a la brillante que había elegido nana que sentía que estaba en un lugar distinto. Sin querer, me había alejado de ella y de los recuerdos que había en cada rincón de aquel piso que la vecina había querido purificar prendiéndole fuego. A lo mejor sí lo había hecho, porque yo sentí que nada malo podía ocurrirme allí.

Al ir hacia mi habitación, me di cuenta de que los operarios se habían dejado una barra metálica apoyada en la pared del pasillo. Justo en ese momento, llamaron al timbre. Pensé que venían a buscarla, así que ni siquiera tomé la precaución de mirar por la mirilla. Directamente abrí y me topé con esos ojos azules que, como me había ocurrido con Natalia, en ese momento no reconocí. Los brazos tatuados de Félix estaban más flacos y su piel estaba tan blanca, casi traslúcida, que parecía llevar meses sin exponerse a la luz natural. Comprobé que estaba en lo cierto cuando los fuertes rayos del sol que bañaban el salón hicieron que se llevara la mano a la cara, como si fuera un vampiro a punto de desintegrarse. Me empujó, obligándome a caminar de espaldas hasta el lugar donde antes estaba el sofá.

—No la mataste —empezó a decir con voz trémula. Tenía las pupilas dilatadas y restos de polvillo blanco en los orificios de la nariz, signo inequívoco de que iba puesto de coca hasta arriba.

—¿A quién? —pregunté tan bajito que me costó reconocer mi propia voz. Miré con desesperación a mi alrededor, no había nada con lo que poder atacarlo.

—A Nora. Tendrías que haber matado a Nora. Ese hijo de puta tiene que sufrir igual que sufrieron mis padres, igual que sufrí yo. Dime dónde está.

—¡¿Quién?! —grité presa del pánico, con el pulso tan acelerado que creí que iba a morir de un infarto. Maldije la decisión de no haberme fumado un último y placentero cigarro.

Tenía que aprovechar su silencio para gritar. Tenía que sacar fuerzas de donde no me quedaban para hacerlo. Un grito puede salvarte, solo que, como ocurre en las pesadillas, me bloqueé. Las puertas estaban abiertas. Alguien desde la calle, quizá los de la mudanza, me oiría. Había ajetreo en el edificio y aun así Félix se había arriesgado a entrar. La posibilidad de asomarme a la barandilla y lanzarme al vacío no la veía. No sobreviviría a una caída así.

—Ismael Roy. ¿Dónde está? —escupió acercándose cada vez más y más a mí hasta dejarme acorralada contra la pared con su aliento a podrido en mi cara.

No parecía ir armado. Ningún bulto sospechoso en los bolsillos de los tejanos sucios, raídos. Así que, en un intento por escapar, flexioné la pierna y le di una patada en los huevos que no vio venir, como les decía que hicieran a las aleladas de las películas. Félix gimió de dolor doblado sobre sí mismo, momento que aproveché para correr hacia la puerta. Pero enseguida noté un tirón en el pelo. ¡Qué dolor, joder! Con fuerza, con violencia, me arrastró sin soltarme y me estampó contra la pared como si fuera un monigote. Recordé que ese hombre, el mismo que quería matarme, le había partido el cráneo a una mujer y le había cortado un brazo sin compasión. Pese a su delgadez, no podía subestimarlo.

¿Qué iba a hacerme a mí?

«Cuidado», me había dicho Natalia antes de morir.

Confié. Confié cuando no debía confiar, pensé que Félix estaba lo suficientemente lejos como para poder olvidar. Al fin y al cabo, el psiquiatra llevaba cuatro meses muerto y eso debía bastar. Pero no. Félix quería terminar lo que había empezado con Natalia. Me odiaba por lo que mi abuela había hecho y por su silencio. Después iría a por Mateo. Y a por Nora. Nos mataría a todos aunque no tuviéramos culpa, hasta acabar con Ismael Roy.

Intenté levantarme, pero el impacto contra la pared había sido demasiado fuerte. No pude. Sentí cómo los huesos de mi espalda se quejaban de dolor. Tenía a Félix encima, sus pies aprisionando mis costillas. Se sentó encima de mí dejando todo su peso sobre mi vientre y, con la mirada vacía sin alma, rodeó mi cuello con sus manos. Apretaba, me ahogaba... Mi respiración se apagaba. Mi cuerpo, como por inercia, empezó a sacudirse, luchando contra lo que le estaban haciendo. Mis manos trataron de zafarse de las suyas intentando alcanzar su cara. Cerré los ojos porque no quería que su expresión, como si asfixiarme le provocara un placer enfermizo, fuera mi última visión antes de morir. Recordé dónde estaba. En el mismo punto donde hacía ochenta y cuatro años el padre de la señora Cecilia había muerto ahorcado con una cuerda de esparto que el asesino al que nunca atraparon había colocado en una viga. Mismo lugar, mismo destino; en los sitios donde ha pasado algo malo, la historia se repite.

Hacía nada estaba pensando que allí no podría ocurrirme nada malo...

Qué ingenua.

En el momento en que creí que no podría soportarlo más, que lo inteligente era rendirme, dejar de luchar, volví a recuperar el aire cuando los dedos de Félix soltaron repentinamente mi cuello. Su cuerpo se desplomó sobre mí, que aún confundida trataba de volver a respirar con normalidad tras los angustiantes segundos de asfixia. Miré por encima del hombro de Félix y vi a Laura, la hija de la señora Cecilia, esa mujer nerviosa siempre con prisas. Tenía los ojos abiertos de puro terror y sostenía con manos temblorosas la barra metálica que los operarios se habían dejado en el pasillo.

Había golpeado a Félix en la cabeza varias veces, cuando yo estaba más cerca de la paz eterna que de la vida. Yo ni siquiera había escuchado el sonido de la barra impactando contra la cabeza del hombre que, con sangre fría, tenía la intención de matarme, pero a Laura, que recién divorciada había decidido irse a vivir al piso de su madre, sí le habían sobresaltado el ruido de mi espalda impactando contra la pared y mi grito ahogado cuando Félix me tiró del pelo. Por suerte, este había venido con tanta ansia de destrozarme que había dejado la puerta abierta, libre para que entrara cualquiera.

—Ay, Dios mío. Ay, Dios mío. Lo he matado. ¿Lo he matado? —me preguntó Laura horrorizada dejando caer la barra y echándose las manos a la cabeza.

—Mi móvil... en la cocina —le pedí despacio, con la voz

ronca, una afonía que me duraría días. Me quité de encima el cuerpo de Félix, que rodó por el suelo hasta quedarse tieso en mitad de la franja de luz que proyectaba el sol en la madera—. Busca Isabel Morgado.

Laura, fatigada, corrió a por el móvil. Le costó encontrar el contacto, pero cuando empezó a hablar con la inspectora sentí el mismo alivio que cuando los dedos de Félix me liberaron. Tenía rasguños con sangre y moretones oscuros alrededor de la garganta; había apretado con tanta fuerza que me habían salido hematomas. Sí, qué gran verdad: nuestra existencia, a veces, depende de la de los demás. Si Laura no hubiera estado allí, yo estaría muerta, porque Félix, al contrario que Natalia, sí había venido para hacerme daño.

Me acerqué al cuerpo inerte de Félix y le tomé el pulso. Aunque débil, seguía vivo. Un charco cada vez más grande de sangre manchaba el suelo de madera acabado de instalar, devolviéndole al piso, que en ese instante decidí poner a la venta, los malos recuerdos.

NORA

Con la imagen de mi hermano desangrándose entre la gente, recorrí los pasillos del hospital creyendo que frente a su puerta habría un agente de policía. Pero me equivoqué. Nadie custodiaba la entrada de la habitación donde dormía el asesino con la boca abierta y una respiración débil que empañaba el plástico de la mascarilla. Nadie a su lado haciéndole compañía en el interior de la habitación, la más alejada y discreta al final del pasillo.

No me fue difícil pasar desapercibida.

Me asomé a la puerta y vi a Félix tendido, con los ojos cerrados, lleno de cables y con la cabeza vendada, unido a los monitores. Su expresión era tranquila, algo que me removió por dentro al pensar que mi hermano, sin tener culpa alguna de las atrocidades de nuestro padre, yacía bajo tierra desde hacía un año.

Un año...

El corazón me latió como loco al empujar la puerta; esperaba oír un grito: «¡Detente!».

Pero nada de eso ocurrió.

—No eres como él. No eres como él —me repetí acercándome a la cama y echando un vistazo a cada rincón de la estancia por si había alguna cámara de seguridad.

No la había.

El monitor que vigilaba su ritmo cardíaco empezó a sonar. Puede que fuera capaz de sentir mi presencia, porque el pulso se le disparó por encima de ciento veinte y siguió subiendo; pero al cabo de pocos segundos, se estabilizó en setenta. El pitido ensordecedor del monitor fue bajando su intensidad.

—No eres como él —murmuré notando la presión de las lágrimas aguijoneándome los ojos.

Reparé en la fecha que tenía tatuada en la muñeca: 5/10/2005. Era la misma fecha que aparecía en la etiqueta de la cinta VHS que Natalia me había obligado a ver estampándome la cara con violencia contra la pantalla.

Inspiré hondo. Aparté esas imágenes de mi mente para centrarme en el motivo por el que estaba allí: la risa de mi hermano. Su sobreprotección. Su mirada, siempre cariñosa, a veces severa, pero *por mi bien*. Su extrema sensibilidad. Sus manos revolviéndome el cabello. Los consejos de hermano mayor, en ocasiones exasperantes. Pensé en lo mucho que lo echaba de menos. En los días negros en los que quise morir para reunirme con él. Toda una vida rota por culpa del hombre indefenso que tenía delante, el mismo hombre que había conducido hasta aquella casa abandonada cuando Natalia me sacó a rastras del piso de Eva. El mismo que me tendió la apestosa sudadera negra antes de ir a casa del psiquiatra con la misión de matar a hachazos a una mujer delante de mis narices, dejando a la propia Natalia estupefacta.

No, no era como él, que derramaba sangre por venganza sin una pizca de compasión. Pero tampoco iba a permitir que siguiera respirando ni un solo día más, porque era probable que, si se recuperaba, volviera a por mí.

Dime, ¿qué habrías hecho tú en mi lugar?

Un pinchazo de adrenalina me recorrió la espina dorsal, haciendo que se me erizara el vello de la piel. Un movimiento, tan rápido como mis pensamientos descontrolados, me empujó a desconectar el respirador que lo mantenía con vida y a desenchufar la máquina para que los médicos no recibieran ningún aviso.

El silencio envolvió la habitación.

La respiración de Félix se volvió agitada, estaba sufriendo un fallo cardíaco. No sentí nada al verlo morir entre jadeos y convulsiones sabiendo que, durante el minuto y medio que se resistió a abandonar este mundo, sufrió. Supe que había dejado de respirar porque el plástico de la mascarilla dejó de empañarse. Volví a conectar el respirador y enchufé la máquina, como si jamás hubiera estado allí. Una línea recta se dibujó en la pantalla donde hasta hacía unos minutos se podían observar las subidas y bajadas de su pulso.

No hubo pitidos.

No hubo nada.

No vino nadie. Nadie me vio.

Lo que sí hubo fue una oscuridad en mí que, con el tiempo, logró hallar una salida hacia la luz. Hacia la esperanza.

Diciembre de 2019

—

EVA

NAVIDAD EN PARÍS

La dependienta de la librería Shakespeare and Company, situada en la preciosa Rue de la Bûcherie, lugar de visita obligada si vas a París, empezó a mirarme mal cuando, a cinco minutos de cerrar, yo seguía buscando no un libro cualquiera, no, sino *el* libro. Me sentía hechizada en aquel mundo laberíntico anclado en el tiempo, con olor a polvo y magia, con estanterías donde menos lo esperas, sillones dispuestos aquí y allá, mensajes de visitantes en todos los idiomas, escaleras con citas literarias famosas, cuadros en los que perder la mirada, un piano y una gata atigrada de mirada sabia llamada Aggie campando a sus anchas. La paciencia de la dependienta llegó a su límite cuando encontré lo que llevaba una hora buscando y le pedí a Mateo que me hiciera una foto.

—No se pueden hacer fotos dentro, Eva —replicó en un susurro.

—Si las hace todo el mundo, en Instagram hay miles. Hazla rapidito, desde arriba, que me estiliza la figura.

Sonrisa radiante, en mis manos un ejemplar en francés de *El psiquiatra*, *Le psychiatre*; la advertencia muda e insistente de la dependienta: en el interior de la librería no se pueden hacer fotos.

Devolví el libro a la estantería y no tardé ni un minuto en abrir la aplicación de WhatsApp y enviarle la fotografía a Alicia. Mateo me cogió de la mano, pidió disculpas a la dependienta en un correcto francés y me arrastró hasta el exterior, sacándome del lugar del que no habría querido irme jamás. Contemplamos con pena la joya del gótico europeo, la catedral de Notre Dame, cuya estructura había ardido en abril, un mes antes que mi piso, aunque con un mayor impacto social. Obvio.

Nos adentramos en la parada de metro Saint Michel Notre Dame y cogimos el subterráneo hasta Champ de Mars, donde la Torre Eiffel iluminada se erigió majestuosa ante nosotros con un panorama navideño y conmovedor a su alrededor. En el momento en que una voz rasgada de mujer cantaba desde algún lugar *La vie en rose*, Mateo se arrodilló frente a mí. Discreto, sin que yo me enterase de nada porque estaba demasiado ensimismada en el brillo de la Torre Eiffel, sacó una cajita forrada con terciopelo granate del bolsillo de su chaquetón. En su interior, un anillo deslumbraba como las estrellas de esa noche perfecta.

—Cuando se trata de la persona correcta, todo va rápido —logré decir nerviosa e ilusionada, evocando una de las frases de la abuela que había escuchado en mi cabeza aquella noche en la discoteca.

Mateo asintió con los ojos radiantes fijos en mis labios, recorriendo cada centímetro de mi rostro con la misma ternura con la que lo hacía todas y cada una de las veces en las que me colocaba el casco de la moto.

—¿Te casarás conmigo?

—Sí y mil veces sí —contesté sin dudar.

AGRADECIMIENTOS

¿Se puede echar de menos a un personaje de ficción? Sí, se puede, sobre todo cuando has pasado tanto tiempo con él, compartiendo tu día a día durante meses. Ojalá que, al llegar a este apartado de agradecimientos que no suele leer todo el mundo, tú también eches ya un poquito de menos a los personajes de esta novela, en especial a la voz principal, Eva. Gracias por cobrar vida, Eva, hemos sido grandes amigas. Gracias por haber arrastrado contigo a tantos otros personajes a los que he conocido de una manera muy intensa y especial, y con los que he vivido grandes momentos, sobre todo esos encuentros en el rellano con la señora Cecilia, dignos de esas pelis de terror de las que tú huyes porque te dan aprensión, pero que a mí me fascinan. Espero haber estado a la altura para contar tu historia y que el final fuera el que deseabas.

Como siempre, gracias a Jordi, mi compañero de vida, por darme el espacio que necesito para escribir. Ya ves que este libro sí te lo dedico. Ya te tocaba. Y mis disculpas a nuestros cuatro soles, a los que quiero más que a nada, por si en algún momento del proceso de escritura me habéis visto un poco lejos de la realidad.

Gracias a mis padres, por enseñarme a ser y a estar.

Mi agradecimiento eterno a Justyna, mi agente, que tiene el cielo ganado conmigo y de quien aprendo algo nuevo en cada una de nuestras charlas. Cuatro años contigo. El tiempo ha pasado volando y me da la sensación de que te conozco desde hace mucho más. Eres la mejor compañera en este viaje literario.

A mi editora Lola, por tu entusiasmo, tu calma, tus consejos y excelentes sugerencias y por lo mucho que he aprendido de ti y gracias a ti con esta historia. Raquel, gracias por tu motivación y tu buena energía, por esa sonrisa que vale oro y por la confianza depositada en mí.

Gracias a todo el equipo de Planeta que habéis trabajado en esta novela. Sois un equipazo. Belén, mil gracias por la oportunidad. A ti, Isa, que eres fantástica y ya quiero repetir nuestros *stories* (yo hablando, tú huyendo) por las calles de Barcelona y/o Madrid. A Laia, Lolita y Silvia, excepcionales profesionales con quienes es un lujo contar.

Mencionar a algunos lectores uno por uno conlleva el riesgo de que se me pase algún nombre, así que, desde ya, pido perdón si me despisto.

Gracias a: Elisabeth & Pep, Rubén Pérez, María Hernando, Vanessa Ruiz, Rosa Vázquez, Yoli Morato, Kepa Menéndez, mis primas Puri, Mari Luz y Julia, que no os perdéis ni una, Noelia Hontoria, Blanca Collado, Ignacio Palacios y Miguel Ángel Gasch.

A mis paisanos de El Pino (Valencia de Alcántara, Cáceres), especialmente a los que siguen mis andaduras y me aprecian; estoy deseando volver al mejor pueblo del mundo.

A María Loreto Navarro, por tus fantásticas reseñas en *La magia de los libros buenos*, por desearme siempre tantas cosas bonitas. Qué ganas de que nos volvamos a dar un achuchón en la Feria del Libro de Madrid.

A Aitor Castrillo, que me hizo la mejor entrevista que me han hecho nunca.

A Vero García (Vero Blabla), por tener la cuenta más

molona de todo Instagram y por frases tan míticas como «Desde luego, como investigadora privada no hubiera tenido futuro, me la colarían hasta en la bolsa del Mercadona», palabras que me ha permitido robarle y poner en boca de Eva, con quien auguro que se habría llevado fenomenal.

A Alba Castillo, del blog *Gafas de leer*, por el *hype*, como tú lo llamas. Y a Roma García, lectora y bloguera en *Mil libros y un té*. Espero que hayáis disfrutado de esta historia.

Y hablando de blogs y cuentas de Instagram con recomendaciones literarias, gracias a muchos de vosotros por vuestro tiempo y vuestras maravillosas fotografías y reseñas de mis libros, sobre todo por recomendarme con entusiasmo. Aprendo mucho de lo que os gusta. Y de lo que no. Hacéis un gran trabajo.

Y a ti, lector, lectora, que has llegado hasta aquí y has disfrutado de *Todos buscan a Nora Roy*, mi más sincero agradecimiento. Espero que hayas disfrutado de esta aventura. Tú le has dado voz, vida y alma. Como decía el gran Carlos Ruiz Zafón: «Cada libro, cada tomo que ves, tiene alma. El alma de quien lo escribió y el alma de quienes lo leyeron y vivieron y soñaron con él».

Valoro y agradezco cada mensaje que me mandáis a través de mis redes sociales, cada reseña en Amazon, Goodreads, Babelio o cualquier otra plataforma que tan bien nos vienen a los autores para guiar a otros lectores y todo el ruido y la publicidad que hacéis con el boca a boca recomendando y/o regalando mis libros. GRACIAS. No dejéis de hacerlo nunca, por favor. Espero que habléis mucho de *Todos buscan a Nora Roy*, que mantengáis el final en secreto y que nos reencontremos más pronto que tarde en la siguiente historia.

Lorena
Twitter: @bylorenafranco
Instagram: @bylorenafranco

Otras novelas de la autora en Booket:

booket